Bettina Haskamp

Tief durchatmen beim Abtauchen

Roman

Rowohlt Taschenbuch Verlag

Originalausgabe
Veröffentlicht im Rowohlt Taschenbuch Verlag,
Reinbek bei Hamburg, Mai 2016

Die Liedzeilen aus «Nie wieder» von Ulla Meinecke stammen von:
Komponist: Herwig Mitteregger, Text: Ulla Meinecke,
Verlag: Edition Hate Music c/o EMI Songs Musikverlag GmbH bei SONY/
ATV Music Publishing (Germany) GmbH (1984)
Redaktion Katharina Rottenbacher
Umschlaggestaltung und Illustration Chris Campe
Satz Delicato PostScript (InDesign)
Gesamtherstellung CPI books GmbH, Leck, Germany
ISBN 978 3 499 27111 3

ro
ro
ro

Bettina Haskamp wurde 1960 im niedersächsischen Oldenburg geboren. Die ehemalige Journalistin entschied sich nach einer drei Jahre dauernden Reise von Europa nach Brasilien auf einem selbstgebauten Katamaran endgültig für ein Leben außerhalb eines festen Korsetts. Ihr erstes Buch «Untergehen werden wir nicht» erschien 2002. Darin schilderte sie ihre Erlebnisse während der Segelreise. Seit 2007 schreibt sie erfolgreich Frauenromane, mit «Alles wegen Werner» und «Hart aber Hilde» landete sie auf Anhieb Bestseller. Sie lebt mit Mann, Hunden und Katzen in Portugal und Hamburg.

«Tief durchatmen beim Abtauchen» ist ihr fünfter Roman.

Für Helene

1

Ein Fährhafen am Atlantik

Nie wieder

Juliane

Natürlich hat das Kichern nichts mit mir zu tun. Ich gehöre nicht zu den Leuten, über die man kichert. Die mit den Nudelresten im Gesicht und den offenen Reißverschlüssen, das sind die anderen. Trotzdem. Ich sehe mich unauffällig um. Hat das Mädchen da drüben, das mit den verfilzten Haaren, gerade auf mich gezeigt? Ach was. Andererseits ... Vielleicht hab ich Möwendreck auf der Bluse? Nein, alles bestens. Mal abgesehen davon, dass meine Füße in den neuen Stiefeletten kochen und die Sonne höllisch auf meine schwarze Jeans knallt. Nicht mehr lange, dann werde ich Brandblasen auf den Oberschenkeln bekommen. Wer rechnet denn auch Ende Oktober mit solcher Hitze? Vielleicht hätte ich etwas anderes anziehen sollen. Oder zu Hause bleiben. Wieso um Himmels willen habe ich mich von Lisa überreden lassen, ohne sie hierher zu fliegen? Es ist noch keine fünf Stunden her, dass sie mich zum Sicherheitsbereich gedrängt hat. «Du musst doch nicht deinen Urlaub sausenlassen, nur weil mein Kind krank ist. Flieg, mach dir eine schöne Zeit.

Vielleicht kann ich nachkommen.» Ihr Sohn hätte sich für seinen Blinddarmdurchbruch auch einen anderen Zeitpunkt aussuchen können. Der Anruf kam genau in dem Moment, als Lisa gerade einchecken wollte. Ich selbst hatte meine Bordkarte schon in der Hand, und mein Koffer rollte eben in die Tiefen des Terminals.

Jetzt stehe ich also allein hier am Hafenbecken und warte auf die Fähre. Im trüben Wasser vor mir dümpeln Plastikflaschen und ein paar tote Fische. Hinter mir ragen Hotelburgen gen Himmel, deren Architekten meiner Ansicht nach allesamt ins Fegefeuer gehören. Genau wie all die grölenden, halbnackten, bierseligen Touristen, die in diesem Hafenort die Promenade bevölkern. Lieber Gott, mach, dass die Fähre bald kommt. Und mach auch, dass es auf der Insel besser aussieht als hier. Schlimmer geht nicht. Ich kann die Insel als dunklen Fleck am Horizont ausmachen.

Endlich. Die Schlange setzt sich in Bewegung. «Hey, passen Sie doch auf!» Fast hätte ich den Rucksack der Frau vor mir im Gesicht gehabt. Fünfzig Meter weiter links sehe ich die ersten Leute die Gangway betreten. Lauter rucksackbepackte Rücken und gut belüftete, in Gesundheitssandalen steckende Füße. Die Menschen, die auch auf die Insel wollen, sehen ganz anders aus als die Touristen von der Promenade. Aber auch ganz anders als ich. Ich bin umgeben von jungen Leuten in Batikhemden und schlabbrigen T-Shirts, von älteren Herrschaften, an deren Rucksäcken Wanderstiefel baumeln, von knackigen Mountainbikern in Lycrahosen und von Menschen, die das Wort Shampoo vermutlich im Fremdwörterlexikon nachschlagen müssten. Kann es sein, dass ich hier die einzige Frau mit Handtasche bin?

Und wo sind eigentlich die Kinderwagen? Lisa hat mir

doch erzählt, auf der Insel würden jede Menge alleinerziehende Mütter Urlaub machen. «Und wo die Urlaub machen, da kann dir auch nichts passieren.» Als ob ich Angst hätte, dass mir etwas passiert. Schließlich bin ich nicht auf dem Weg zu den Urvölkern im brasilianischen Regenwald, sondern zu einer zivilisierten Insel im Atlantik. Allein. Ich war noch nie allein im Urlaub. Mit wem soll ich reden? Wieder mustere ich meine Mitreisenden. Na ja, vielleicht tut es ganz gut, mal zwei Wochen zu schweigen.

Nach weiteren zwanzig schweißtreibenden Minuten in der Schlange zerre ich meinen Rollkoffer über die Holzleisten der Gangway, lasse mich auf den nächsten freien Sitz fallen und schließe erschöpft die Augen.

«Bisschen unpraktisch, was?»

Die Stimme kommt von rechts. Unwillig mache ich die Augen wieder auf. Der Mann mag um die vierzig sein, vielleicht auch schon an die fünfzig. Schwer zu schätzen. Reichlich Haare im Gesicht, wenige auf dem Kopf. Frettchenaugen. Das fehlt noch, dass der mich dumm anmacht.

«Bitte?», frage ich spitz.

«Na, der Koffer.»

«Ich wüsste wirklich nicht, was mein Gepäck Sie angeht.» Das sage ich in meinem besten Lass-mich-bloß-in-Ruhe-Ton. Möglicherweise bin ich ein ganz kleines bisschen schlecht gelaunt. Aber für den Rest der Überfahrt habe ich meine Ruhe. Ich lasse mich vom Dröhnen der Schiffsmotoren einlullen, sauge den Geruch von Meer, Salz und Diesel auf, höre mit halbem Ohr dem Geplapper der Leute auf dem Schiff zu und fange ganz langsam an, mich zu entspannen. Vielleicht wird es ja doch ein schöner Urlaub.

Zwei Stunden später – der Bus vom Fähranleger zu meinem

Ziel im Süden der Insel überwindet gerade ächzend erstaunliche Höhen – bin ich zumindest von der wechselnden Landschaft tief beeindruckt. Leuchtend grüne Terrassenfelder, schroffe Felsen, plötzlich Wald und kalter Nebel, dann wieder Sonnenstrahlen, Palmen und Bananenstauden. Doch, das hat was. Es sieht so aus, als wäre mein Flehen um Schönheit erhört worden. Wenn ich allerdings gewusst hätte, dass mein Draht nach oben so gut funktioniert, hätte ich nicht nur um eine ansehnliche Insel gebeten, sondern auch gleich noch um ein paar Lkw-Ladungen Asphalt.

Die sogenannte Straße von der Bushaltestelle zum nächsten Ort ist ein Schotterweg mit Millionen kleiner Steinchen. Steinchen, die nichts Besseres zu tun haben, als die Rollen meines Koffers zu blockieren. «Schöne Ferien dann.» Leichtfüßig zieht das Frettchen mit seinem Rucksack und einem breiten Grinsen an mir vorbei. Blödmann.

Der Weg will überhaupt nicht enden. Juliane, bleib ganz ruhig, du hast es fast geschafft. Jetzt musst du nur noch die Boutique von diesem Thomas finden, dann wird alles gut. Hatte ich Thomas schon erwähnt? Thomas ist ein alter Freund von Lisa und heute meine Anlaufstelle. «Der lebt schon ewig dort und kennt jeden Stein persönlich.» Viel mehr weiß ich nicht von dem Mann. Nur noch, dass er hier ein Geschäft hat und laut Lisa vom anderen Ufer ist.

So verschwitzt und schmuddelig, wie ich jetzt aussehe, kann ich mich Thomas schlecht präsentieren. Mein schwuler Chef Sebastian ist der gepflegteste Mensch, den ich kenne. Ich würde mich schämen, ihm so unter die Augen zu treten. Bevor ich Thomas treffe, will ich mich irgendwo frisch machen.

Ich ziehe also meinen nicht rollenden Rollkoffer so lange weiter, bis ich eine Reihe kleiner weißer Gebäude entdecke.

An einem der Häuschen prangt eine leuchtend rote Markise und darauf die Schrift «Cafe & Bar Carlos». Unter der Markise stehen Tische und Stühle. Am Eingang verkündet ein Schild «Wir sprechen Deutsch».

Kaum sitze ich, streife ich die Stiefeletten von den Füßen. Was für eine Wohltat. Bei einer sommersprossigen jungen Frau mit Gretchenzöpfen bestelle ich Kaffee und Mineralwasser. Während ich warte, hole ich mein Smartphone aus der Handtasche und wähle die Nummer von Thomas. Nicht erreichbar. Hm. Gretchen bringt die Getränke.

«Entschuldigen Sie, wissen Sie zufällig, wo hier die Boutique von einem Thomas ist?» Dummerweise kenne ich nicht einmal seinen Nachnamen. Lisa hat mit ihm gesprochen und uns angemeldet. Sie wollte ihm noch eine SMS schreiben, dass ich allein komme.

«Nö, ich bin noch nicht so lange hier, aber oben im Dorf ist ein Klamottenladen, vielleicht ist das seiner.»

Zwei weitere Wasser und einen Kaffee später quäle ich mich wieder in die Schuhe, gehe in den winzigen Toilettenraum der Bar, staube die Stiefeletten mit einem Papiertuch ab und mache mich frisch, so gut es eben geht. Ein bisschen Puder, den Lidstrich nachziehen, den Lippenstift auch. Ein Hauch Parfüm.

«Kann ich meinen Koffer vielleicht eine Weile hier stehen lassen? Ich möchte mir das Geschäft oben im Dorf ansehen.»

«Ich übernehm aber keine Garantie.»

«Natürlich nicht.»

Oben im Dorf, das heißt präzise: einhundertzweiundsiebzig Stufen weiter oben. Ich zähle mit. Für eine passionierte Fahrstuhlfahrerin wie mich ist das hier ziemlich hart. Wenn ich jetzt keinen Blick für die autolose Idylle habe, zu der ich mich hinaufkämpfe, dann liegt das auch daran, dass ich mit dem Schweiß in meinen Augen nicht richtig gucken kann. Abgesehen davon keuche ich wie ein Dudelsack, aus dem die Luft herausgedrückt wird, was mich für landschaftliche Schönheit ungefähr so empfänglich macht wie eine unter Strom gesetzte Laborratte.

«Tienda fantastica». Die Schrift auf dem verblassten Holzschild über der Tür ist gerade noch lesbar. Ich habe keine Ahnung, ob ich hier richtig bin, aber ein anderes Geschäft, das in Frage kommt, kann ich nicht finden. Die Tür ist zu, die Fensterläden auch. Kein Schild mit Öffnungszeiten. Plötzlich wünsche ich mir, Alex wäre hier. Dann könnte ich wenigstens meinen Frust an ihm auslassen. Oder mich von seiner Gelassenheit anstecken lassen. Alex bleibt in fast jeder stressigen Situation gelassen. Auch privat. Stopp. Ich will nicht an ihn denken.

Wieder wähle ich die Nummer von diesem Thomas. Niemand nimmt ab. Warum überrascht mich das nicht? Also zurück in die Bar und warten. Gretchen verwöhnt mich mit einer persönlichen Begrüßung: «Ach, da biste ja wieder, hatte ich ganz vergessen, dir zu sagen: Jetzt ist Siesta, da sind alle Läden zu. Noch 'n Kaffee?»

Ich bin nicht mehr allein auf der Terrasse der Bar. Andere Touristen trinken Wasser, Kaffee, Säfte, lachen. Gesprächsfetzen dringen an mein Ohr. «Also die Tour gestern, die war nicht ohne, aber echt, dieser Wasserfall, der ist dermaßen irre, das lohnt sich total.» Ich schiele nach links. Die Wasserfallfreundin sieht aus, als wäre sie einem Prospekt für Outdoorbekleidung entsprungen. Nicht weit von ihr, an einem Tisch in der Ecke, erzählt ein Mädchen mit orange-grünen Haaren einer rastabezopften Freundin von irgendeinem geilen Happening am Strand. Selbst mit Lisa an meiner Seite würde ich mich an diesem Ort fühlen wie ein Fleischbällchen in einem vegetarischen Buffet.

Verstohlen hole ich wieder das Handy aus meiner Lacklederhandtasche und drücke die Wahlwiederholung. Nichts. Okay, Juliane. Das reicht jetzt. Du gibst diesem Thomas noch ein halbe Stunde. Wenn er dann immer noch nicht erreichbar ist, lässt du dir von Gretchen ein Taxi rufen und dich zum besten Hotel am Platz fahren. So wie du es von Anfang an wolltest. Aber du hast ja auf Lisa hören müssen. «Ach was, Hotel. Ist doch viel spannender, sich selbst was zu suchen, Hotels sind immer so unpersönlich. Spring mal über deinen perfektionsliebenden Schatten und lass dich auf was Neues ein. Wenn du nicht so festgefahren wärst, wäre Alex ...» Ein Blick von mir hatte sie zum Schweigen gebracht. Jedenfalls für einen Moment. Und trotzdem bin ich hier. Was habe ich ihr oder mir eigentlich beweisen wollen, als ich mich doch auf dieses unsinnige Unterfangen mit dem Individual-Urlaub eingelassen habe? Mein Gott, wir sind doch keine zwanzig mehr, sondern fast vierzig.

«Hallo, Lisa. Bin angekommen und bringe dich um, sobald ich wieder zu Hause bin», tippe ich in mein Handy. Fast vierzig? Ich lösche den letzten Teil. «Bin angekommen, warte noch auf Thomas, später mehr. Juliane.» Noch ein Versuch bei Thomas. Warum hat der Kerl eigentlich keine Mailbox? Wahrscheinlich liest er auch keine Textnachrichten. Scheint ganz schön unzuverlässig zu sein, der Mann.

Mit Unzuverlässigkeit habe ich Probleme. Mit Unpünktlichkeit auch. Ich bin Veranstaltungsleiterin bei einer der besten Full-Service-Event-Agenturen Kölns. Das wäre ich nicht, wenn ich unzuverlässige Leute dulden würde. Und ich bin berühmt für mein Krisenmanagement. Wieso also sitze ich hier noch rum? Weil Lisa mich bei Thomas angemeldet hat, deshalb. Weil ICH zuverlässig bin. Weil ich schön blöd bin?

Ein älteres Paar in taubengrauem und weißem Leinen schlendert auf die Terrasse. Ich schätze die beiden auf um die siebzig. Beide sind schlank und wirken durchtrainiert. Sie trägt ihre weißen Haare fast hüftlang, er präsentiert einen silbergrauen Haarkranz. Ein schönes Paar. Seine Hand liegt locker auf ihrer Hüfte. Sympathisch, die zwei. Vielleicht sollte ich sie ansprechen und nach einem guten Hotel fragen. Kaum habe ich das gedacht, fangen die beiden völlig ungeniert an zu knutschen. Wie zwei Teenager. Peinlich.

Im Hotel wird es ja wohl ein paar normale Menschen geben, Menschen, die sich in der Öffentlichkeit zu benehmen wissen. Menschen wie mich. Als Nächstes werde ich einen früheren Flug zurück buchen und nach einer Woche am Pool wieder in der Großstadt sein, in die ich gehöre. Und nie wieder, das schwöre ich, nie wieder lasse ich mich von Lisa oder sonst wem zu einem spontanen Urlaub auf irgendeiner Insel überreden. Ich trinke jetzt noch in Ruhe meinen Milchkaffee aus und esse den Salat, den ich bestellt habe, dann kümmere ich mich um ein Taxi.

Ein großer, schwarz-weiß gefleckter Hund schleppt sich träge vor die Bar und sinkt, keine zwei Meter von mir entfernt, mit einem tiefen Seufzen auf der Straße nieder. Zehn Minuten später liegt er noch genauso da, in der prallen Sonne, alle viere von sich gestreckt. Es würde zu meinem Tag passen, dass ich hier einer armen Kreatur beim Sterben zusehe. Der Hund rührt sich auch dann nicht, als von links ein Pick-up kommt, der dringend einen neuen Auspuff bräuchte. Was für ein Getöse. Oh Gott, jetzt wird das arme Tier auch noch überfahren. Unmittelbar vor dem Hund bremst der Wagen ab. Dann ertönt ein infernalisches Geräusch. Das ist keine Hupe, die da losgeht, das ist eine Sirene. Unwahrscheinlich, dass ich vor übermorgen wieder etwas hören kann. Der fast verendete Hund hebt langsam den Kopf. Ich könnte schwören, dass sein Gesicht genau den gleichen Ausdruck hat wie das von Alex, wenn ich ihm gesagt habe, er fahre zu schnell. Diesen Muss-das-sein-Blick. Dann steht das Tier im Zeitlupentempo auf und räumt die Straße.

Erst als der Wagen wieder anrollt, bemerke ich den Schriftzug: Tienda fantastica. «Thomas!», brülle ich. Ganz automatisch. Dabei brülle ich nie. Ich winke auch nicht hektisch mit den Armen, als hätte ich sieben Wochen nach einem Schiffbruch den Rettungsflieger entdeckt. Normalerweise.

Aus dem Fenster schiebt sich ein Kopf mit zotteligen weißblonden Haaren und einem bärtigen Kinn. Große graue Augen blicken mich fragend an.

«Sind Sie Thomas, der Freund von Lisa?»

«Dann bist du wohl Juliane?»

«Ja, hallo, ich habe schon versucht, Sie zu erreichen!»

Er zuckt mit den Achseln. «Jetzt haste mich ja gefunden. Dann steig mal ein.»

Ich lege Geld für Kaffee und Salat auf den Tisch, hänge mir meine Tasche über den Arm und schleppe den Koffer zum Wagen.

«Schmeiß auf die Ladefläche!», ruft Thomas aus dem Auto, und mühsam stemme ich meine zwanzig Kilo Gepäck nach oben. Kaum sitze ich auf dem Beifahrersitz, als Thomas auch schon losbrettert. Ich greife nach dem Haltegriff vor mir und bleibe kurz daran kleben. Igitt. Das Fahrerhaus ist die reinste Müllhalde. «Lisa hat gesagt, Sie wüssten, wo man hier abseits vom Touristenrummel gut wohnen kann. Können Sie mir vielleicht ein oder zwei Unterkünfte zeigen?»

«Mal nicht so eilig, ich muss erst noch wohin.»

Spricht's und fährt in die Richtung zurück, aus der ich vor Stunden mit dem Bus gekommen bin.

«Gute Reise gehabt?»

«Ja, so weit schon, danke, ich bin halt nur schon lange unterwegs, und deshalb wäre ich Ihnen wirklich dankbar, wenn ...»

«Ja, schon klar, das regeln wir schon.»

Während wir durch die betörend schöne Landschaft rattern, versuche ich den Geruch zu ignorieren, der durch den Wagen wabert. Ich bin mir nicht so sicher, was oder wer hier stinkt. Ist das nur Schweiß oder Schlimmeres? Thomas ist in Schweigen versunken, und auch mir steht der Sinn nicht nach Smalltalk. Meine Gedanken drehen sich um die Erkenntnis, dass ich offenbar Vorurteile gegenüber schwulen Männern habe. Dieser Thomas ist wirklich kein bisschen gepflegt.

Endlich – wir sind inzwischen durch diverse kleine Dörfer gefahren, und ich habe jede Orientierung verloren – biegt Thomas in die Zufahrt zu einem kleinen Häuschen ein und parkt den Wagen zwischen einem Campingbus, einem Kombi älteren Modells und drei Motorrädern.

«Kommste?» Mir bleibt nichts anderes übrig, als auszusteigen, wenn ich nicht in dem stinkenden Wagen warten will, während Thomas was auch immer erledigt.

Das Haus ist voller Menschen, so viel kann ich erkennen, obwohl der Raum total verqualmt ist. Wenn ich mich hier lange aufhalte, bekomme ich wahrscheinlich den ersten Drogenrausch meines Lebens, ganz ohne selbst einen Joint zu rauchen. Auf einem Podest mit bunten Kissen sitzen ein paar junge Leute und spielen Gitarre, andere stehen in Grüppchen zusammen, unterhalten sich; jeder scheint jeden zu kennen.

«Hier, mach dich mal 'n bisschen locker», sagt Thomas, und plötzlich halte ich ein Glas Rotwein in der Hand. Dann ist er zwischen den Leuten verschwunden. Wenn ich wieder zu Hause bin, werde ich ein ernstes Wort mit Lisa über die Auswahl ihrer Freunde sprechen.

«Entschuldigen Sie, wo ist hier bitte die Toilette?» Ich kriege das einfach nicht hin, Leute zu duzen, die ich nicht kenne. Die Frau, die ich angesprochen habe, könnte eine jüngere Schwester von Nina Hagen sein. «Durch den Garten, steht dran», sagt sie und guckt mich an, als wäre ich die Schwester von Ursula von der Leyen. Na gut, mir ist ja schon klar, dass ich hier niemanden treffen werde, mit dem ich mir einen netten Shoppingnachmittag vorstellen kann.

Der Garten ist traumschön. Dermaßen viele üppig und bunt blühende Pflanzen habe ich bisher nur im botanischen Garten gesehen. Die Luft ist erfüllt vom Duft der Blumen, von drinnen tönen die Gitarrenklänge. Unter einem ausladend rankenden Strauch mit zart rosafarbenen Blüten stehen eine Bank und ein kleiner Tisch. Was für ein lauschiger Ort. Und ich habe ihn ganz für mich allein, so lange niemand auf die Toilette muss. Ich stelle mein Glas ab und beschließe, hier draußen auf Thomas zu warten. Das kleine WC ist übrigens erfreulich sauber.

«Wir können dann.»

Ich muss eingeschlafen sein. Es ist inzwischen zappenduster. Im Garten brennen vereinzelt Windlichter. Meine Augen gewöhnen sich nur langsam an das diffuse Licht, und noch länger brauche ich, um mich daran zu erinnern, wo ich eigentlich bin und woher ich den Zottel kenne, der vor mir steht.

Ächzend setze ich mich auf. Mir tut alles weh. Die Bank, auf der ich eingeschlafen bin, ist aus Stein. «Wie spät ist es denn?»

«Keine Ahnung, is' mir egal.» Thomas spricht mit schwerer Zunge.

«Aber jetzt bekomme ich doch kein Zimmer mehr!»

Und hier in der Pampa garantiert auch kein Taxi. Ich checke mein Handy. Kein Netz.

«Kannst bei mir pennen.»

Spätestens als Thomas nur mit Mühe den Schlüssel ins Zündschloss bekommt, beginne ich um mein Leben zu fürchten. Mit geschlossenen Augen warte ich auf mein Ende und kann gar nicht fassen, dass wir nach einer kleinen Ewigkeit tatsächlich auf einem Parkplatz unterhalb der steilen Treppe zum Dorf anhalten.

Irgendwie schaffe ich es, den verdammten Koffer zum Dorf hinaufzuwuchten und ihn hinter Thomas durch die Gassen zu ziehen, die allesamt mit Natursteinen gepflastert sind. Spontan beschließe ich, fortan alles Natürliche zu hassen. Wo ich den Rest der Nacht verbringe, ist mir inzwischen völlig gleichgültig. Ich will nur noch schlafen. Endlich schließt Thomas eine Tür auf und greift nach einem Lichtschalter. Eine einsame Glühbirne unter der Decke beleuchtet schwach einen großen Raum, der von einem Bücherregal geteilt wird.

«Dahinten is' 'ne Matratze, Decke liegt drauf», nuschelt Thomas und verschwindet hinter dem Regal. Sekunden später, ich stelle gerade den Koffer neben die Matratze und will mich auf die Suche nach dem Badezimmer machen, zucke ich erschrocken zusammen. Im ersten Moment kann ich das

Geräusch nicht einordnen, es ist einfach nur markerschütternd. Oh bitte – so laut kann doch kein Mensch schnarchen! Am liebsten würde ich Thomas ein Kissen aufs Gesicht drücken. Als ich endlich wegdämmere, wird es gerade hell.

Vogelgezwitscher. Sonnenstrahlen kitzeln meine Nase. Vorsichtig setze ich mich auf und sehe mich um. Das Kitzeln in meiner Nase kann natürlich auch von dem Staub kommen, der in den Sonnenstrahlen glitzert. «Thomas?» Keine Antwort.

Ich wickele die Wolldecke um mich, unter der ich geschlafen habe, und stehe auf. Spähe hinter das Bücherregal. Kein Thomas, nur ein zerwühltes Bett. Weiter zum Badezimmer. Leer. Die nächste Tür führt in eine Küche. Die ist nicht leer. Zwei Kakerlaken in Mausgröße fühlen sich offenbar von mir gestört und flitzen unter den Herd, auf dem gerade eine Ameisenkolonne mit dem Abtransport von Essensresten beschäftigt ist. Aber auch hier kein Thomas.

Zwanzig Minuten später habe ich, mit zehn Zentimeter Sicherheitsabstand über der Brille schwebend, die Toilette benutzt, habe meinen Ekel vor der Dusche überwunden, dufte nach Bodylotion mit Citrus-Aroma, bin geschminkt und angezogen. Und noch immer allein. Ich brauche jetzt dringend einen Kaffee. Zu meiner großen Freude tauchen die Kakerlaken nicht wieder auf.

Kaffee finde ich in einem Schrank, der in eine der Küchenwände eingelassen ist. Auf dem Gasherd steht eine von diesen Kannen, in die unten das Wasser kommt und oben der Kaffee. Wie genau das funktioniert, weiß ich nicht, deshalb fülle ich einen Topf mit Wasser. Während ich darauf warte, dass es anfängt zu kochen, sehe ich mich in der Küche um.

Es ist ein schöner, heller Raum. Die unverputzten Wände

sind weiß gekalkt. Vor einem kleinen, hellgrün lackierten Sprossenfenster, das tief in die dicke Außenmauer eingelassen ist, bewegt sich eine vorwitzige Ranke mit einer einzelnen roten Blüte im Wind. In der Ecke des Fensters wohnt eine dicke schwarze Spinne. Ich traue mich trotzdem rauszugucken. Der Blick geht auf eine schmale Gasse.

Auch die Tür des in die Wand eingelassenen Schrankes und die beiden Holzstühle an dem kleinen Tisch sind lindgrün, der Tisch weiß. Na ja, er wäre weiß, wenn hier mal jemand sauber machen würde. Das Wasser beginnt zu sprudeln, ich gieße es direkt auf das Kaffeepulver in meiner Tasse und mache mich daran, den Rest meiner Umgebung zu erkunden. In dem großen Zimmer, das Thomas in der Nacht so gründlich beschallt hat, gibt es nicht viel zu sehen. Im Regal stehen Krimis und Science-Fiction-Romane unter einer Staubschicht. Kurz denke ich darüber nach, ob die Wolldecke, die ich ordentlich auf der Matratze zusammengefaltet habe, je gewaschen worden ist, und muss mich unwillkürlich kratzen. Außer Bett, Matratze und Regal gibt es nur noch einen einsturzgefährdeten Kleiderschrank. Nicht zu vergessen die zwei Geckos, die gerade an der Wand über dem Bett entlanghuschen und dann darunter verschwinden.

Ein Blick auf mein Handy. Schon Mittag! Hoffentlich kommt Thomas bald wieder. Ich kann ja nicht einfach gehen, ohne die Wohnung abzuschließen. Aber in dem kahlen Raum sitzen und kleine Echsen beobachten will ich auch nicht. Ich werde die Tür angelehnt lassen und wenigstens mal die Straße rauf- und runterlaufen. Das Haus liegt doch an einer Straße? Ich kann mich beim besten Willen nicht an den Weg erinnern, den ich in der Nacht entlanggestolpert bin.

Meine Güte, ist die Sonne grell! Ich muss zwinkern, ehe ich

etwas erkennen kann. Und dann kann ich gar nicht glauben, was ich sehe. Ich stehe mitnichten auf einem Weg, sondern auf einer von einer niedrigen weißen Mauer begrenzten Terrasse. Und dahinter – wow! Ich weiß selbstverständlich, dass ich mich auf einer Insel befinde, habe aber irgendwie nicht damit gerechnet, das Meer zu sehen. Jedenfalls nicht hier und nicht so plötzlich. So groß und so blau und so direkt unter mir. Wie in Trance gehe ich ein Stück nach vorn auf die weiße Mauer zu, die die riesige Traumterrasse umgibt. Da ist nicht nur das Meer unter mir, sondern auch noch ein sattgrünes Tal mit Palmen und blühenden Büschen. Ich kann mich kaum sattsehen an diesen Farben. Erst als mir in der glühenden Hitze schon ganz schwummrig wird, wende ich den Blick von der überwältigenden Aussicht ab und entdecke in einer Ecke der Terrasse eine dickgepolsterte Liege unter einem Sonnenschirm. Bis Thomas auftaucht, kann ich mich eigentlich noch ein bisschen ausruhen.

Das wird noch zu einer schlechten Angewohnheit, dass ich vom Schmuddelkind Thomas geweckt werde. Er steht mit der Kaffeekanne vor mir. «Willste auch einen?» Unbedingt! In dieser Sekunde knurrt mein Magen laut und vernehmlich. Mein Gastgeber grinst. «Ich hab frisches Brot mitgebracht, Käse ist auch da, in der Küche.»

Vielleicht ist der Mann doch nicht so furchtbar, jedenfalls wenn er nüchtern ist. Mit Brot und Käse im Magen bin ich dann endgültig willens, gute Seiten an ihm zu entdecken. Zumal er heute offenbar ein Deo benutzt hat.

«Kennst du Lisa eigentlich gut?», frage ich.

«Wie man's nimmt. Wir haben mal in derselben WG gewohnt, ein Jahr oder so, aber ich hab sie ewig nicht mehr gesehen.»

«Was heißt ewig?»

«Keine Ahnung, fünfzehn Jahre oder so. Da war sie mal hier.»

Das hat bei Lisa anders geklungen. «Guter Freund, total in Ordnung», hat sie gesagt, «also, wenn der nicht schwul wäre ...» Keine Rede davon, dass sie ihn so lange nicht gesehen hat. Aber das kann mir im Moment eigentlich auch egal sein. Er soll mich jetzt entweder zu einem dieser angeblich so großartigen Privatquartiere oder zum Hotel fahren.

Eben will ich den Mund aufmachen, als er sagt: «Ich muss dann mal den Laden aufmachen.»

«Können wir nicht bitte zuerst zu meiner Unterkunft fahren?» Ich denke an meinen schweren Koffer, an das Natursteinpflaster und die einhundertzweiundsiebzig Stufen. Ich brauche Thomas. Und sein Auto. «Ich mach ja nur für zwei Stunden auf, danach können wir los. Kannst mitkommen in den Laden, wenn du willst.» Zwei Stunden in einer Boutique? Seien wir ehrlich, es gibt Schlimmeres.

Die Tienda fantastica befindet sich auf der anderen Seite des Hauses und enthält ein Sammelsurium aus Batik-Kleidern, Baumwollblusen, Silberschmuck und Lederwaren. Batik ist ja wieder in, aber ich kann mich des Eindrucks nicht erwehren, dass das eine oder andere Stück hier schon seit Ende der achtziger Jahre hängt. Ich entdecke ein Paar bequeme helle Ledersandalen sowie eine hübsch bestickte Stofftasche und kaufe beides.

Thomas steckt das Geld in die Brieftasche, hockt sich auf einen Barhocker hinter der antiken Kasse und vertieft sich in einen Comic.

Ich stöbere weiter. Und bin und bleibe die einzige Kundin dieses Nachmittags.

Zu gern würde ich wissen, ob Thomas von diesem Geschäft leben kann, frage aber natürlich nicht. Jemanden nach seinem Einkommen zu fragen, mit dem man nicht mindestens verlobt ist, halte ich für unhöflich. Ich weiß schließlich auch nicht genau, was Alex verdient. Und das, obwohl wir im selben Betrieb arbeiten. Gearbeitet haben.

Merde! Ich will wirklich nicht an ihn denken. Aber es ist, als würde ich gegen Treibsand ankämpfen. Ich bin schuld daran, dass er gekündigt hat. Prompt steht mir unser letzter Abend vor Augen. Sein Lachen. Seine Grübchen. Die Erwartung in seinen Karamellaugen. «Lass uns zusammenziehen, Juli, eine gemeinsame Wohnung suchen.» Niemand sonst nennt mich Juli. Und dann der Moment, als meine Antwort ihm das Lachen aus dem Gesicht gewischt hat. Der verletzte Blick. Warum will er denn auch mehr Nähe, als ich ihm geben kann? Er weiß doch, wie ich bin. Und so, wie es zwischen uns war, war es doch gut. So hätte es doch bleiben können.

Plötzlich muss ich an eine Karikatur denken, die ich vor Jahren in einer Zeitschrift gesehen habe. Erstes Bild: Ein dicker Mann im Unterhemd fläzt sich im Sessel vor dem Fernseher, neben sich eine Flasche Bier. Darunter der Text: Ich will so bleiben, wie ich bin. Zweites Bild: Eine kleine Frau mit Hut und Koffer auf dem Weg zur Tür. Darunter: Du darfst.

Ich bin nicht dick, und ich trinke kein Bier. Alex trägt keine Hüte. Er hatte auch keinen Koffer dabei. Aber er ist gegangen. Später kam noch eine SMS. «Gelegentlich Liebe ist mir einfach zu wenig. Ich wünsche dir alles Glück der Welt. Vielleicht schafft eines Tages ein anderer, was ich nicht konnte. Alexander.»

Thomas' Stimme holt mich in die Gegenwart zurück.

«Was machst du da eigentlich?»

«Wer, ich?»

Irritiert nehme ich die Hände von einem Stapel T-Shirts, die ich gerade neu falte und nach Farben sortiere.

«Entschuldigung.»

«Hast du 'ne Zwangsstörung oder so was?»

Frechheit. Ich hätte ihm natürlich sagen können, wer hier in diesem Lumpenladen tatsächlich gestört ist, beschränke mich aber darauf, die Shirts zurück in ihr Regal zu legen und danach demonstrativ aus dem leidlich durchsichtigen Fenster zu schauen. Warum bin ich überhaupt noch hier?

Ach ja, die Unterkunft. Als ob von Thomas in dieser Hinsicht irgendetwas Adäquates zu erwarten wäre. Aber den Weg zu einem Hotel wird er ja wohl kennen. Er nimmt ein Tablett mit Ohrringen vom Kassentresen und greift nach dem Ladenschlüssel.

«War nicht so gemeint, dann lass uns mal los.»

Ich gehe in Richtung Wohnung, um meinen Koffer zu holen.

«Wo willste denn hin? Der Wagen steht unten.»

«Ja, aber mein Koffer?»

«Den holen wir später.»

Wie dämlich kann eine normalerweise intelligente Frau eigentlich sein? Von wegen Zimmersuche. Thomas fährt an der Küste von Kneipe zu Kneipe. Um Ohrringe zu verkaufen. Das nennt man dann wohl Direktmarketing. Am Anfang bin ich nicht mal misstrauisch und verfolge fasziniert, wie Thomas mit einigem Erfolg von Tisch zu Tisch geht. Außerdem kommen wir auf der Tour an diversen Schildern vorbei, die von «Apartments» oder «Rooms» künden. Also denke ich, wir sind auf dem richtigen Weg. Allerdings sind die Fassaden samt und sonders nicht gerade ansprechend. Hier unten am Meer sieht alles so anders aus als oben im Dorf. Touristischer. Städtischer. Hässlicher. Gar nicht idyllisch. Hier will ich nicht wohnen, nicht mal für eine Woche. Ich möchte so eine Aussicht wie die von Thomas' Terrasse. Oder wenigstens etwas Lauschiges mit vielen Blumen. Thomas nickt verstehend, als ich das sage. Und deshalb denke ich immer noch nichts Böses, als er weg vom Meer wieder in Richtung Berge fährt. Wenn ich hier auf der Insel ein Hotel oder ein Gästehaus bauen würde, dann sicher auch in einer Höhenlage.

Erst als ich im zweiten Bergdorf vor der dritten Kneipe warte, werde ich argwöhnisch. Bei Kneipe Nummer vier bin ich stinksauer und würde Thomas gern das Ohrringtablett über den Kopf ziehen. Natürlich sind wir irgendwo im Nirgendwo, ich habe wieder jede Orientierung verloren, und es gibt kein Netz. Wenn Thomas jetzt noch einmal «Mach dich mal locker» sagt, kann ich für nichts mehr garantieren. Wenigstens hat er heute nicht ganz so viel getrunken. Endlich, es dämmert schon, und ich habe die Hoffnung fast aufgegeben, biegt er auf einen Feldweg ein. Nach vielleicht zwei Kilometern kommt ein alleinstehendes Haus in Sicht, das mit einer Kneipe so viel Ähnlichkeit hat wie Thomas mit meinem Chef. In der Natursteinfassade, die so hell ist, als sei sie gerade eben sandgestrahlt worden, wirken die dunkelgrün lackierten Sprossenfenster mit den geöffneten Fensterläden aus Holz warm und freundlich. Das Grün hat den gleichen Ton wie die Zypressen, die den Weg zu einer hohen Eingangstür säumen. Edel. Ganz mein Geschmack. Wer hätte gedacht, dass Thomas solche Adressen kennt? Ich jedenfalls nicht.

Auf einem gekiesten Parkplatz neben dem Gebäude parken

silbergraue und weiße Kleinwagen mit Aufklebern verschiedener Mietwagenfirmen. Thomas stellt den Wagen ab, wir steigen aus und gehen zur Tür. «Finca Silencio» lese ich auf einer handgemalten Kachel neben dem Klingelknopf aus Messing. Heißt Silencio nicht Ruhe? Ruhig ist es hier in der Tat. Außer einem leichten Rauschen des Windes in den Zypressen höre ich nichts. Vielleicht ein bisschen zu ruhig für meinen Geschmack.

Fünf Minuten später ist klar, dass ich mir jeden Gedanken darüber, ob dies der richtige Urlaubsort für mich ist, hätte sparen können. «Das tut mir aber leid, Thomas, wir haben gestern mit dir gerechnet, jetzt ist das Zimmer weg. Ich hab noch versucht, dich zu erreichen, als die andere Anfrage kam, aber du gehst ja nie an dein Telefon.» Die Frau, sie ist ungefähr in meinem Alter und mit ihren aufgesteckten kastanienroten Locken und ihrem hellroten Kaftan eine auffallende Erscheinung, lächelt mir entschuldigend zu. Thomas zuckt mit den Achseln, sagt erst «Shit happens», dann «Tschüs!», dreht sich um und geht zurück zum Pick-up. Ich selbst stehe einfach da und kann es nicht fassen. Bestimmt habe ich jetzt einen tomatenroten Kopf. So wütend war ich lange nicht. «Vielleicht klappt es beim nächsten Urlaub», sagt die Lockige zu mir. «Möchtest du unsere Karte?»

Ich schüttele den Kopf, kriege gerade noch ein «Danke» über die Lippen und laufe Thomas nach.

«Du blöder Idiot bringst mich jetzt SOFORT zum nächsten Hotel, verstanden?»

«Reg dich nicht auf, ist halt dumm gelaufen.»

«Sofort!»

«Ist ja schon gut.»

Das Hotel ist an der Küste. Und ausgebucht. Angeblich

gibt es hier im Süden dieser merkwürdigen Insel nur dieses eine.

Ich würde gern sagen: Der Rest ist Schweigen. Aber der Rest sind Thomas' Schnarchen und ein Albtraum, in dem Monster-Kakerlaken die Hauptrolle spielen.

Es ist noch nicht sieben Uhr, Thomas sägt nach wie vor, da bin ich auf der Flucht. Mein Plan ist, so lange herumzufragen, bis ich fündig werde. Zur Not werde ich sogar auf Meerblick und bunte Botanik verzichten. Hauptsache, ein Zimmer, sauber und ruhig. Schon erstaunlich, wie schnell meine Ansprüche nach nur zwei Nächten mit der Sauf- und Schnarchnase Thomas gesunken sind. Jetzt, da ich ihm entkommen bin, steigt mein Launepegel schneller als die Sonne.

Die schickt gerade ihre ersten Strahlen über die Insel, als ich langsam zur Treppe bummele, vor mir den unberührten Tag, hinter mir das Dorf, das wie ein Adlerhorst am Berg über dem Meer klebt. Ich drehe mich um. Außer dem Weg zu Thomas habe ich von dem Örtchen bisher kaum etwas gesehen. Eigentlich schade. Es ist nicht sehr wahrscheinlich, dass der Bürgermeister, oder wer auch immer hier das Sagen hat, während meiner Anwesenheit auf der Insel einen Treppenlift installieren lassen wird. Wie ich mich kenne, werde ich also kaum freiwillig wieder hier hochkommen, wenn ich erst einmal eine bequem zu erreichende Unterkunft gefunden habe. Noch ist es kühl, außer ein paar Steigungen spricht nichts gegen einen Spaziergang durch die Gassen. Nichts, außer meinem gottverdammten Koffer. Wenn ich den irgendwo lassen könnte ... Mein Blick fällt auf einen Busch mit dichtem Blattwerk und kleinen weißen Blüten. Er steht ein paar Meter von mir entfernt an der Mauer neben dem Zugang zur Treppe.

Kein Mensch ist zu sehen, als ich den Busch zur Seite drücke und meinen Koffer dahinter verstecke. Na also.

Fast jedes der kleinen, weiß getünchten Häuser hier hat einen Vorgarten, es blüht und duftet um mich herum, ab und zu höre ich Stimmen hinter winzigen Fenstern. Diese Häuser sind innen bestimmt ziemlich dunkel, aber dafür tagsüber auch kühl.

Zweimal begegne ich schwarz gekleideten Greisinnen, die Bündel von frischen Kräutern tragen. Beide nicken freundlich. Ob die Alten zum Einkaufen immer die steile Treppe runter- und wieder raufmüssen, auf ihren krummen Beinen? Und wie soll auf diesem Kopfsteinpflaster jemand mit einem Rollstuhl zurechtkommen? Oder das Dorf verlassen? Gerade überlege ich, ob sich hier frei nach Darwin nur solches Erbgut fortpflanzt, das kräftige Beine bis ans Lebensende garantiert, als ich es sehe: das Haus meiner Träume. Nein, nicht das meiner gegenwärtigen Träume, aber meiner Träume in jener Zeit, als Barbie in meinem Leben noch eine zentrale Rolle spielte.

Malvenfarbene Rosen umranken im Erdgeschoss filigran verschnörkeltes Schmiedeeisen, schlanke Streben tragen einen Balkon mit Blumenkästen, aus denen sich Blüten in allen Farben des Regenbogens ergießen. Himmelblaue Fensterläden sind einladend aufgeklappt. Zur Eingangstür führt eine geschwungene Steintreppe.

Jeder, der meine schwarz-weiß eingerichtete Wohnung kennt, kann bestätigen, dass ich eine Freundin sachlich-eleganten Designs bin. Verspielte Dekorationen, Plüschtiere auf dem Sofa und mehr als zwei, drei Zimmerpflanzen sind nicht mein Stil.

Aber nun stehe ich in einem spanischen Dorf in der Morgensonne und höre dieses Zuckerbäcker-Haus nach mir rufen. Wahrscheinlich verdreht mir der Farben-Overkill den Kopf. Möglicherweise reagiere ich auch nur auf das Schild an der Veranda: «Cuartos / Rooms / Gästezimmer». Jedenfalls habe ich plötzlich Herzklopfen wie ein verliebtes Ding. Kann es wirklich so einfach sein? Noch nicht mal acht Uhr früh. Ob ich schon klingeln kann? An einem der Fenster erscheint der Kopf einer Frau. Ich deute auf das Schild.

«Sí, sí, un momento!»

Sie mag um die fünfzig sein, ist klein, gertenschlank und trägt ein schlichtes beigefarbenes Blusenkleid. Feine silberne Strähnen durchziehen ihr halblanges schwarzes Haar. Einwandfreie Zähne, sehr weiß. Sie zeigt sie mir alle. Wann hat mich zuletzt jemand derart breit und herzlich angelächelt? Das Lächeln steht auch in den dunkelbraunen Augen. «Buenos días. ¿Busca una habitación?»

Lisa hat gesagt, ich würde hier auf der Insel auch ohne Kenntnisse der Landessprache bestens zurechtkommen. Aber Lisa hat so manches gesagt. Der Einfachheit halber nehme ich an, dass es um ein Zimmer geht, und nicke. Die Frau winkt mich zu sich, und ich steige die Steinstufen zur Rosenveranda hinauf.

In der nächsten Minute prasseln spanische Sätze auf mich ein. Ich verstehe kein Wort, lächle entschuldigend und hebe die Hände. Sie versteht, dass ich nichts verstehe, lächelt wieder und sagt: «Venga.» Damit dreht sie sich um, geht zur Haustür und lädt mich mit einer Armbewegung ein, ihr nachzukommen.

Ein langer, hellgelb gestrichener Flur, rechts und links geschlossene Türen aus dunklem Holz, an den Wänden Aquarelle, auf dem Boden ein dunkelroter Teppichläufer mit

Streifenmuster. Und am Ende des Flures eine weitere Tür mit einem Oberlicht, durch das die Sonne scheint. Die Frau wird zum Schattenriss. Ich folge ihrer schmalen Silhouette durch die zweite Tür und muss im Licht zwinkern. In einem kleinen Innenhof stehen Pflanzentöpfe dicht an dicht. An der Stirnseite führt zwischen zwei kleinen Yucca-Palmen eine schmale Wendeltreppe nach oben. Auch hier weiß lackierte Ornamente aus Schmiedeeisen.

Die Treppe endet auf einer Terrasse. Oder nennt man so etwas Balkon? Jedenfalls ist die ungefähr drei mal vier Meter große Fläche an drei Seiten von Mauern umgeben und zum Innenhof unter uns hin offen. Ein einfacher Holztisch mit vier Stühlen steht darauf und natürlich Töpfe mit Pflanzen. Wenn ich mich nicht täusche, ist mindestens ein Zitronenbaum darunter. Ich schnuppere, und ja, da ist der Duft von Zitronen in der Luft. Meine Begleiterin öffnet schwungvoll eine Tür in der Mauer zu meiner Rechten.

Ich muss das Zimmer mieten. Ich muss! Nicht nur wegen des hellblauen Doppelbettes – selbstredend aus Schmiedeeisen und reichverziert – samt schneeweißer Tagesdecke und einem Moskitonetz, das wie ein Himmel über dem Kopfteil angebracht ist. Auch nicht wegen der weiß lasierten Holzmöbel und dem entzückenden Schaukelstuhl in der Ecke. Sondern vor allem wegen des Balkons, der tatsächlich aufs Meer hinausgeht. Ein winziger Balkon zwar, aber mit zwei bequemen Stühlen und einem Minitischchen darauf und mit Blumentöpfen am Geländer. Jeder Windstoß trägt Duftwogen von süßen Blüten in den Raum.

Kaum eine halbe Stunde später steht mein Koffer neben dem Bett, und ich sitze auf meinem Balkon, blicke aufs Meer und grinse glücklich vor mich hin.

Thomas habe ich eine Nachricht an die Tür gepinnt: «Ich bin dann mal weg, danke für alles. Vielleicht sieht man sich bei Gelegenheit. Juliane.» Ich glaube kaum, dass er in Tränen ausbrechen wird, weil ich nicht mehr da bin.

Tja, Thomas. Ohne ihn hätte ich dieses Zimmer vielleicht nie gemietet. Besser gesagt, ohne die Erfahrung in seinem Badezimmer. Insofern sollte ich ihm vielleicht wirklich dankbar sein. Noch vor drei Tagen wäre ein Zimmer mit Gemeinschaftsbad für mich undenkbar gewesen. Aber wer zwei Nächte bei Thomas überstanden hat, ohne sich mit irgendwas zu infizieren, der überlebt auch das. Zumal das Bad, wie alles bei Señora Jacinta, blitzsauber ist. Wir haben es inzwischen geschafft, uns einander vorzustellen.

Es dauert knapp zwanzig Minuten, bis meine T-Shirts nach Farben und Ärmellänge sortiert in der leicht nach Lavendel riechenden Holzkommode liegen. Blusen, Röcke, Kleider und Hosen hängen auf Bügeln im Schrank. Ich gehe duschen, ziehe mich um und schminke mich. Wehmütig fällt mein Blick auf die mitgebrachten Sommerschuhe, die ich neben dem Schrank aufgereiht habe. Sie haben allesamt Absätze, mit denen ich hundertprozentig im Kopfsteinpflaster stecken bleiben würde. Egal, auch ohne Stöckel fühle ich mich in meinem kornblumenblauen Leinenkleid mit dem weitschwingenden Rock schon fast wieder wie ich selbst.

Wieder auf dem Balkon, hole ich meinen Notizblock aus der Handtasche. Einkauf, schreibe ich, und als ersten Punkt: Desinfektionsmittel. Sicher ist sicher. Mineralwasser, Aufschnitt, Käse, Oliven, Wein. Hach, eine Liste! Wie schön es ist, hier völlig ungestört zu sitzen und endlich mal wieder etwas zu tun, das mit Struktur und Planung zu tun hat. «To do» schreibe ich auf einen zweiten Zettel. Frühstücken gehen, am Strand liegen, einkaufen. Lisa eine Nachricht schicken.

Vielleicht rufe ich sie nachher auch an.

Schließlich schlüpfe ich in meine bei Thomas erstandenen flachen Ledersandalen, packe die wichtigsten Dinge aus meiner Lacklederhandtasche in die Stofftasche, vergesse auch die Badesachen und meine Listen nicht und schließe die Zimmertür ab.

«Oh, hallo, ein Neuzugang. Buenos días. Bist du Deutsche?» Ein Mädchen im Bademantel und mit einem Handtuchturban auf dem Kopf mustert mein blondes Haar. Sie kommt gerade aus dem Bad. Ich nicke.

«Ich bin Nelly.»

«Angenehm, Juliane Richter.»

Sie lacht fröhlich.

«Du bist wohl zum ersten Mal hier?»

«Ja, wieso?»

«Na ja, Nachnamen sind hier nicht so angesagt, hier duzen sich eigentlich alle.»

Ich aber nicht, will ich sagen, lasse es dann aber doch. «Äh, du warst wohl schon öfter hier?»

«Ist mein sechstes Mal.»

Dabei sieht sie aus wie achtzehn.

«Dann wissen Sie, ich meine, dann weißt du doch sicher, wo hier der nächste Lebensmittelladen ist?»

«Klar, ich will gleich runter zum Hafen, da kommt man dran vorbei. Wenn du magst, können wir zusammen gehen. Ich brauche aber noch ein paar Minuten.»

«Ja, ist gut, ich warte.» Ich setze mich an den Holztisch auf der Terrasse und überlege, ob ich mir am Abend eine Kleinigkeit kochen soll oder ob mir die kalte Küche reicht. Vielleicht esse ich hier an diesem Tisch und lerne dann auch die Bewohner der anderen Zimmer kennen. Nelly scheint ja ganz nett zu sein.

Sie ist schnell zurück. Ihre schmalen Hüften stecken in Jeans, dazu trägt sie ein schlichtes türkisfarbenes T-Shirt ohne BH und an den Füßen Flip-Flops. Die Haare fallen ihr offen auf die Schultern und durchnässen das Shirt. Es scheint sie nicht zu stören. Sie sieht ungefähr so aus wie ich, wenn ich nicht vorhabe, meine Wohnung zu verlassen. Ungeschminkt, die Haare unberührt von Föhn und Haarspray. Und im Gegensatz zu mir sehr, sehr jung.

Tatsächlich ist sie sechsundzwanzig, von Beruf Kinderkrankenschwester und kommt aus Bochum. So viel weiß ich schon, ehe wir die Treppe erreicht haben. Ich finde Nelly immer sympathischer. Schon weil sie so erfrischend normal aussieht. Keine grünen Strähnen, kein verfilztes Haar, keine Wanderschuhe. Sie duftet ganz zart nach Rosen.

Als wir an der Bar Carlos vorbeikommen, knurrt mein Magen. «Du hättest wohl nicht noch Zeit für einen Kaffee? Ich habe noch nicht gefrühstückt.»

«Klar.»

«Und du bist wirklich schon zum sechsten Mal hier?», frage ich, als das sommersprossige Gretchen den Kaffee und für mich einen Käsetoast gebracht hat.

Sie nickt.

«Es ist wegen der Magic.»

Ich verschlucke mich an meinem Toast. Da geht er hin, der Eindruck von Normalität. Ich bin an eine Esoterikerin geraten. «Wegen der was?»

Nelly lächelt verschmitzt.

«Der Magie. Wie lange bist du schon hier?»

«Zwei Tage.»

«Und, hast du in diesen zwei Tagen oft an dein anderes Leben gedacht? An die Arbeit und so?»

«Nein, aber das hatte nun wirklich nichts mit Magie zu tun, sondern mit einem Typen, der mir den letzten Nerv geraubt hat.»

Plötzlich muss ich an den verschlafenen, traumlosen Vormittag auf der Terrasse von Thomas denken. Normalerweise träume ich in der ersten Urlaubswoche dauernd von der Arbeit. Um ehrlich zu sein, sind es meist Albträume von geplatzten Events, für die ich verantwortlich bin. Bei Thomas hatte ich, mal abgesehen von den Kakerlaken, keinen einzigen Albtraum. Magie? Wohl kaum. Eher totale Erschöpfung.

«Man kann das nicht erklären, aber es ist die Insel, die dich verändert. Du wirst die Magie schon selbst spüren, wenn du so weit bist und dein anderes Ich zulässt.»

Da habe ich so meine Zweifel. Der einzig magische Ort, der mir spontan einfällt, ist meine Badewanne. Außerdem scheint mir, als hätte ich gerade eine neue Version von «Mach dich mal locker» gehört. Plötzlich glaube ich, den Marihuanageruch des ersten Abends wieder in der Nase zu haben. Von wegen Magie.

«Können wir dann?», fragt Nelly und trinkt den letzten Schluck aus ihrem Kaffeeglas. Ich bin erleichtert. Die weitere Einführung in die spirituelle Welt einer Bochumer Kinderkrankenschwester bleibt mir zumindest vorerst erspart.

«Ja, von mir aus können wir los. Der Kaffee geht auf mich.» Nelly zeigt mir den Supermarkt, winkt und verschwindet aus meinem Blickfeld. Ich folge den Schildern zum Strand. Wenn ich schon meine Sommerschuhe nicht ausführen kann, dann soll wenigstens mein neuer Bikini das Licht der Inselöffentlichkeit erblicken.

Das darf doch nicht wahr sein! Selbst mit dem bisschen Stoff, aus dem mein Bikini besteht, bin ich an diesem Strand komplett overdressed. Nacktes Fleisch, wohin mein Auge blickt. Wenn ich etwas noch weniger leiden kann als Kakerlaken, dann ist es die sogenannte Freikörperkultur. Ich bin nun mal der Meinung, dass Nacktheit in geschlossene, private Räume gehört. Aber hier und heute vertrete ich damit offensichtlich eine Minderheitenposition. Gut fünfhundert Meter muss ich laufen, bis ich ein geschütztes Plätzchen für mich und meinen Bikini gefunden habe. Weit genug weg von der Blöße der anderen, aber noch nah genug, um mich umzusehen. Einmal mehr halte ich Ausschau nach Kinderwagen und Babywippen. Tatsächlich sind ein paar Kleinkinder am Strand, aber wenn ich das richtig sehe, hat das Schicksal sie alle mit Mutter und Vater versorgt. Allmählich frage ich mich, ob Lisa wirklich von dieser Insel geredet hatte. Ist ja auch egal.

Es ist herrlich warm in der Sonne. So gut es geht, creme ich mich mit Sonnenschutzmittel ein. Und denke prompt an Alex' Hände. Mist. Okay, du magische Insel, dann wirke mal ordentlich und gib mir ein anderes Ich, eines, das diesen Mann, der mich nicht versteht, endlich vergisst. Seufzend platziere ich mein Handtuch strategisch günstig zur Sonne und mache die Augen zu. Ich liebe es, wenn mir das Licht auf die geschlossenen Augenlider scheint. Die Welt ist weg und meine Sicht der Dinge leuchtend orange.

«Bananenkuchen?»

Ein Schatten fällt auf mich. Vor mein sonnendurchglühtes inneres Auge schiebt sich umgehend die wenig erfreuliche

Vorstellung von einem nackten Mann, dessen edelste Teile locker durch mein Gesichtsfeld schwingen. Nein, danke. Ich lasse die Augen besser zu.

«Der ist selbst gebacken, nur ein Euro das Stück.»

Ich wittere in der Tat ausgesprochen leckeren Kuchenduft. Der Toast eben war ziemlich klein.

«Haben Sie etwas an?»

Ein lautes Lachen. «Ja, keine Sorge, ich bin angezogen. Du kannst die Augen aufmachen.»

Ich höre, wie sich der Kuchenverkäufer neben mich in den Sand fallen lässt, und setze mich auf. Riskiere einen Blick. Na, wenn das mal kein schöner Mann ist!

Ich gucke in strahlend grüne Augen unter kohlschwarzen Augenbrauen und genauso schwarzen Haaren, von denen ihm ein paar Strähnen in die Stirn fallen. Seinen Oberkörper kann ich mir gut als Büste auf einem Marmorsockel vorstellen. Über der glatten gebräunten Brust baumelt sanft ein Lederband mit einem hellen Stein. Und etwa dreißig Zentimeter unterhalb des Steines trägt er tatsächlich Shorts. Was in diesem Fall dann doch fast schade ist. «Juliane!», rufe ich mich innerlich zur Ordnung.

«Also, Kuchen oder nicht?»

«Ja, gern, ein Stück bitte.» Ich fummele mein Portemonnaie aus der Tasche und gebe ihm zwei Euro.

«Der kostet nur einen.»

«Sie mussten ja ganz schön weit laufen, um ihn mir zu bringen.»

Der Adonis steckt das Geld ohne weiteren Kommentar in eine kleine Tasche, die er am flachen Bauch trägt, nimmt ein Stück Kuchen aus seinem Korb – zu meiner Freude mit einer Zange –, reicht es mir auf einer Serviette und steht auf. Seine langen, wohlgeformten Beine bieten einen sehr schönen Anblick. Wenn ich jetzt schnell noch etwas Interessantes sage, setzt er sich vielleicht wieder hin. Ich würde ihn wirklich gern noch ein bisschen angucken, so schöne Männer sieht man selten, vor allem halbnackt. Aber mir fällt nichts ein. Was haben eine Veranstaltungsleiterin aus Köln und ein Bananenkuchenverkäufer auf einer Insel voller Nackter und Verrückter gemeinsam? Eben.

Schon trägt er seinen Kuchen und seinen Luxuskörper zurück zu den Nackedeis. Und ich liege wieder allein da mit meinem Bikini und der brennenden Frage: Was ist denn plötzlich mit mir los? So reagiere ich nicht auf wildfremde Männer, und seien sie noch so schön. Ich gehöre nicht zu den hormongesteuerten Wesen, die schon feuchte Höschen bekommen und am ersten Abend ja sagen, nur weil ein Kerl hübsch aussieht. Ich bin eher konservativ. Mich muss ein Mann umwerben. Er muss mich intelligent unterhalten, muss mich zum Essen und ins Kino einladen. Für mich zählen in erster Linie innere Werte. Gutes Aussehen schadet natürlich nicht. Alex sieht auch ziemlich gut aus. Grrr.

Noch eine Stunde braten meine Gedanken und ich in der Sonne, dann muss ich meine helle Haut davor bewahren, die Farbe eines gekochten Hummers anzunehmen. Im Meer zu schwimmen traue ich mich nicht, die Brandung ist enorm. Morgen vielleicht. Mit gebührendem Abstand zu den anderen Sonnenanbetern laufe ich wieder am Strand entlang, Richtung Supermarkt. Zeit für Punkt drei auf meiner To-do-Liste: einkaufen.

«Hey, Juliane!» Ohne Jeans und T-Shirt, dafür mit einem riesigen Sonnenhut, erkenne ich Nelly erst im letzten Moment. Was auch daran liegen kann, dass ihr zarter Körper fast vollständig von einem deutlich größeren Leib verdeckt wird. Die beiden kleben so dicht aneinander, dass nicht einmal eine Tarotkarte zwischen sie passen würde. «Komm doch nachher runter zur Bucht am Hafen, da gibt's zum Sonnenuntergang immer Musik», ruft Nelly mir zu. Meine Lippen sind noch damit beschäftigt, ein «Mal sehen!», zu formen, da hat sie sich schon wieder ihrem Partner zugewandt.

Durch die Tür meines Zimmers höre ich Stimmen. Spanische und englische Wortfetzen, Nellys helles Lachen, Türen, die zuschlagen, schließlich Schritte auf der metallenen Wendeltreppe. Dann Ruhe. Ich warte noch zehn Minuten, ehe ich in die kleine Küche gehe. Warum ich nicht aus dem Zimmer gegangen bin, um mir die anderen Leute in der Pension anzuschauen, weiß ich selbst nicht so genau. Vielleicht weil die Stimmen so vertraut miteinander klangen. Ich mag mich nicht schon wieder wie ein Fremdkörper fühlen.

Mein Fach im hohen Kühlschrank ist das dritte von oben. Ich nehme Schinken, Tomaten, Käse, Oliven und ein knackiges Baguette mit auf meinen kleinen Balkon, dazu eine Flasche Perrier. Vielleicht trinke ich nachher noch ein Glas Rioja. Oder vielleicht jetzt gleich? Ich hole mir ein Weinglas aus der Küche und schenke ein. Rubinrot schimmert der Wein im Glas. Schön. Ich mache ein Foto von meinem prallvollen Marmortischchen und schicke es in die Kölner Welt.

Nicht mehr sehr lange, dann wird die Sonne untergehen. Ein Schauspiel, das ich ungestört genießen kann. Ebenso wie mein kleines spanisches Festmahl. Kein nervender Thomas, keine Kakerlaken, keine Geckos. Und niemand, der mich mitleidig beäugt, weil ich alleine bin. Die späte Sonne streichelt mein Gesicht. Alles perfekt, Juliane. Freu dich, du hast das alles ganz für dich allein. Vielleicht sollte ich den zweiten Stuhl ins Zimmer räumen. So leer sieht er irgendwie anklagend aus.

Ich wähle Lisas Nummer.

«Hey, Juliane, das ist ja – Scheiße! Finn, nimm SOFORT die Finger von der Flasche! Nein, du darfst keinen Spiritus auf den Grill spritzen. Was? Es ist mir völlig egal, was Papa letztens gemacht hat. Sorry, Juliane, bist du noch dran?»

«Was ist denn bei euch los?»

«Abgrillen mit der Familie und den Nachbarn. Heute ist es tatsächlich noch mal warm.»

«Dann ruf ich wohl besser morgen an.»

«Quatsch, warte, ich geh mal ein bisschen weiter weg von dem Chaos hier. So, jetzt ist es besser. Erzähl, wie ist es? Hat alles gut geklappt? Bist du gut mit Thomas klargekommen? Wo wohnst du?»

Ich fange mit meinem Barbie-Zimmer an, beschreibe ihr das Himmelbett, den Balkon, die Blumen, die Aussicht. Und ganz zum Schluss, ich weiß auch nicht, was mich treibt, erwähne ich sogar den Bananenkuchenverkäufer mit seinem ausstellungswürdigen Körper.

«Klingt ja super! Und Thomas?»

Muss ich ihr jetzt sagen, dass ihr alter Freund sich zu einem unzuverlässigen Stinker ohne Putzhilfe, aber mit Alkoholproblem entwickelt hat? Ach was soll's, das kann ich ihr immer noch erzählen, wenn ich wieder in Deutschland bin. Der Abend ist viel zu schön, um über Thomas zu sprechen oder mich bei Lisa zu beschweren.

«Na ja, wir haben nicht ganz die gleiche Wellenlänge.»

«Ist er noch mit Norbi zusammen?»

«Zumindest hab ich keinen Norbi kennengelernt.»

Selbst hier auf meiner Insel kann ich das Geschrei hören, das in diesem Augenblick in Lisas Garten einsetzt.

«Sorry, Juliane, ich muss zurück zu meiner Brut», sagt sie mit einem Seufzen. «Melde dich wieder, ja? Und mach was draus – tschüs!»

Weg ist sie. Ich bin nicht mal dazu gekommen, nach Finns Blinddarm zu fragen. Wieso kann der eigentlich drei Tage nach seiner Operation schon wieder am Grill stehen? Machen die das heutzutage auch schon minimalinvasiv? Muss wohl. Hm. Wenn es dem Kind schon wieder so gut geht, dann kann Lisa vielleicht tatsächlich nachkommen.

Ich trinke noch einen Schluck Rioja. Das Sonnenlicht wird weicher, langsam spielt das Blau des Meeres ins Graue. Bald wird es dunkel. Ich räume den Tisch ab, wasche in der Küche das bisschen Geschirr ab und gehe wieder auf meinen Balkon. Und jetzt? Was macht eine Frau am Abend alleine, so ganz ohne Internet und Fernsehen? Lesen, genau. Dumm nur, dass ich außer einem Reiseführer nichts mitgenommen habe. Ich konnte beim Packen schließlich nicht ahnen, dass ich hier allein hocken würde.

Na gut, ich kann ja mal runter zum Hafen gehen und hören, was die da für Musik machen.

2

In Köln-Longerich

Dicke Luft

Lisa

«Ole, Finn, sofort auseinander, ihr benehmt euch wie Kleinkinder! Und wehe, ihr schubst Emma noch mal von der Schaukel. Verdammt, Jan, kannst du denn nicht auch mal für Ruhe sorgen?» Mein Mann bepinselt ungerührt die Steaks mit Knoblauchöl und sieht nicht mal in meine Richtung, geschweige denn in die der Kinder.

Ich atme tief durch. Wenn ich jetzt sauer werde, nein, falsch, wenn ich jetzt sage, dass ich sauer bin, liegt ein Abend vor uns, an dem die dicke Luft nicht nur vom Grill kommt. Ich hasse Streit, aber ganz besonders, wenn wir Gäste haben. Also bemühe ich mich um einen neutralen Ton und wechsle das Thema.

«Das war Juliane am Telefon.»

Jetzt guckt Jan hoch.

«Und? Will sie zurückkommen und dir die Augen auskratzen? Würde mich nicht wundern.»

Noch ein tiefer Atemzug. Es soll Frauen geben, die von ihren Männern vorbehaltlos unterstützt werden. Ich gehöre nicht dazu. Neulich zum Beispiel, als ich die arme Katze mit nach Hause gebracht habe – sie hat nur ein Auge, und das ist übel entzündet –, ist er schier ausgeflippt. Als ob es bei uns auf ein Tier mehr oder weniger ankäme. Zu unserem Haushalt gehören drei Meerschweinchen, zwei Rennmäuse, unser alter Dackel Bodo und, nicht zu vergessen, Oles zahme Ratte. Gegen meinen Juliane-Rettungsplan war er natürlich auch. Weshalb ich jetzt nicht ohne Triumph sage: «Ganz und gar nicht, mein Lieber. Es geht ihr glänzend, sie klingt schon richtig gelöst. Ich hab doch gleich gesagt, dass es funktionieren wird.»

«Und ich sage dir, dass sie die längste Zeit deine Freundin gewesen ist, wenn sie dahinterkommt, dass du sie belogen hast.»

«Sie wird aber nicht dahinterkommen.» Und wenn doch, dann wird sie mir dankbar sein. Ganz sicher.

Jan zieht die Augenbrauen bis kurz unter die Haarwurzeln und wendet sich wieder dem Fleisch zu.

Während ich den Tisch unter unserem alten Walnussbaum decke, an dem noch ein paar Nüsse hängen, bin ich in Gedanken bei Juliane. Genau genommen hat sie mehr als nur gelöst geklungen. Kaum wie sie selbst. Ein himmelblaues Himmelbett? Sie? In ihrer heimischen Wohnung ist alles schwarz, weiß oder grau, und das wärmste Stück darin ist die Daunendecke. Die Geschichte mit dem Kuchenverkäufer geht mir auch nicht aus dem Kopf. Ausgerechnet Juliane, die vor Bakterien in unverpackten Lebensmitteln so viel Angst hat wie andere Leute vor einem Zimmerbrand, kauft Kuchen bei einem Hippie? Nur weil er so gut gebaut ist? Also, ich finde das äußerst vielversprechend.

Juliane gibt sich immer dermaßen beherrscht und überlegt, dass es schon unheimlich ist. Meiner Ansicht nach könnte das Kontrollzentrum in ihrem Kopf dem Kennedy-Space-Center in Cape Canaveral Konkurrenz machen. Ich bin der festen Überzeugung, dass sie sich hinter diesem ganzen Kontrollding nur versteckt. Und ich kenne sie jetzt immerhin sieben Jahre.

Jan ist zwar der Ansicht, dass ich mir von ihrer Ordnungsliebe eine dicke Scheibe abschneiden sollte, aber ich meine: Was zu viel ist, ist zu viel. Und dann immer dieses Gerede von Freiraum, wenn ihr einer zu nah kommt. Sie macht sich alles kaputt. Siehe Alex. Die beiden haben so super zusammengepasst. Und was macht Juliane? Klappt mal wieder ihre Muschel zu. Und jetzt haben wir einen neuen Küchenchef, der nicht halb so gut ist wie Alex, und Alex kocht in irgendeinem Sterne-Restaurant in Nürnberg. Nein, so geht das mit Juliane nicht weiter.

Ich habe keine Ahnung, warum sie so ist, wie sie ist. Ich tippe auf eine schwierige Kindheit. Schon weil sie nie über ihre Kindheit spricht. Aber, mein Gott – inzwischen ist sie schließlich erwachsen. Ich hatte es als Kind auch nicht leicht. Na und? Sie muss einfach mal über ihren Schatten springen.

Wenn mein Plan aufgeht, dann macht Juliane nicht nur jede Menge interessanter Erfahrungen, dann kommt sie als ganz neuer Mensch zurück. Na gut, ganz neu ist vielleicht übertrieben. Aber offener, entspannter, lockerer. Wie gesagt, die ersten Anzeichen sind eindeutig da. Jan wird noch staunen, anstatt über meine Unordnung und mein angebliches Helfersyndrom zu meckern.

Unser Gartentor quietscht. Das könnte mein holder Gatte wirklich mal ölen.

«Hi, Lisa, soll ich den Kartoffelsalat schon auf den Tisch stellen?»

«Hi, Simone, hallo, Andi, nein, bring ihn erst mal in den Kühlschrank, das dauert noch, bis wir essen können. Warte, ich komm mit. Ich muss sowieso den Gurkensalat abschmecken.»

Andi dreht ab in Richtung Grill. Eine Minute später hören wir Kronkorken ploppen. Ich sehe Simone an: «Weißwein?»

«Weißwein.»

3

Auf der Insel

Magische Klänge

Juliane

Als Erstes höre ich tiefe, weiche Trommeltöne. Monoton, aber irgendwie schön. Anziehend. Dann setzt ein anderer Klang ein, heiser, sanft, betörend. Vielleicht ein Saxophon?

Ich laufe langsam auf die Musik zu. An einer kleinen Bucht sitzen im goldenen Licht der untergehenden Sonne Leute an einem steinigen Strand, zwischen ihnen steht tatsächlich ein Saxophonspieler. Er spielt keine Melodie, nur diese hypnotisierenden, ineinanderfließenden Laute. So etwas habe ich noch nie gehört. Ich komme mir vor wie eine Schlange, die aus dem Korb geflötet wird. Ehe ich mich versehe, sitze ich inmitten der kleinen Menschenmenge auf einem Stein. Ein paar Leute tanzen versunken, andere wiegen die Oberkörper. Nelly kann ich nirgendwo entdecken. Nicht schlimm, seltsamerweise fühle ich mich nicht allein. Nicht weit von mir haben zwei Frauen Trommeln zwischen die Knie geklemmt und schlagen sie sanft. Das Saxophon wird von einer Klarinette abgelöst. Die Klänge sind wie eine zärtliche Umarmung.

Ich weiß nicht, wie lange ich dort sitze, im Bann der Musik und der Atmosphäre. Für eine Weile schließe ich die Augen und höre einfach nur zu. Als ich sie wieder öffne, erstreckt sich über mir der Sternenhimmel wie ein riesiger Schmuckkasten voller Diamanten. Ist das schön! So hell funkeln die Sterne zu Hause nie.

Ein saurer Geruch weht mir in die Nase. Bier, gemischt mit Schweiß. Irgendwie vertraut. Oh nein, bitte nicht!

«Na also, geht doch, du siehst schon viel lockerer aus.» Thomas lässt sich mit einem Bier in der Hand auf den Stein neben mir fallen.

«Willste 'nen Schluck?»

«Nein, danke.» Hoffentlich klinge ich so kühl, wie ich möchte.

«Und, wo biste untergekommen?»

Kühl reicht bei Thomas nicht, dann also frostig.

«In einer Pension.»

«Und wo?»

Der Mann hat die Feinfühligkeit des Steines, auf dem er hockt.

«Im Ort.»

«Okay, schon verstanden. Ja dann, viel Spaß noch im Schneckenhaus.» Gerade als er wieder aufsteht, verstummen die kleinen Trommeln. Eine der Frauen packt ihr Instrument in ihren Rucksack, kurz darauf verklingt auch die Klarinette. Die Menschen auf den Steinen beginnen zu reden, zu lachen, brechen auf. Ich bleibe noch einen Moment sitzen, hätte gern noch länger zugehört, in die Stimmung von eben zurückgefunden. So leicht und glücklich habe ich mich lange nicht gefühlt.

Autsch. Meine Muskeln haben mir das lange Sitzen auf dem

Stein übel genommen. Ich strecke mich, schüttele die Beine. Und jetzt? Mein Hals ist trocken, ich muss tatsächlich an das Bier in Thomas' Hand denken. Dabei kann ich Bier nicht ausstehen. Vielleicht noch irgendwo einen Wein? Oder erst mal ein Wasser?

Nach etwa zehn Minuten erreiche ich den kleinen Ort am Hafen. Jedes zweite der Gebäude scheint eine Kneipe zu beherbergen, die meisten haben ein paar Tische vor der Tür, und überall ist es voll. Ganz am Ende der Häuserreihe säumen zwei Palmen einen Eingang, aus dem gelbliches Licht scheint. «Buena Vista» steht auf einem Schild darüber, und sofort muss ich an den gleichnamigen Film über kubanische Musiker denken. Ich hab ihn ungefähr zwölfmal gesehen.

Drinnen wummern lateinamerikanische Rhythmen aus riesigen Boxen. Die lange Theke ist umlagert von Leuten, die fröhlich gegen die Musik anschreien. Trotz des Kontrastprogramms zu eben gefällt mir die Bar. Die Wände sind in Pastellfarben gestrichen, auf der Theke aus dunklem Holz und in jeder freien Ecke stehen Pflanzen, die Wand hinter der Theke ist verspiegelt, davor stehen Flaschen auf Glasregalen. Meine Güte, hier könnte eine ganze Armee ihren Durst löschen. Gerade als ich mich frage, ob ich bleiben oder gehen soll, sehe ich, wie am Tresen ein Pärchen zahlt. Das ist ein Zeichen, keine Frage, schließlich bin ich hier auf einer magischen Insel. Zwei Minuten später sitze ich auf einem der beiden frei gewordenen Barhocker und bestelle einen Rioja. Weitere zwei Minuten später bin ich nicht mehr allein. Auf dem Hocker neben mir sitzt Jürgen aus Mannheim.

Dass es sich um Jürgen aus Mannheim handelt, erfahre ich natürlich erst ein bisschen später. Kurz bevor er mir von seiner Scheidung vor sechs Monaten erzählt. Genauer gesagt brüllt er in mein linkes Ohr. Ich trinke noch ein Glas Wein. Jürgen, auch das lässt er mich großzügig wissen, ist ein Wanderfreund. In der nächsten halben Stunde schildert er in aller Ausführlichkeit sämtliche Wanderungen, die er in den vergangenen sechs Tagen unternommen hat. Ich glaube schon fast selbst, Blasen an meinen Füßen zu spüren. Das hätte ich vielleicht nicht laut sagen sollen. Der Mann hat den Humor einer Flunder. Ich muss ihm geloben, in Zukunft stets ein dünnes und ein dickes Paar Socken in meinen Wanderschuhen zu tragen, um Reibungen zu vermeiden. Als er mir – nur zur Sicherheit – die besten Blasenpflaster empfiehlt, schreibe ich im Geiste seiner Exfrau eine Glückwunschkarte.

Jürgen redet und redet, ich nicke nur noch ab und zu, leere langsam mein Glas und beobachte im Spiegel über der Theke das Treiben um mich herum. Ich habe auch den Eingang zum «Buena Vista» gut im Blick. Es wird immer voller. Zwei Frauen kommen herein, beide haben herzförmige Gesichtchen und rote Haare. Ich möchte behaupten, die haben sich eine Packung Henna geteilt. Die Schwingtür ist gerade wieder zugeklappt, da schwingt sie auch schon wieder auf; diesmal für einen Mann, der im Alter gut zu Jürgen passen würde. Anfang vierzig, schätze ich, aber nach regelmäßigem Wandern sieht der nicht aus. Eher nach regelmäßigem Wasserpfeifengebrauch. Nach ihm kommt eine gealterte Version von Pippi Langstrumpf in den Raum, gefolgt von einem großen blonden Langhaarigen mit rotem Stirnband, markanten Gesichtszügen und türkisblauen Augen sowie einer sehr breiten Nasenwurzel. Eine Kreuzung aus Winnetou und Cameron Diaz.

Der Blonde schaut zum Tresen. Zu mir. Natürlich nicht wirklich, aber einen winzigen Augenblick lang treffen sich unsere Blicke im Spiegel. Irgendetwas durchzuckt mich. Habe ich einen Krampf? Dann ist der Augenblick vorbei und der Mann hinter Pippi Langstrumpf in der Menge verschwunden. Ich löse meinen Blick vom Spiegel. Vor mir steht der Barkeeper mit der Weinflasche und wirft mir einen fragenden Blick zu. Na gut, noch ein letztes Glas.

«Und, bist du morgen dabei?»

Jürgen. Den hatte ich komplett ausgeblendet. Keine Ahnung, wovon er redet.

«Entschuldige, ich war gerade mit meinen Gedanken woanders, wobei soll ich morgen sein?»

«Na, bei der Tour zum Wasserfall.»

«Nee, du, entschuldige, aber ich wandere nicht gern.»

Genauso würde ein Vierjähriger gucken, wenn man ihm sagt, dass die Geschichte vom Weihnachtsmann leider erstunken und erlogen ist und Weihnachten deshalb ausfällt. «Ich muss mal wohin», sage ich schnell und ergreife die Flucht.

Auf dem Rückweg von den Toiletten halte ich unauffällig Ausschau nach dem Großen mit dem Stirnband. Nur mal so. Männer mit Stirnband sieht man schließlich nicht so oft. Männer, die mit einem Stirnband nicht albern aussehen, eigentlich nie.

Ich kann ihn nirgendwo entdecken. Dafür sehe ich in einer Ecke Thomas, der gerade den hennagetönten Ladys Ohrringe anzudrehen versucht. Okay, wieder zu Jürgen aus Mannheim. Ich werde mich kurz verabschieden und dann zurück ins Dorf laufen. Das war ein langer Tag heute, und ich kann keine einzige Wandergeschichte mehr ertragen. Muss ich auch nicht. Als ich mich durch die Menge wieder zur Theke vorgekämpft habe, finde ich meinen Platz besetzt. Eine winzige Frau mit kurzen schwarzen Locken lässt ihre nackten braunen Beinchen von dem Barhocker baumeln, auf dem eben noch ich gesessen habe. Es sind Beinchen mit erstaunlich kräftigen Waden und sehr vernünftigen Schuhen an den Füßen. Da freue ich mich aber für Jürgen. Ich murmele ein «Tschüs», das ungehört in lateinamerikanischen Rhythmen untergeht. Jürgen hat sowieso nur noch Ohren und Augen für den Wanderzwerg. Auch gut.

Vielleicht waren drei Gläser Wein doch ein bisschen viel für mich. Genau genommen zweieinhalb. Das letzte Glas hab ich ja nicht mehr ausgetrunken. Jedenfalls wird mir draußen an der frischen Luft schwindelig, und ich muss mich erst einmal an der Hauswand abstützen, ehe ich loslaufen kann. Oder sollte ich sagen: losschwanken? Gottlob sieht mich niemand, als ich eine Straße entlangeiere, von der ich glaube, dass sie aufs Dorf zuführt. Schrecklich weit weg und verdammt hoch oben sehe ich Lichter und hoffe inständig, dass es die richtigen sind. Ich laufe und laufe. Rechts und links von der Straße gibt es, soweit ich das im Sternenlicht erkennen kann, nichts als Bananenstauden. Bananenstauden und Geräusche. Sind das Tiere? Wenn ja, was für welche? Wenn nein, was höre ich dann? Womöglich lauert da zwischen den Stauden ein hoffnungsfroher Vergewaltiger auf eine dumme angetrunkene Touristin.

Ich hätte nicht gedacht, dass ich mich mal freuen würde, die einhundertzweiundsiebzig Stufen zu sehen, die zu meinem Domizil führen.

Juliane Richter, wo hast du dein Hirn gelassen? Am nächsten Morgen bin ich nicht gut auf mich zu sprechen. Ich habe mörderische Kopfschmerzen. Das ist gut so, Strafe muss sein. Nein, ich nehme kein Aspirin. Wer angetrunken in Bars voller wildfremder Menschen herumsitzt und mutterseelenallein über einsame Straßen nach Hause stolpert, hat keine Gnade verdient. Also auch keine Schmerztablette. Stattdessen verordne ich mir eine Flasche Wasser, drei Tassen Kaffee und eine Bustour in den Norden der Insel. Danach werde ich völlig erschöpft nach Hause kommen und dortbleiben. Mit meinem Reiseführer und ohne Wein. Jawohl.

Sieben Stunden später kann ich berichten: Im Norden hat es geregnet. Erschöpft bin ich nicht. Dafür habe ich jetzt eine Liste von all den Orten und Sehenswürdigkeiten, die ich in den nächsten Tagen zu besichtigen gedenke. Zu meinem eigenen Erstaunen möchte ich tatsächlich noch mehr von dieser Insel sehen. Sogar den berühmten Wasserfall. Ich habe nämlich gelesen, dass man da mit einem Taxi hinfahren kann. Die Kultur und Geschichte des Inselvölkchens ist mir nach gründlicher Lektüre inzwischen wohlvertraut. Aber, ganz ehrlich, der Unterhaltungswert meines Reiseführers ist ungefähr so hoch wie der einer Bundestagsdebatte ohne Gregor Gysi. Ich lege ihn zur Seite und spiele eine Weile Angry Birds auf meinem Handy. Esse dann die Reste von gestern. Die Terrasse vor der Küche ist verlassen. Als ich nach Hause gekommen bin, war schon kein Mensch mehr da. So eine Pension wie diese habe ich mir eigentlich kommunikativer vorgestellt. Ich gehe wieder auf meinen Balkon zu meinem Perrier und sinne darüber nach, dass ich morgen vielleicht nicht so viel mit dem Bus fahren, sondern zu Fuß gehen sollte, damit das mit der Erschöpfung klappt. Ich muss ja nicht gleich wandern. Warum bin ich bloß noch so schrecklich wach? Es könnte eventuell daran liegen, dass ich sonst auch nicht am frühen Abend ins Bett gehe.

Also gut, ein Spaziergang kann nur gesund sein.

Jürgen und der Wanderzwerg sind auch da. Die Tür des «Buena Vista» ist eben erst hinter mir zugefallen, da sehe ich sie an einem Zweiertisch. Sie halten Händchen. Eigentlich wollte ich nur wieder den Trommlern zuhören und Sterne gucken. Ich konnte ja nicht wissen, dass sich der Himmel zuziehen würde. Keine Sterne, keine Trommler. Stattdessen leichter Nieselregen. Zwar warm, aber naturgemäß feucht.

Im «Buena Vista» ist es noch nicht voll, und ich setze mich wieder an die Theke. Der Barkeeper lächelt.

«Rotwein?»

Ich lächle zurück und schüttele den Kopf.

«Dann vielleicht einen Sunshine Punch?»

«Klingt gut, was ist dadrin?»

«Zitronensaft, Oran...»

Mehr muss er gar nicht sagen. Ich liebe Zitronen. In jeder Form. «Okay, einen Sunshine Punch.»

«Den nehme ich auch.»

Es ist Nelly, die sich neben mir auf einen Hocker fallen lässt. Drei Minuten später stoßen wir mit den Cocktails an. Ich freue mich. Es ist viel schöner, hier mit Nelly zu sitzen als allein. Oder mit Jürgen. Ich wäre sogar willens, mit Nelly über Inselmagie im Allgemeinen und Besonderen zu plaudern. Aber sie erzählt mir von ihrem Bochumer Arbeitsalltag. «Du kannst dir einfach nicht vorstellen, was diese Oberschwester für eine Xanthippe ist», sagt Nelly gerade, als etwas Merkwürdiges passiert. Mein Rücken wird heiß. Also, so richtig heiß. Als ob mir ein Loch ins Kreuz gebrannt würde. Ich unterbreche Nelly.

«Sag mal, merkst du das auch?»

«Was denn?» Sie guckt neugierig.

«Das wird plötzlich so heiß hier.»

«Nö, finde ich nicht.» Nelly erzählt weiter von der Oberschwester, die ihr demnächst wieder das Leben schwermachen wird und ihr schon heute ihren neuen Dienstplan gemailt hat. Aber da ist immer noch dieses seltsame Gefühl von Hitze in meinem Rücken. Dieses Glühen. Was zum Teufel ist das? Langsam drehe ich mich um.

Heute trägt er ein dunkles Stirnband. Ganz still steht der Blonde da, an der Wand neben der Tür. Das schöne Gesicht reglos. Die großen türkisblauen Augen unverwandt auf mich gerichtet.

Warum starrt der Mann mich so an? Und wieso ist mir unter seinem Blick zumute, als hätte ich gerade fünf Stunden in einer überhitzten Sauna verbracht? Seine Augen bohren sich in meine, saugen sich an ihnen fest. Der Rest der Welt verschwindet. Da ist nichts anderes mehr. Nur dieser Blick. Nur dieser Mann.

«Juliane?»

Ach ja, da ist auch noch Nelly. «Hey, du hast plötzlich einen ganz roten Kopf», sagt sie, als ich sie wieder ansehe. «Ist dir nicht gut?»

«Doch, alles bestens, mir ist nur so warm.»

Ich drehe mich nicht noch einmal um. Auf keinen Fall.

Muss ich auch nicht. Wann immer ich in den Spiegel hinter der Theke blicke, sehe ich ihn dastehen. Er lehnt die ganze Zeit an der Wand und starrt mich an. Ich bekämpfe meine Hitzewallungen mit einem weiteren eiskalten Cocktail.

«Du, Nelly?»

«Ja?»

«Du hast doch neulich von der Magie hier gesprochen. Was hast du damit gemeint?»

Sie lächelt versonnen. Ein bisschen wie ein Kind, das eine

besonders süße Süßigkeit lutscht. «Tja, wie soll ich dir das erklären? Ich hab mal gelesen: Magie ist, wenn Türen geöffnet werden, von denen man vorher gar nicht wusste, dass es sie gibt. Ich finde, das trifft es ganz gut. Da sind ständig neue Eindrücke, Erfahrungen, Dinge, die ich erlebe und fühle. Das liegt natürlich auch an den Kraftlinien.»

«Den was?»

«Den Kraftlinien. Die transportieren Energien, um das System des Erdorganismus mit Kraft zu versorgen bzw. zu entsorgen. Wenn die Linien sich überschneiden, sind die Schnittpunkte von ganz besonderer Kraft erfüllt. So wie hier. Also, ich meine jetzt nicht hier im Buena Vista, aber zum Beispiel am Las Conchas. Warst du da schon?»

Ich schüttele den Kopf. «Und was macht so ein Kraftort mit dir?» Meine Güte, ich höre mich an wie die Therapeutin in der Achtsamkeitsgruppe, die ich vor ein paar Jahren besucht habe. Nur ein einziges Mal, nebenbei bemerkt. So etwas ist nichts für mich. Nelly hat mit meiner Frage kein Problem. Ihr Gesichtsausdruck wird nachdenklich. Nach einer kleinen Pause sagt sie: «Hier bin ich anders als in Bochum, freier irgendwie, mit mir im Reinen. Ich fühle alles ganz intensiv. Weißt du, was ich meine?»

Ich muss an die Trommeln denken. An die Sterne. An meinen kleinen Balkon. An die vielen Blumen und Düfte. Und an meinen glühenden Rücken. Ja, vielleicht verstehe ich ein bisschen, was sie meint. «Nelly, kennst du den Mann neben der Tür?»

Sie schaut in den Spiegel. Ich selbst starre auf meinen Cocktail, als würde die Antwort von dort kommen. Nelly dreht sich um.

«Welcher Mann? Da ist keiner.»

«Aber er hat die ganze Zeit dagestanden, du musst ihn doch gesehen haben! Ein Blonder mit Stirnband.»

«Ist mir nicht aufgefallen, tut mir leid.»

Erst in meinem Himmelbett komme ich wieder zu Verstand. Magie, so ein Schwachsinn. Ich vertrage schlicht und ergreifend nicht viel Alkohol. Neben Zitronensaft war reichlich Rum in den Drinks. Hochprozentiges vertrage ich schon gar nicht. Und das ist nun wirklich keine neue Erkenntnis. Den dritten Cocktail habe ich dann auch abgelehnt, stattdessen noch ein Wasser getrunken und mich auf den Heimweg gemacht. Im aufrechten Gang.

Und siehe da, hier liege ich mit einem normal temperierten Rücken und weiß wieder um den Zusammenhang zwischen Ursache und Wirkung. Besser, ich mache um das «Buena Vista» samt seinen Drinks in Zukunft einen großen Bogen. Um Phantome mit Stirnbändern auch.

Mein Telefon meldet eine SMS, als ich drei Tage später mit Nelly, Chris und Estefan beim Frühstück sitze. Auf der Terrasse bei Jacinta. Als wäre es das Normalste auf der Welt. Für die anderen ist es das wohl auch, aber ich bin immer noch verwundert, wie selbstverständlich die drei mich quasi adoptiert haben. Um ehrlich zu sein, bin ich fast noch erstaunter, dass ich mich habe adoptieren lassen. Nach meinem zweiten Abend im «Buena Vista» hat Nelly morgens an meine Tür geklopft, in aller Selbstverständlichkeit «Frühstück ist fertig» gerufen und mir kurz darauf Estefan und Chris vorgestellt.

Die SMS ist von Lisa. Sie kann nicht kommen. Sebastian hat mal wieder großen Alarm geschlagen und sie aus dem Urlaub zurückgeholt. Typisch Lisa. Sie lässt sich immer wieder von ihm breitschlagen. Aber bei ihr läuft ja sowieso nie etwas wie geplant. Ich staune immer wieder, dass sie in unserer Firma so effizient arbeitet. Als Personaldisponentin in Teilzeit macht sie einen exzellenten Job. Aber bei ihr zu Hause ... das Chaos pur. Allein das Haus. Überall liegt etwas herum. Nicht nur Spielsachen, einfach alles. Kleidungsstücke, die sie ausbessern will, Papiere, leere Saftflaschen, gebrauchte Teller. Die Küche ist nie sauber oder auch nur ordentlich. Nicht einen Tag könnte ich so leben.

Ich stecke das Handy zurück in meine Tasche.

«Schlechte Nachrichten? Du guckst ein bisschen traurig.»

«Nur etwas enttäuscht. Eine Freundin von mir wollte eigentlich herkommen, kann jetzt aber nicht weg.»

«Du hast doch uns.»

Nelly, die Gute.

Chris konzentriert sich ganz auf das Brötchen, das er gerade mit Marmelade bestreicht. Genau den gleichen Gesichtsausdruck wie jetzt hat er auch, wenn er am Ende meines Bettes sitzt und meine Füße in den Händen hält. Chris hat das Zimmer neben mir. Er ist Amerikaner mit deutschem Großvater und seit vorgestern mein Physiotherapeut. Genau genommen therapiert er meine Füße. Noch genauer: meine großen Zehen. Weshalb mein Nacken nicht mehr so verspannt ist. Verblüffend. Aber mich verblüfft hier inzwischen kaum noch etwas.

Gestern zum Beispiel bin ich zu der Bucht mit dem Namen Las Conchas gelaufen. Jawohl, ich. Obwohl es bis dorthin bestimmt acht Kilometer sind und ein Großteil des Weges so schmal ist, dass er ursprünglich für Ziegen gedacht gewesen sein dürfte. Bergziegen wohlgemerkt, denn links von mir ragte ein karger Berg in die Höhe, rechts ging es steil abwärts. Vielleicht sechzig Zentimeter von meinen Sandalen entfernt hatte ich freien Blick auf scharfkantige, von Brandung umtoste schwarze Felsen. Spät dran war ich auch. Die Sonne stand schon hoch, und mein Shirt war nach der halben Strecke durchgeschwitzt.

Aber es hat sich gelohnt. Nicht so sehr wegen der Bucht. Die ist hübsch, keine Frage. Ziemlich klein, mit feinem Sand, klarem blauem Wasser, sanften Wellen und vielen Muscheln. Wie sich das für eine Bucht auf einer Urlaubsinsel gehört. Ganz normal. Auf den ersten Blick jedenfalls, denn in dem Berg, der die Bucht umschließt wie ein Hufeisen, gibt es Höhlen. Samt Höhlenbewohnern. Menschlichen. Wirklich. Vor jeder zweiten Höhlenöffnung hingen Wäschestücke.

Von sich kreuzenden Energielinien habe ich allerdings nichts gespürt, tut mir leid. Aber wer weiß, vielleicht ist der Kraftort ein bestimmter Punkt im Sand. Der Punkt nämlich, an dem mitten in der prallen Mittagssonne ein klapperdürrer Mann mit langem weißem Bart lag, die Arme und Beine weit von sich gestreckt. Natürlich nackt. Wie er da so alle viere von sich streckte, musste ich spontan an die Zeichnung von Leonardo da Vinci von dem Mann im Kreis denken, in der es um die idealen Proportionen geht. Jedenfalls war ich den ganzen Nachmittag in der Bucht, wanderte herum, sammelte Muscheln, döste unter dem kleinen Sonnenschirm, den ich mir gekauft hatte, ging schwimmen – und die ganze Zeit über lag er da wie tot. Ich konnte gar nicht anders als immer wieder zu ihm hinüberschauen. Nicht ein einziges Mal änderte er seine Position. Zum Glück bewegte sich sein Brustkorb, aus dem die Rippen so stark hervorstachen, dass ich ihn am liebsten gefüttert hätte. Sonst hätte ich vielleicht einen Notarzt alarmiert. Übrigens war ich die Einzige in der Bucht, die dem Mann

Beachtung schenkte. Alle anderen benahmen sich, als sei er ein fester Bestandteil der Natur. Er lag noch da, als ich ging.

Im Vergleich dazu ist ein Spezialist für Fußreflexzonenmassage als Zimmernachbar nun wirklich nichts Ungewöhnliches. Nicht mal dann, wenn er aussieht wie eine jüngere Ausgabe von Bruce Willis. Ich schicke Chris ein Lächeln über den Tisch und bekomme eines zurück.

«Wann hast du deinen Termin?», frage ich ihn. Chris will sich im Health Center im Hauptort der Insel vorstellen. Das Health Center bietet so ziemlich alles an, was an heilpraktischen und alternativen Behandlungen auf dem Markt ist. Blutegelbehandlung, Bioresonanz, Meditation, Kinesiologie, Geistiges Heilen – alles, was das Herz begehrt. Und eben auch Fußreflexzonenmassage.

«Heute Nachmittag. Druck mir die Däumen.»

Ich liebe seinen amerikanischen Akzent. Und ja, ich gestehe: Ich finde es ganz wunderbar, wenn er mir mit seinem Kleiner-Junge-Grinsen im nicht mehr ganz so jungen Gesicht Komplimente macht. Ich schätze ihn auf Anfang vierzig. «Schöne Frau, du erinnerst misch an die unvergessene Grazia Patrizia», hat er doch tatsächlich behauptet, als wir uns kennenlernten. Vielleicht ein bisschen plump, aber welche Frau wird nicht gern mit Grace Kelly verglichen, auch wenn die Frau längst Geschichte ist?

Der Vierte in unserem Bund, Estefan, ist ungefähr in Nellys Alter. Ansonsten weiß ich von ihm nur, dass er aus Barcelona stammt. Er spricht kein Englisch und ich kein Spanisch, unsere Kommunikationsmöglichkeiten sind also begrenzt. Übrigens bin ich die Einzige am Tisch, die die Landessprache nicht beherrscht. Aber Estefan lächelt immer freundlich, wenn er mir die Butter reicht.

Nelly hat recht: Ich fühle mich nicht mehr fremd oder allein. Wenn ich ganz ehrlich bin, würde Lisa mich hier wahrscheinlich stören. Wie soll ich es ausdrücken? Sie ist Teil einer anderen Welt, meiner normalen Welt. Und mit der komme ich noch früh genug wieder in Kontakt, ziemlich genau in einer Woche. Ich habe nämlich beschlossen, mein Himmelbett bis zum letzten Urlaubstag zu genießen.

«Doof, dass die hier im Krankenhaus keine Kinderkrankenschwester brauchen. Ich würde auch sofort herziehen, wenn ich könnte.»

«Ist das dein Ernst?»

«Klar, warum denn nicht?»

«Hier im Krankenhaus gibt es womöglich auch eine unangenehme Oberschwester.»

«Ja, und?»

«Was ich sagen will: Ein tolles Urlaubsgefühl ist eine Sache, aber arbeiten und leben in einem fremden Land doch eine ganz andere. Hier gibt es garantiert die gleichen Probleme wie bei dir in Bochum auch, nur mit mehr Sonne.»

In meinen Augen sind Chris und Nelly naive Träumer. Wahrscheinlich ist Thomas auch mal mit dem Traum vom dauerentspannten Leben unter spanischer Sonne hierhergekommen. Und jetzt hängt er an der Flasche. Aber diesen Gedanken behalte ich für mich.

«Ich hätte immer noch lieber hier eine doofe Chefin als zu Hause. Im Übrigen klingst du gerade wie meine Mutter, die hält mich für eine Träumerin. Und den gleichen Gesichtsausdruck wie sie hast du auch gerade. Sei doch nicht so spießig! Und so negativ, das ist nicht gesund.»

«Was sind denn deine Träume, Juliane?», fragt Chris.

«Ich brauche keine, ich bin mit meinem Leben ausgesprochen zufrieden, danke der Nachfrage.» Zum Träumen neige ich ungefähr so sehr wie zum Apnoetauchen. Vernünftige Menschen haben keine Träume, sondern Pläne. Auch das sage ich nicht.

Der Blick, den Nelly und Chris miteinander tauschen, gefällt mir nicht. Ist das Mitleid, was ich da sehe? Mit einem Mal frage ich mich, wieso diese Leute so nett zu mir sind. Auch aus Mitleid? Ach komm, wir kümmern uns mal um diese arme, einsame Alte, die sich nicht mal traut, ihren Bikini auszuziehen?

«Aber es gibt doch bestimmt etwas, das du dir ganz doll wünschst.»

Ja, Nelly, dass wir dieses Thema beenden.

«Ich mach mich jetzt mal fertig. Muss von euch noch jemand ins Bad, oder kann ich duschen?» Alle schütteln den Kopf, sogar Estefan, der mich gar nicht verstanden haben kann. Ich nehme meinen Teller und meine Tasse und spüle sie in der Küche ab. Als ich zu meinem Zimmer gehe, um meinen Bademantel und den Kulturbeutel zu holen, sind die anderen drei in ein Gespräch vertieft. Auf Spanisch. Reden sie über mich, die Frau ohne Träume?

Na großartig. Jetzt ist Alex wieder in meinem Kopf. Alex mit seinem Traum vom eigenen Restaurant. Dabei habe ich es tagelang geschafft, nicht an ihn zu denken. «Stell es dir vor, Juli», höre ich ihn sagen, während mir das Duschwasser über den Körper rinnt, «sag nicht gleich nein.» Ich sehe uns wieder vor dem eleganten Altbau stehen, dessen Erdgeschoss bis vor kurzem ein französisches Lokal beherbergte. Jetzt steht auf einem Schild im Fenster: Zu verkaufen.

«Der Besitzer ist an einem Infarkt gestorben, nicht dass

du denkst, der Laden wäre pleitegegangen. Und die Lage ist natürlich top. Zweimal um die Ecke gespuckt, und schon steht man am Rhein.» Alex klingt aufgeregt wie ein Kind kurz vor seinem Geburtstag. «Eine kleine Karte, gehobene Küche, aber nicht abgehoben. Du und ich gemeinsam. Wir können das schaffen. Na, was sagst du? Juli?»

Natürlich habe ich nein gesagt. Nicht sofort, aber ein paar Tage später. Alex ist auch so ein Traumtänzer. Von Zahlen versteht er wenig. Viel zu riskant, so ein kleines Restaurant, selbst in der Mühlengasse. Allein der Kaufpreis hat mich nicht mehr ruhig schlafen lassen. Ich hab's ihm vorgerechnet. «Natürlich ist das riskant, Juli, aber ohne Risiko geht's nun mal nicht. Dann bleiben wir ewig da stehen, wo wir sind.»

«Ich stehe gut, da wo ich bin.»

«Ach, Juli.» Er seufzt meinen Namen. Ich hasse es, wenn er das tut. «Denk noch einmal darüber nach, bitte!» Dazu dieser schmelzende Blick. Genauso konnte mein Vater gucken. Aber ich bin nicht meine Mutter. Ich lasse mich zu nichts überreden und stehe am Ende allein mit einem Kind, einem Haufen Schulden und einem Berg von Psychopharmaka da. Von den diversen Aufenthalten in der Psychiatrie gar nicht zu reden. Okay, für die Psychopharmaka war mein Vater nicht allein verantwortlich. Aber egal. Den Traum vom eigenen Restaurant muss Alex jedenfalls ohne mich träumen. Ich brauche Sicherheit. Schon der Gedanke an Schulden bereitet mir Übelkeit.

Vielleicht steht er gerade jetzt vor einem Verkaufsschild in Nürnberg. Und vielleicht ist er schon nicht mehr allein.

Das Duschwasser spült meine Tränen weg.

Jemand klopft donnernd an die Badezimmertür.

«Brauchst du noch lange?»

Chris.

«Fünf Minuten!»

Als ich meine Wimperntusche auftrage, sind meine Augen immer noch ein bisschen rot.

Ich lächle Chris so strahlend an, wie ich sonst nur unsere wichtigsten Kunden anlächle.

«Entschuldige, hat ein bisschen gedauert.»

«Kein Problem. Ist alles in Ordnung mit dir?»

«Sicher. Sag mal, kannst du mich nachher vielleicht mit in die Stadt nehmen? Ich fahr dann mit dem Bus zurück.»

Ich muss hier dringend mal raus. Chris kann das Auto von einem Freund benutzen, der auf der Insel eine Kunstgalerie betreibt.

«Sure.» Er nickt und geht ins Bad.

Drei Stunden später leiht Chris mir seine Jacke. Der Wagen seines Freundes ist ein uraltes Käfer-Cabrio, dessen Verdeck nicht mehr schließt. An der Küste machte das nichts, da war es warm und offen zu fahren wunderbar, aber jetzt sind wir auf mehr als tausend Meter Höhe. Der Weg zur Hauptstadt führt quer über die Insel und das höchste Gebirge. Ich bin hier schon einmal entlanggefahren, am ersten Tag, aber damals saß ich in einem großen, klimatisierten Bus. Jetzt könnte ich die gigantischen Bäume, die rechts und links von uns aufragen, fast anfassen. Die Stämme sind bewachsen mit Flechten und schimmern vor Feuchtigkeit. Nebelschwaden wabern um den Wagen, Kälte dringt mir in jeden Knochen. Ab und an bricht ein Sonnenstrahl durch das grüne Dach über uns, und die Düsternis wird für einen Moment in goldenes Licht getaucht. Es ist, als führen wir durch einen verwunschenen Wald, in dem der laute Motor des alten Käfers wahrscheinlich gerade sämtliche Einhörner in die Flucht schlägt.

Seit bestimmt einer halben Stunde haben wir keinen anderen Wagen mehr gesehen. Chris fährt entspannt, eine Hand am Lenkrad, der linke Ellbogen liegt locker auf der Tür. Ich bin froh, dass er nicht spricht, sondern einfach nur fährt und ich meinen Gedanken nachhängen kann. Wichtigen Gedanken. Über Einhörner und Zauberwesen.

Ich muss einen Moment eingedöst sein. Chris bremst, und der Gurt schneidet mir in die Schulter. «Was ist denn los?»

«Nur ein Eidechse.»

«Eine große?»

«Ziemlisch.»

Er fährt wieder an, und ich sehe zurück. Vielleicht kann ich das Tier noch sehen. Im Reiseführer hat etwas von seltenen Rieseneidechsen gestanden, die auf der Insel vorkommen sollen. Solange ich sicher in einem Auto sitze, kann ich ja mal einen Blick riskieren.

Da ist keine Eidechse. Da steht ein Mann am Waldrand. Ein blonder Mann mit kräftigem Kinn. Sein Stirnband ist so dunkelgrün wie der Wald. Helle blaue Augen halten für eine lange Sekunde meinen Blick. Ich starre mit klopfendem Herzen auf die Erscheinung, bis Chris um die nächste Kurve biegt. Mein Mund ist trocken. Ich muss mich räuspern, bevor ich sprechen kann.

«Chris?»

«Hm.»

«Hast du eben einen Mann gesehen? Einen blonden mit Stirnband? Am Waldrand?»

«Nein, nur der Echse.» Er grinst. «So, soso, davon träumst du also. Blonde Männer mit Stirnbändern.» Er fährt sich mit der Hand über seine Glatze. «Dann hab isch bei dir wohl keine Chance.»

Ich verliere auf dieser Insel meinen Verstand, so viel steht fest. Um Missverständnisse zu vermeiden: Ich bin nicht mehr im «Buena Vista» gewesen, und ich habe seit Tagen nicht mehr als ein Glas Wein getrunken. Ich habe auch keineswegs begonnen, andere Drogen zu konsumieren. Ergo sehe ich in völlig nüchternem Zustand am helllichten Tag Phantome. Das ist total verrückt. Anstatt zu shoppen, sollte ich mit Chris ins Health Center gehen und einen Geistheiler aufsuchen.

Eine halbe Stunde fahren wir schweigend weiter.

Dreißig Minuten können eine lange Zeit sein. Lang genug, um sich ein paar Dinge klarzumachen. Ich brauche keinen Geistheiler, sondern Entspannung. Ich bin im Moment überreizt. Die Trennung von Alex, die vielen neuen Eindrücke und Erfahrungen hier auf der Insel. Das war einfach zu viel. Da kann man sich schon mal Dinge einbilden, die gar nicht da sind. Die Erklärung ist so simpel wie peinlich: Alex fehlt mir, ich hatte seit Monaten keinen Sex, dafür innerhalb weniger Tage reichlich nackte und halbnackte gutgebaute Männer um mich herum, und nun gaukelt mir mein Hirn etwas vor. Der Blonde ist eine sexuelle Phantasie, nichts weiter. Kann ja mal vorkommen.

Chris setzt mich im Zentrum ab, direkt an einer Fußgängerzone. Ich wünsche ihm Glück und sehe dem Auto noch einen Moment nach. Fünf Schuhgeschäfte, zwei Cafés und eine Edelboutique später habe ich mich deutlich erholt sowie zwölf Postkarten geschrieben. Und nicht nur das: Ich hab zum ersten Mal seit ewig meine Mails gecheckt. Im zweiten Café gab es einen Hotspot, und ich konnte nicht widerstehen. Obwohl ich mir für den Urlaub eigentlich Mail-Verbot erteilt habe. Das hängt mit meinem Chef zusammen.

Ich schätze Sebastian, sehr sogar. Aber er neigt zum Drama.

Wenn er mich vertritt, so wie jetzt, bombardiert er mich gern mit Nachrichten wegen irgendwelcher Kleinigkeiten, Entschuldigung, «Katastrophen». Von Entspannung kann keine Rede mehr sein, wenn Sebastian nervös wird. «JULIANE, KOMM SOFORT! ABSOLUTER NOTFALL!» Ganz am Anfang unserer Zusammenarbeit habe ich auf solche Nachrichten reagiert, einmal sogar einen Kurzurlaub abgebrochen. Nur um dann festzustellen, dass eine Reihe von Blumengestecken bei der Lieferung nicht hundertprozentig seinen Erwartungen entsprach. Das Lila der Orchideen war ihm einen Tick zu dunkel. «Kein Kontakt zu Sebastian» ist seither meine goldene Urlaubsregel. Das Diensthandy liegt in meiner Wohnung in Deutschland, und meine private Nummer habe ich ihm aus guten Gründen nie gegeben.

Aber heute kann ich einen Schuss Köln-Wahnsinn gut gebrauchen. Sozusagen als Korrektiv.

KOMM ZURÜCK. CHANCE AUF FLORA-BALL. BRAUCHE DICH HIER!!!!! Seb.

MELDE DICH!!!! Seb.

SOFORT!!! Seb.

JULIANE!!!!!!

Die erste Mail ist drei Tage alt. Der Flora-Ball? Das wäre schon klasse, wenn wir den machen würden. Ungefähr vierhundert Gäste, jede Menge Prominente, das Ambiente ein Traum. Und das Budget garantiert auch. Ich denke nach. Wann ist der noch mal? Im Juni. Also in acht Monaten. Reichlich Zeit, um ein Angebot zu machen. Ganz ruhig, Sebastian. Denke ich. Schreibe ich aber nicht. Ich bin ja noch im Urlaub.

Dennoch: Auf der Rückfahrt im Bus kann ich nicht anders, ich mache mir schon mal Gedanken über ein Buffet und die Deko. Auf diese Weise komme ich auch gar nicht erst in Versuchung, mit den Augen den Waldrand abzusuchen. Unsere Agentur hat ihr eigenes Catering. Filetvariationen vom Koberind und vom Iberico-Schwein? Hummerkrabben? Oder greife ich da doch zu hoch? Gegen wen von der Konkurrenz treten wir an? Mal sehen, was Alex vorschlägt. Merde!

4

In Köln-Longerich

Ungezügelt ins Unglück

Lisa

«Wenn das so weitergeht, kündige ich. Drei aus dem Service haben Magen-Darm, und jetzt ist auch noch Sabrina schwanger und fällt ab Dezember aus. Und Sebastian dreht mal wieder durch. Mir reicht's.» Erschöpft lasse ich mich in meinen alten Ohrensessel fallen. Wäre schön, wenn Jan mir ein Bier aufmachen würde. Aber der scheint nicht zuzuhören, sondern läuft hektisch durch unsere Wohnung.

«Das sagst du alle paar Wochen, und dann bleibst du doch. Was lässt du dich von Sebastian auch immer wieder überreden. Immerhin hast du eigentlich Urlaub.»

«Ich kann ihn doch nicht hängenlassen.»

«Ihn nicht, mich schon.»

«Was bitte soll das denn heißen?»

«Vergiss es. Verdammt, wo ist mein zweiter Sportschuh? Ich komm zu spät zum Training!»

Rein akustisch bin ich offenbar zu ihm durchgedrungen, von dargereichtem Bier und Trost allerdings so weit entfernt wie von der Pariser Modewoche.

«Woher soll ich wissen, wo dein Schuh ist?»

«Ja, genau, woher sollst du das wissen? Du bist mit deinem Kopf ja im Betrieb und nicht hier bei uns zu Hause.»

«Lass deine schlechte Laune nicht an mir aus.»

«Ich habe keine schlechte Laune, mich nervt nur das ewige Durcheinander hier.»

Demonstrativer als Jan kann niemand einen Berg Bügelwäsche von einer Sofaecke in die andere werfen. So allmählich bekomme ich schlechte Laune. Er könnte sich ja auch mal um die Wäsche kümmern. Oder sein Sportzeug dahin packen, wo es hingehört. Oder auf mich eingehen.

«Papa, suchst du den? Der lag im Badezimmer in der Ecke.»

Finn hält den vermissten Schuh in der Hand. «Nimmst du mich mit zum Training? Bitte!» Jan spielt Fußball in der Altherren-Mannschaft.

Ja, bitte, denke ich. Emma schläft heute bei einer Freundin, und Ole hängt sowieso vor dem Rechner. Wenn Jan Finn mitnimmt, habe ich Aussicht auf ein bisschen Ruhe. Und muss mich nicht ums Abendessen kümmern, weil die beiden nach dem Training garantiert noch mit den alten Herren in die Kneipe gehen und Frikadellen essen. Unser ältester Sohn Ole ernährt sich im Moment vor allem von Chips.

«Na gut, Großer, dann komm. Aber nicht meckern, wenn du dich langweilst.»

Zehn Minuten später sind sie weg, und ich habe ein Bier in der Hand. Der Tag heute war wirklich der Horror. Ich mache drei Kreuze, wenn Juliane wieder da ist. Sie ist immer so ruhig und ausgeglichen. Außerdem ist sie im ganzen Laden die Einzige, die Sebastian zurück auf den Teppich bringen kann. Plötzlich durchzuckt mich ein unschöner Gedanke. Und wenn sie nicht wiederkommt? Unsinn, nur weil ich damals fast auf der Insel geblieben wäre ... Nein, Juliane lässt sich von nichts so den Kopf verdrehen, dass sie ihr ganzes Leben auf den Kopf stellen will. So ist sie nicht.

Weiß ich das wirklich so genau? Und wenn sie sich nun doch so stark verändert, wie ich ihr das eigentlich wünsche? Die Geister, die ich rief, und so weiter. Ach Quatsch. Nächste Woche ist sie wieder da, entspannt, ein bisschen lockerer, aber genauso zuverlässig wie immer. Sebastian kommt wieder runter, und alle können aufatmen. Ganz sicher.

Ich könnte sie eigentlich anrufen.

Nur die Mailbox. Ist vielleicht auch besser so, soll sie ihre letzten Tage dort ruhig noch genießen.

Mein Blick fällt auf das Sofa mit der Wäsche. Ich müsste wohl mal. Andererseits ... ein Bier werde ich ja wohl noch dürfen. Mal gucken, was das Fernsehprogramm hergibt. Im Zweiten läuft «Ungezügelt ins Glück». Großartig. Nach einem langen Tag geht doch nichts über Rosamunde Pilcher.

5

Auf der Insel

Diese Nacht hat es nie gegeben

Juliane

Mein letzter Abend. Morgen Nachmittag sitze ich schon im Flugzeug. Mein Koffer ist fast fertig gepackt, und Chris hat versprochen, ihn mir morgen runterzutragen und mich zur Bushaltestelle zu bringen. Also gut, ich gebe zu, ein bisschen traurig bin ich auch, dass dieser ... dieser ungewöhnliche Urlaub zu Ende geht. Ich streichle die Blüten an meinem Balkon. Wie albern. Ob ich das alles hier vermissen werde, wenn ich wieder zu Hause bin? Die Farben, die Menschen, die merkwürdige Musik, die Düfte? Eher nicht. Wenn ich erst einmal wieder arbeite, ist das alles hier eine nette Erinnerung. Ich kenne mich doch.

«Vamos?» Die Stimme von Estefan vor meiner Tür. «Sí, sí.»

Nicht mehr lange bis zum Sonnenuntergang. Noch einmal die Trommler, noch einmal die Sterne.

Heute mischen sich die Klänge einer Querflöte unter die der Trommeln. Lächelnd muss ich daran denken, wie ich mich an meinem ersten Abend gefühlt habe: Wie eine Schlange, die aus dem Korb geflötet wird. Jetzt ist es wirklich eine Flöte, und die Schlange muss bald zurück in ihren Korb. Neben mir unterhalten sich Estefan und Chris. Leise zwar, aber es stört mich trotzdem. Das ist der letzte Sonnenuntergang für mich hier auf dieser Insel. Ich will ihn mit allen Sinnen genießen und nichts anderes hören als die Musik und das Meer. Nah am Wasser setze ich mich in den immer noch warmen Sand und bin allein. Wolkenschlieren überziehen den Himmel, werden in Gold getaucht, ehe sie nach und nach dunkler werden und schließlich erröten wie ein junges Mädchen bei seiner ersten Verabredung. Ich verabschiede mich von der Sonne und bleibe noch lange sitzen, nachdem das letzte Rotgold verglommen ist. Ich warte auf meine Diamantsterne.

Wann hat sich die Musik verändert? Trommeln und Flöte sind verstummt, jetzt dringen zarte Gitarrenklänge an mein Ohr. Vertraute, anrührende Töne. Ich habe sie ewig nicht gehört. Das Concierto de Aranjuez von Rodrigo. Das schönste Gitarrenkonzert, das ich kenne. Mein Gott, wie lange ist das her? Wie alt war ich? Zwölf? Ich habe dieses Stück geliebt, es wieder und wieder gespielt und davon geträumt, als Gitarristin auf großen Bühnen zu stehen. Mein Lehrer hielt mich für begabt. Vielleicht, wenn Mama nicht krank geworden wäre … Als der letzte Akkord verklingt, wische ich mir verstohlen über die Augen. Wie kindisch. Das ist alles Vergangenheit und längst vergessen.

Ich stehe auf, klopfe mir den Sand von den Jeans, reibe mit den Fingern vorsichtig unter den Augen entlang. Hoffentlich ist meine Wimperntusche nicht verwischt. Oben, an der Promenade, treffe ich Chris und Estefan wieder.

«Da bist du ja. Komm, isch gebe einen aus auf deinen letzten Abend.» Chris will ins «Buena Vista». Warum nicht?

Ich kann nicht aufhören zu kichern. Beim besten Willen nicht. Chris, der auch nicht weniger getrunken hat als ich, schaut mich mit leicht glasigen Augen an.

«Was is 'n so lustig?»

«Nix.»

Ich bin vielleicht beschwipst. Aber deswegen noch lange nicht dumm. Ich werde ihm nicht sagen, dass ich schon wieder ein Gespenst mit Stirnband gesehen habe. Wie üblich sitze ich am Tresen. Und erneut ist es der Spiegel, der mir mein Phantom zeigt. Und zwar immer dann, wenn die Klapptür der Bar aufschwingt. Immer nur für einen Augenblick. Heute wartet mein Gespenst draußen auf mich. Der Blonde ist nur meinetwegen da. Ich weiß es ganz genau. Wenn es noch eines Beweises bedürfte, müsste ich nur auf meinen Rücken verweisen. Jawohl, glühend heiß.

«Chris, ich muss mal kurz raus. Hier isses so warm.»

«Mhm.»

Erst jetzt bekomme ich mit, dass Chris gerade von einer attraktiven Schwarzhaarigen angesprochen wird. Ich rutsche von meinem Barhocker. Kurzer Stehtest. Alles gut. Gehen kann ich auch.

Reglos lehnt er am Stamm einer Palme, die langen Beine gekreuzt, ein weißes Shirt spannt über der Brust. Ja, der muskulösen Brust. Wenn ich mir schon einen Mann zusammenträume, dann natürlich einen schönen, um nicht zu sagen: den perfekten. Aus der Nähe sieht er noch besser aus. Wie kleine Strahlen umrahmen helle Lachfältchen die bronzefarbene Haut um seine Augen. Ich kann diese kleinen Strahlen so gut sehen, weil er nicht lächelt, sondern mir ganz ernst entgegensieht. So ernst, dass sich die Härchen auf meinen Armen aufstellen. Ich will etwas sagen. Aber wie schon einmal saugen sich unsere Augen aneinander fest. Er legt den Finger auf die Lippen und streckt die Hand aus. Genau. Worte sind völlig unnötig. Beinahe muss ich wieder kichern. Das ist alles so absurd. Aber dann lege ich meine Hand in seine, und wir gehen einfach los. Sie fühlt sich gut an, diese Hand. Warm und stark.

Wie verzaubert folge ich ihm. Später werde ich denken: wie ein Hündchen. Aber jetzt denke ich nicht. Ich sollte fragen: Wer bist du? Wie heißt du? Aber die Fragen bleiben in meinem Kopf. Seine Hand zieht mich mit. Sanft, aber auch zielstrebig. An den Strand, ans Meer. Vielleicht ist er taubstumm? Nein, das denke ich auch erst später. Viel später. In Wirklichkeit frage ich nichts, sage ich nichts. Am Strand angekommen, sehe ich nur in seine hellen Augen, in denen sich das Licht des vollen Mondes fängt. Es ist so selbstverständlich wie Atmen, als er langsam und zart die Träger meines Tops von meinen Schultern streift, mit seinen Lippen meine Haut berührt. Als hätte ich genau auf diesen Moment gewartet, seit ich diesen Mann zum ersten Mal gesehen habe. Vielleicht ist es so. So einfach wie verrückt. Ich fahre mit meinen Händen unter sein Shirt, spüre den harten Bauch, die drahtigen Härchen auf der Brust. Keine zwei Minuten später liegen wir beide nackt im seichten Wasser. Magie, denke ich glücklich, das ist Magie.

Noch in fünfzig Jahren werde ich mich an jede seiner Berührungen erinnern, an jede einzelne kleine Welle, die unsere verschlungenen Körper im feinen Sand umspült, an seinen Duft, der sich mit dem des Meeres vermischt. Irgendwann, als das Wasser zu kühl wird, reiben wir uns lachend mit den Shirts trocken, lassen uns nach ein paar Metern wieder in den Sand fallen, und das phantastische Spiel beginnt von vorn. Bis ich schließlich in seinen Armen einschlafe.

Das Aufwachen am Morgen vergesse ich hoffentlich ganz schnell. Verwirrt sehe ich mich um. Und begreife, dass ich nackt, frierend und allein in einer kleinen Bucht liege, nicht weit entfernt von zwei joggenden Frühaufstehern, die interessiert zu mir herübersehen und dämlich grinsen. Oh Gott, oh Gott, oh Gott. Mit heißem Kopf schlüpfe ich in meine noch feuchten Kleider, die auf einem Haufen ein paar Meter weiter liegen, und mache mich davon. Ich kann nicht klar denken. Aber eines schießt mir immer wieder durch den Kopf: Ich kenne nicht mal seinen Namen.

Einhundertzweiundsiebzig Stufen. Ungefähr auf der achtzigsten finde ich mein Mantra: *Diese Nacht hat es nie gegeben. Es wird nie jemand davon erfahren.* Und sollte ich je wieder daran denken, dann denke ich daran als einen schönen, erotischen Traum. *Diese Nacht hat es nie gegeben, diese Nacht hat es nie gegeben…*

«Juliane, da bist du ja, wir wollten dich schon vermisst melden.» Nelly hat tatsächlich einen besorgten Ausdruck im Gesicht. Ich spüre, wie mir die Röte wieder ins Gesicht schießt. «Äh, tut mir leid, aber ich …» Was soll ich denn bloß sagen? Dass ich gerade vom morgendlichen Joggen zurückkomme? In Sandalen? «Also, ich …»

Nellys Blick wandert von meinem roten Kopf samt den wahrscheinlich wirren und ganz sicher sandigen Haaren zu meinem feuchten Shirt. Ehe ich weiterstammeln kann, lacht sie los. «Nee, das glaub ich jetzt nicht!» Kicher, kicher. «Hey, Chris, komm mal her, ich glaub, jemand hat unsere Eisprinzessin aufgetaut.» Sehr witzig. Ohne ein weiteres Wort hole ich Duschzeug und frische Sachen aus meinem Zimmer und verschwinde im Bad.

Kaum trifft das warme Wasser auf meine Glieder, gehen meine Gedanken zurück zu seichten, warmen Wellen, zu zärtlichen Händen ... Ich kann gar nichts dagegen tun. So viel zum Thema «Diese Nacht hat es nie gegeben». Na und, Juliane Richter? Wo ist eigentlich dein Problem? Du hattest phantastischen Sex mit einem Fremden. Am Strand. Andere Frauen träumen von so etwas. Es soll sogar welche geben, die dafür zahlen. Also bitte. Nichts, dessen du dich schämen müsstest. Gestatten, Juliane Richter, die Femme fatale. Für einen Moment lächle ich mit geschlossenen Augen unter dem Duschstrahl.

Bis das Nass in meinem Gesicht von einer Sekunde zu anderen kalt wird. Ich habe zu lange geduscht, das warme Wasser im Boiler ist verbraucht. Mit der plötzlichen Kälte komme ich wieder zur Vernunft. Wem will ich eigentlich etwas vormachen? Nackt und allein am Strand aufzuwachen, ist beschämend. Nicht zu wissen, mit wem man geschlafen hat, erst recht. Ein Bild blitzt in mir auf, ein Bild meiner Mutter. Ich will es nicht sehen, schüttele den Kopf, um es zu verscheuchen. Ich bin nicht wie meine Mutter. Werde niemals so sein. Wieder spreche ich mein Mantra vor mich hin: *Diese Nacht hat es nie gegeben, diese Nacht hat es nie gegeben. Niemand wird je davon erfahren ...* Sollen sie mich doch Eisprinzessin nennen. Heute fliege ich zurück nach Köln. Und das ist gut so. Sorgfältig föhne ich meine Haare und stecke sie hoch, lasse mit koffeinhaltiger Abdeckcreme die Spuren der Nacht in meinem Gesicht verschwinden, lege dann ein leichtes Make-up auf und ziehe die schwarzen Jeans sowie die weiße Bluse an, in denen ich hier angekommen bin. Zum ersten Mal seit zwei Wochen stecke ich meine Perlenohrringe an. Dann strecke ich den Rücken durch und verlasse das Bad.

Nelly und Chris sitzen am Holztisch und frühstücken. Estefan ist nicht da. «Habt ihr einen Kaffee für mich?» Nelly mustert mich mit hochgezogenen Augenbrauen, sagt aber nichts und gießt mir einen Kaffee ein. Chris grinst. «Ready for Germany?»

«Fast, ich muss nur noch zu Ende packen.»

Chris hört nicht auf zu grinsen. Hat er mich gestern womöglich mit dem, den es nicht gegeben hat, gesehen? Haben Nelly und er sich bis gerade über die aufgetaute Eisprinzessin lustig gemacht, und er denkt noch an den letzten Witz?

«Darf ich fragen, was so komisch ist?» Mein Ton, ich höre es selbst, ist zu scharf. Chris scheint es nicht zu bemerken.

«Nischt komisch, nur schön. Isch hab den Job!»

Jetzt kann ich auch grinsen. Weil ich mich für ihn freue und weil ich erleichtert bin, dass meine nächtliche Eskapade für die anderen doch nicht so interessant ist wie befürchtet.

«Glückwunsch!»

Zwei Stunden später laufe ich mit Chris an meiner Seite zum letzten Mal durch die kleinen Gassen des Dorfes. Nelly hat sich tränenreich von mir verabschiedet. Ihr Flug geht morgen. «Bis nächstes Jahr», höre ich sie noch sagen und mich antworten: «Ja, bis nächstes Jahr.» Ich mochte sie nicht enttäuschen. Sie ist schon eine Süße, wenn auch ein bisschen sehr emotional und leicht verrückt.

An der Schotterpiste zur Bushaltestelle schultert Chris meinen Koffer. Ich bin ihm dankbar, nicht nur wegen des Koffers, sondern auch weil er mich nicht fragt, wo ich letzte Nacht so plötzlich abgeblieben bin, oder irgendwelche blöden Bemerkungen macht.

Der Bus steht schon da. Ich sehe Jürgen aus Mannheim und das Frettchen, die ihre Rucksäcke in den Laderaum packen. Chris schiebt meinen Koffer dazu und dreht sich wieder zu mir um.

«Du kommst nischt wieder, oder?» Zu meiner Überraschung klingt er traurig. Gleichzeitig zeigt er dieses kleine, schiefe Lächeln, das mich immer so an Bruce Willis erinnert. «Eher nicht», sage ich ehrlich und umarme ihn. «Alles Gute für dich. Ich werde immer an dich denken, wenn ich mir die Füße eincreme.» Er lacht und gibt mir eine Visitenkarte mit seiner Handynummer und der E-Mail-Adresse. «Falls du es dir anders überlegst.» Ich stecke die Karte in mein Portemonnaie, gleich neben die von Nelly. Plötzlich nimmt Chris mich in die Arme und flüstert mir ins Ohr: «Isch weiß, dass du nicht kalt bist, Prinzessin. Wenn du misch brauchst, weißt du, wo isch bin.»

Lebe wohl, magische Insel. Während der Fahrt über die Berge leuchten all die verrückten Momente und Erfahrungen der vergangenen vierzehn Tage in meinem müden Kopf auf. Wie Sternschnuppen, die gleich wieder verglühen. Der schwarzweiße Hund auf der Straße, Thomas und die Kakerlaken, der Bananenkuchenverkäufer, mein erster Sonnenuntergang am Strand, die Trommler, der erste Blick auf Señora Jacintas Haus, der dürre Nackte in der Sonne. Die vergangene Nacht. Fast kommt es mir vor, als säße ich im Kino und sähe einer anderen Frau beim Leben zu.

6

Flughafen Köln / Bonn

Schokoladenkuchen

Lisa

Wow, sieht Juliane erholt aus! Ihre Haut schimmert bronzefarben unter dem hochgesteckten Haar, das mindestens zwei Nuancen heller ist als vor dem Urlaub. Ihre Augen wirken zwar ein bisschen müde – ist ja kein Wunder, mit Bus, Fähre und Flug dauert die Reise ganz schön lange –, aber blauer als sonst. Wenn Juliane blass ist, sind sie eher grau. Darüber hinaus sieht sie aus wie ... wie ... wie Juliane. Groß, elegant, gepflegt in schwarzen Designer-Jeans mit weißer Bluse. So wie sie abgeflogen ist. Im ersten Moment bin ich ein bisschen enttäuscht. Keine Ahnung, was ich erwartet habe. Perlen in den Haaren statt in den Ohren? Ein Hippie-Hemd und ein Freundschaftsband am Arm? Mal abgesehen von der Bräune und dem blonderen Haar hat sie sich auf den ersten Blick kein bisschen verändert. Aber was sind schon Äußerlichkeiten?

«Hallo, Lisa, lieb, dass du mich abholst.»

Küsschen rechts, Küsschen links. Sie duftet nach Jil Sander.

«Ist doch selbstverständlich.»

Ist es in der Tat. Ich platze fast vor Neugierde, wie es ihr auf der Insel ergangen ist. Um nichts in der Welt hätte ich es mir nehmen lassen, sie in Empfang zu nehmen. Seit Juliane abgeflogen ist und erst recht nach unserem Telefonat, hab ich mir ausgemalt, was sie alles erlebt. Und ich musste dauernd an meine eigene Zeit auf der Insel denken. Gott, bin ich gespannt, was sie zu erzählen hat.

«Und, wie war's?»

«Nett.»

Nett?!

«Ach komm schon, ein bisschen genauer darf es schon sein.»

«Können wir vielleicht erst einmal das Gewühl hier hinter uns lassen?» Sie lacht ein kleines Lachen und manövriert ihren Koffer durch eine Gruppe rüstiger Rentner. «Ich bin ja noch nicht mal richtig angekommen.»

Gut, okay, ich bin schon still. Sie hat ja recht. Meine tausend Fragen können noch ein bisschen warten. Auch wenn es schwerfällt. Neugierig wie ein Streifenhörnchen, sagt Jan immer. Ich frage also erst weiter, als wir in meinem Auto sitzen und im Nieselregen vom Parkplatz fahren. «Und, was sagst du, ist die Insel nicht der totale Traum? Und die Leute – irre, oder? Wärst du gern noch länger geblieben? Also, ich wollte damals gar nicht mehr zurück. Und wie geht's Thomas?»

Keine Antwort. Ich gucke kurz zu Juliane rüber. Hm. Sie starrt nach draußen, als gäbe es etwas Interessanteres zu sehen als andere nasse Autos.

«Juliane? Alles klar?»

Jetzt dreht sie sich mir zu. «Entschuldige, ich war gerade in Gedanken. Doch, sie ist wirklich sehr schön, die Insel. Tolle Natur.»

Was ist denn bloß mit ihr los? Neulich am Telefon hat sie förmlich gesprudelt vor Begeisterung, und jetzt lässt sie Allgemeinplätze tröpfeln? «Machen sie am Hafen immer noch Musik zum Sonnenuntergang?» Noch ein schneller Blick zu ihr.

«Machen sie.»

Immerhin lächelt sie jetzt. Aber nur ganz kurz, dann ist es, als fiele ein Vorhang vor ihr Gesicht. Sie schweigt wieder vor sich hin. So allmählich werde ich stinkig. Was ist denn das für eine Art? Ich meine, ich hab meinen ganzen Tag umgeplant, um sie abholen zu können. Immerhin einen Samstag. Na gut, einen halben Samstag. Jedenfalls ist mein Sohn wütend auf mich, weil ich jetzt nicht am Rand des Fußballplatzes im Flutlicht stehe und ihm bei seinem Punktspiel zusehe (worüber ich selbst angesichts des Wetters ziemlich froh bin, aber das steht auf einem anderen Blatt). Auf dem Weg zum Flughafen habe ich zwanzig Minuten im Stau gestanden und war trotzdem pünktlich. Und zum Lohn werde ich angeschwiegen?

Als ich das nächste Mal für einen Moment den Blick von der Straße nehme – der Regen wird dichter, und ich muss mich auf den Verkehr konzentrieren – und zu Juliane hinüberschaue, hat sie einen verkniffenen Zug um den Mund. In welche Gedanken sie auch immer versunken ist, sehr schön können sie nicht sein. Plötzlich kommt mir eine äußerst unerfreuliche Idee. Sie wird doch nicht ... sie kann doch nicht ... wie sollte sie?

«Äh, Juliane?»

«Hm.»

«Bist du irgendwie sauer auf mich?»

«Nein, wieso sollte ich?»

Erleichtert höre ich echtes Erstaunen in ihrer Stimme.

«Na ja, vielleicht weil ich nicht mitgekommen bin.»

«Konntest du doch nicht. Ist mit Finn wieder alles in Ordnung?»

Okay, gut, ich bin nicht aufgeflogen.

«Dem geht's prima.» Und das ist nicht gelogen.

«Schön.»

Sie gähnt hinter vorgehaltener Hand. «Entschuldigung. Ich hab so gut wie gar nicht geschlafen, und im Flugzeug saß hinter mir eine junge Mutter mit einem nölenden Kleinkind. Da konnte ich auch kein Auge zukriegen. Ich bin fix und fertig.»

«Gestern noch mal richtig Party gemacht, was?»

«Kann man so sagen.»

Schon ist da wieder der Vorhang, und Juliane verstummt. Den netten Abend beim Italiener mit einem Glas Rotwein und aufregenden Geschichten von der Insel kann ich ja wohl vergessen, so gesprächig, wie sie ist. Oder?

«Was meinst du, gehen wir noch ins Rossini?»

«Sei mir bitte nicht böse, aber ich will nur noch ins Bett. Wir holen das nach, ja?»

Es ist albern, enttäuscht zu sein. Ich weiß. Bin ich aber. Als hätte mir jemand ein großes Stück Schokoladenkuchen hingehalten und dann wieder weggenommen (ich sterbe für Schokoladenkuchen. Und für gute Geschichten). Da habe ich Juliane zum garantiert aufregendsten Urlaub ihres bisherigen Lebens verholfen, und sie benimmt sich, als habe sie einen Konferenzmarathon bei den Vereinten Nationen hinter sich. Und zwar mit höchster Geheimhaltungsstufe. «Netter» Urlaub. Also wirklich. Irgendwas ist hier faul. Das habe ich im Urin. Müde oder nicht, ein bisschen was erzählen geht ja wohl immer. Wenn man denn will.

Laut sage ich: «Macht doch nichts. Aber sieh mal besser

zu, dass du dich gut ausruhst. Montag wartet im Betrieb die Hölle auf dich. Sebastian ist in Höchstform.»

Jetzt grinst sie immerhin.

«Spricht er schon in Großbuchstaben?»

Ich grinse auch und ahme ihn nach: «Lisa, es ist ABSOLUT UNERLÄSSLICH, dass auf diesem Event ALLES, ABER AUCH ALLES glattgeht, und da planst du zwei Leute WENIGER im Service ein? Das geht GAR NICHT.»

Selbst Julianes Lachen klingt müde.

Natürlich ist vor dem edel sanierten Altbau, in dem sie wohnt, kein Parkplatz frei. Ich halte in zweiter Reihe, damit sie ihr Gepäck nicht weit tragen muss. Juliane löst ihren Gurt und wendet sich mir zu.

«Ja dann, danke noch mal fürs Abholen. Wir sehen uns spätestens Montag, ja?»

«Na klar, schlaf dich ordentlich aus. Tschüs.» Ich lächle, so gut ich eben kann. In der nächsten Sekunde ist sie schon aus dem Auto, macht die hintere Tür auf, nimmt ihren Koffer vom Rücksitz und schlägt die Tür zu. Im Rückspiegel sehe ich sie im Hauseingang verschwinden. Und jetzt?

Wenn schon Frust, dann auch richtig. Ich kann ja noch ein bisschen durchs Viertel laufen, mir lauter Dinge anschauen, die ich mir nicht leisten kann, und allein einen idiotisch teuren Milchkaffee trinken.

Als ich nach Hause komme, kuscheln Jan und Emma mit einer Tüte Chips auf unserem großen Ecksofa vor dem Fernseher, völlig vertieft in «Klein gegen Groß». Jan schaut auf. Der Blick meiner fünfjährigen Tochter dagegen bleibt fest auf den Fernseher geheftet. Eines nicht allzu fernen Tages, das hat sie uns kürzlich mitgeteilt, wird sie in dieser Sendung auftreten.

Dummerweise hat sie noch kein besonderes Talent an sich entdecken können.

«Schon zurück? Doch kein langer Mädelsabend?»

«Nein, Juliane war zu müde.»

«Enttäuscht?»

«Blöde Frage.»

«Oha, da hat ja jemand blendende Laune.»

«Sag einfach nichts.»

Auf dem Couchtisch steht eine offene Flasche Burgunder. Wenigstens das mit dem Rotwein klappt heute noch. Ich hole ein Glas aus dem Schrank, setze mich zu den beiden, höre mit halbem Ohr ihre Kommentare zu den Leistungen der Kandidaten und bin mit meinen Gedanken schon wieder bei Juliane. Wie kann sie von meiner Insel noch verschlossener zurückkommen, als sie vorher schon war? Was ist schiefgelaufen? Ich kapiere es einfach nicht. Andererseits: Das heute war ja nur ein allererster Eindruck. Vielleicht war sie wirklich nur todmüde. Aber das glaub ich eigentlich nicht. Meine Gedanken drehen sich im Kreis.

«So, meine Süße, ab ins Bett.» Ups. Die Sendung ist offenbar vorbei. Jan hebt Emma hoch, hält sie so, dass sie mir ein feuchtes Küsschen geben kann, und verschwindet mit ihr ins Obergeschoss. Ich greife nach der Fernbedienung, lande in einem Comedy-Contest und kann über nichts lachen. Da war ja mein einsamer Stadtbummel im Nieselregen unterhaltsamer. Weiter im Programm. Sport. Ein uralter Western. Ein nicht ganz so alter, aber alles andere als frischer Tatort. Die übliche Samstagabend-Unverschämtheit. Was denken sich diese Programmmacher eigentlich dabei? Und wo bleibt Jan? Samstags ist immer er derjenige, der Emma die Gutenachtgeschichte vorliest. An den anderen Abenden kommt er dafür zu spät nach Hause oder ist beim Sport. Heute scheint er ihr gleich ein ganzes Buch vorzulesen. Quatsch. Er wird doch nicht …?

Und ob. Bei Emma brennt das Nachtlicht. Meine Süße schläft mit ihrer Stoffschildkröte im Arm. Im schwachen Schein der kleinen Lampe kann ich neben ihrem Nachttisch einen wirren Haufen Spielzeug erkennen. Ganz die Mama, meine Kleine. Ich muss grinsen. Gegenüber von Emmas Zimmer residiert Ole. Ich höre Jungenlachen und Maschinengewehre. Er hat Besuch von seinem Freund Erdan, der auch bei uns übernachtet. Finn hat ein Trainingswochenende mit seinem Fußballverein.

Jan finde ich im Arbeitszimmer unter dem Dach. Diesen Raum hat er im vorletzten Jahr ausgebaut, als letzten Schritt unserer Renovierung. Jedes Mal, wenn ich hier heraufkomme, muss ich kurz an den Abend denken, an dem endlich alles fertig war. Wir haben hier oben alle zusammen angestoßen, die Kinder mit Saft, wir mit Sekt. «Nie wieder Baustaub!» Unfassbar, nach mehr als fünf Jahren, in denen wir das Haus nach und nach saniert haben. «Endlich mehr Zeit für uns», hab ich damals gedacht. Tja. Kurz darauf hat meine Mutter sich den Oberschenkelhals gebrochen, und ich hab sie für die nächsten zehn Wochen zu uns geholt. Dann bekam Jan in dem Kunststoff-Konzern, für den er arbeitet, ein großes Projekt. Was soll ich sagen? Von mehr Zeit für uns kann seitdem nicht wirklich die Rede sein. Grundsätzlich hab ich ja Verständnis. Aber heute ist Samstag, verdammt noch mal.

Jan hat nur die Stehlampe in der Ecke angemacht. Mit dem Rücken zu mir sitzt er an seinem Schreibtisch, sein von der Computerbeleuchtung beschienenes Gesicht spiegelt sich im großen Dachfenster über ihm. Genauer gesagt spiegelt sich dort nur seine hohe Stirn, weil er mit gesenktem Kopf auf einen Stapel Unterlagen neben der Tastatur blickt. Bestimmt zehn Zentimeter hoch, auf dem obersten Blatt reiht sich Zahlenkolonne an Zahlenkolonne. Das kann ich erkennen, als ich neben ihm stehe. Zahlen auch auf dem Bildschirm. Andere Frauen erwischen ihre Männer auf Pornoseiten. Ich erwische meinen mit sexy Berechnungen.

«Darf ich dich darauf aufmerksam machen, dass du eine Frau hast?» Jan zuckt kurz zusammen, löst den Blick aber nicht von den Unterlagen.

«Ja, und?» Die Frage richtet er an den Papierstapel.

«Und es ist Samstagabend.»

«Und das heißt?»

«Das heißt, du könntest mal den Rechner ausmachen und zu mir nach unten kommen.»

«Wozu?»

«Was ist denn das für eine Frage?»

«Wenn ich mich recht erinnere, möchtest du nicht angesprochen werden.»

Jetzt redet er mit dem Bildschirm, seine Finger tippen Zahlen in eine Tabelle.

«Mensch, Jan, das war doch nicht so gemeint.»

«Wie dem auch sei, ich brauche hier noch eine Weile.»

«Dann eben nicht.»

Das haben wir ja mal wieder großartig hingekriegt. Na gut, wohl eher ich. Andererseits muss er doch nicht gleich einschnappen. Zurück im Wohnzimmer, gieße ich mir noch einen Wein ein. Mit dem Glas in der Hand gehe ich an das bodentiefe Fenster neben dem Sofa, schaue in das nasse Dunkel draußen. Hinter unserem Grundstück liegt ein kleiner Park.

Das Licht einer Straßenlaterne fällt auf den Weg, auf dem morgens Bodo sowie sämtliche Hunde der Nachbarschaft ihre Geschäfte erledigen, und färbt den Regen gelb. Ich drehe mich wieder um, blicke in den großen Raum, den ich so liebe und den ich gestern sage und schreibe drei Stunden lang geputzt und aufgeräumt habe. Ja, auch ich habe meine Momente. Der Holzboden schimmert matt im sanften Licht unserer indirekten Beleuchtung, im Holzofen glimmen große Scheite, in seinem Körbchen daneben träumt Bodo. An den Kuhlen in den Kissen auf dem Sofa kann ich noch sehen, wo Jan und Emma gekuschelt haben. Weiter hinten im Zimmer, auf dem langen Esstisch aus massivem Holz, liegen neben dem hohen Kerzenständer ein paar von Emmas Kinderbüchern. Unser Zuhause. So schön, so warm. So leer. Ich friere plötzlich. Der Wein schmeckt schal. Vielleicht sollte ich noch einmal zu Jan hochgehen. Mich entschuldigen. Ihm den verspannten Nacken massieren. Mit ihm reden. Über uns. Nicht dass wir ernsthaft Probleme hätten, das nicht, aber in letzter Zeit, also, ich weiß auch nicht ... aber irgendwie zanken wir uns ziemlich oft.

Gerade habe ich mein Glas in die Küche gebracht, da höre ich oben Emma brüllen. Emma brüllt nie einfach so. Ein Albtraum? Schlimmeres? Ich nehme zwei Stufen auf einmal. Ihre kleine Stirn ist schweißnass, das Haar feucht. «Aua, Mama, mein Bauch!» Dann spuckt sie auch schon los. Jan kommt dazu, als ich ihr einen frischen Schlafanzug anziehe. «Bring sie zu uns, ich räume hier auf.» Die Kleine wimmert auf seinem Arm. Vier Stunden später habe ich auch meine Bettwäsche zweimal gewechselt, und Emma schläft endlich ruhig. Neben ihr schnarcht Jan.

7

In Köln, Thürmchenswall Nr. 6

Einsame Füße

Juliane

Das ist doch lächerlich. Ich habe diese Wohnung selbst eingerichtet. Mehr als das. Ich habe sie renoviert, jede einzelne Wand persönlich cremeweiß gestrichen und zur Decke hin mit einem anthrazitfarbenen Streifen abgesetzt, ich habe die breiten Landhausdielen – Eiche weiß gewaschen – verlegt und das Bad neu gekachelt. Jedes Möbelstück, jeder kleine Gegenstand ist mir vertraut. Dies ist mein Zuhause. Mit Balkon und Blick auf die Eigelsteintorburg. Mein stilvolles Refugium, mein Paradies. Und nicht etwa mein überdimensionierter Kühlschrank. Aber genauso fühlt es sich gerade an: Als hätte ich einen Kühlschrank betreten. Alles andere als paradiesisch. Wie gesagt, absolut lächerlich, dieses Gefühl. Das muss die Müdigkeit sein. Ich stelle meinen Koffer auf das Podest, das mein Schlafzimmer bildet, und schnuppere. Irgendwie riecht es hier komisch. So nach ... nichts. Aber das lässt sich ja ändern. Kaum mache ich das Fenster auf, dringt ein schwacher Geruch von Abgasen und Feuchtigkeit in den Raum. Da ist noch etwas. Ja klar, bei Gaffel haben sie heute Kölsch gebraut. Das Geknatter eines Motorradmotors lässt mich zusammenfahren. Juliane Richter is back in town.

Zwei Stunden später habe ich ausgepackt, die Waschmaschine ist fast durch, und ich fühle mich immer noch wie zu Besuch in einer fremden Wohnung. Kann es sein, dass die Zimmerlinde vor zwei Wochen grüner war als jetzt? Nicht dass meine Nachbarin sie nicht gut versorgt hätte, Frau Müller ist da sehr zuverlässig, aber es kommt mir vor, als hätte sie die Pflanze gebleicht. Ich sollte jetzt wirklich endlich ins Bett gehen.

Mein Bett ist einen Meter sechzig breit und schlicht, was mich bislang nicht gestört hat. Weder ist mir die Größe negativ aufgefallen (seit Alex nicht mehr in diesem Bett zu finden ist, teile ich es mit dem Boyfriend-Kissen, das Lisa mir geschenkt hat), noch die Abwesenheit eines Betthimmels. Während ich darüber nachsinne, wie ich einen hübschen Stoff unter der Zimmerdecke drapieren könnte, wird mir ein anderer eklatanter Mangel bewusst. In den Arm meines Kissenfreundes gekuschelt, lasse ich den Blick über meine Füße auf das Ende meines Bettes schweifen. Da ist nichts. Soll heißen: niemand. Natürlich nicht. Chris befindet sich schließlich ungefähr dreitausendfünfhundert Kilometer von mir entfernt auf einer Insel im Atlantik. Können Füße einsam sein? Lieber Gott, hoffentlich bin ich morgen wieder normal.

Normal. Normal. Normal, normal, normal. Eine normale Frau. Keine, die sich mit wildfremden Männern im nassen Sand wälzt. Oder junge Männer mit nach Hause nimmt, um deren «Seelen» zu retten. Das war eine Spezialität meiner Mutter. In meinen Ohren haben sich diese Seelenrettungen allerdings immer angehört wie Pornos. Nebenbei wollte meine Mutter nicht nur junge Männer retten, sondern die Welt verbessern. Ich kann gar nicht zählen, auf wie viele Demos sie mich geschleppt hat, ehe ich auch nur zehn war. Manchmal glaube ich heute noch, das Gewicht eines ihrer selbstgebastelten Transparente zu spüren oder die Splitter von den Holzleisten, an die sie es genagelt hatte.

Ich bin auch keine Frau, die von einem Tag auf den anderen aufhört, sich zu waschen und die Wohnung aufzuräumen. Die nur noch im Bett liegt, Kette raucht und darauf wartet, dass ihr das Kind – ich – neue Kippen bringt. Ich rauche nicht, ich lasse mich nicht gehen, und ich habe eine saubere Wohnung. Ein sauberes, überschaubares Leben. Mich wird man niemals mit dem Rettungswagen in die geschlossene Abteilung der Psychiatrie bringen, nachdem ich versucht habe, mir die Pulsadern aufzuschneiden. Monatelang habe ich mehr oder weniger allein zurechtkommen müssen, während meine Mutter in der Klapse war. Mein Vater war damals schon drei Jahre weg. Wir hatten keinen Kontakt. Bis heute weiß ich nicht, wo er ist oder ob er überhaupt noch lebt. Keine Ahnung, was gewesen wäre, hätte meine Tante Marlene mir nicht geholfen. Und dann kam Mama nach Hause, es gab ein paar gute Wochen, und schon ging es wieder von vorn los. Der nächste manische Schub, die nächste Depression. Bis sie es geschafft hat, das mit den Pulsadern.

Hör auf damit, Juliane. Ich wische mir die dumme Träne aus dem Auge und putze mir die Nase. Das ist Vergangenheit. Abgehakt. Du bist nicht so. Du wirst auch niemals so sein. Du bist nicht krank, du bist normal.

Und deine Füße sind nicht einsam, sondern einfach nur kalt.

Montag früh, 8.30 Uhr. Als ich aus der Haustür trete und gerade meinen Schirm aufspannen will, geht auch im Haus gegenüber die Tür auf, und heraus kommt der alte Herr mit seinem uralten Cockerspaniel. Wir lächeln uns zu, so wie wir uns seit Jahren zulächeln, wenn wir gleichzeitig auf die Straße kommen. Gesprochen haben wir noch nie miteinander. Heute fällt mir auf, dass beide, Hund und Mann, wieder ein bisschen grauer geworden sind. Der alte Herr schlägt den Mantelkragen hoch, lüpft grüßend seinen Hut und geht in Richtung Ebertplatz davon. Obwohl er langsam läuft, kann der Cocker kaum mithalten, und ich frage mich, ob die beiden es tatsächlich bis zur Grünfläche hinter der schmutzig-hässlichen Betonlandschaft des Ebertplatzes schaffen werden. Während ich ihnen noch einen Moment hinterhersehe, klingelt mein Diensthandy, das ich vor zehn Minuten zum ersten Mal seit gut zwei Wochen wieder eingeschaltet habe.

«Wo bleibst du?»

«Dir auch einen schönen Tag, Sebastian. Ich steige gleich in die Bahn. In zwanzig Minuten bin ich da.»

Aufgelegt.

Ich freu mich auf ihn. Nein, ich habe keine masochistische Ader. Er ist ja nur ruppig oder laut, wenn er nervös ist. Also an neun von zehn Arbeitstagen. Aber er ist auch unglaublich kreativ. Und zuverlässig. Und gepflegt. Wir ergänzen uns bestens. Anders gesagt: Zusammen sind wir der Albtraum unserer Konkurrenz. Aber was ich am meisten an ihm schätze, ist sein Zartsinn. Zum Beispiel: Jeder im Betrieb weiß, warum der beste Küchenchef des Universums (Zitat Sebastian) nicht mehr in unserem Edel-Catering arbeitet, sondern in Nürnberg. Genauso wie jeder weiß, dass Sebastian deshalb noch immer heimlich in sein Kissen weint. Aber hat er mir Vorwürfe gemacht, nachdem Alex gekündigt hatte? Mich angebrüllt? Mir ebenfalls mit Kündigung gedroht? Also gut, Letzteres kam kaum in Frage; schließlich ist mein Chef alles andere als dumm. Nein, er hat mich kurz umarmt und gesagt: «Wir werden darüber hinwegkommen, wir beide.» Und danach hat er mir gegenüber nie wieder ein Wort über dieses Thema verloren. Allein dafür könnte ich ihn lieben.

«Juliane, meine Schöne, mein vermisstes Goldstück!»

Auch heute nimmt er mich kurz in seine starken Arme, die in einer figurbetonenden weißen Lederjacke stecken, ehe er ebendiese Arme in die Luft wirft und ruft: «Es gibt auf dieser Welt nur noch Verrückte!»

«Meinst du die Veranstalter des Flora-Balls?»

«Ach was, den Killefitt haben wir im Sack.»

Jetzt bin ich gelinde gesagt überrascht. Seit wann ist der Flora-Ball Killefitt? Und wie kann er so früh den Zuschlag bekommen haben? Noch dazu ohne mich? Doch noch ehe ich ihn fragen kann, senkt er seine Stimme zu einem dramatischen Flüstern. Sebastian ist der einzige Mensch, den ich kenne, der Großbuchstaben sogar flüstern kann.

«Sie HEIRATEN! Hier bei UNS in Köln!»

«Wer heiratet?»

«PST!»

Dabei sind wir völlig allein im Büro.

«Zu niemandem ein Wort, hörst du? Zu NIEMANDEM.»

«Ist ja gut. Nun reg dich mal ab.»

Zwei Minuten später verstehe ich, warum Sebastian «Puls hat», wie er zu sagen pflegt. Ich habe selbst Puls.

Nicht nur weil mir ein eigentlich zuverlässiger Branchenkenner gesteckt hat, der Bräutigam sei in Wirklichkeit schwul und die ganze Beziehung zur Braut nur eine Inszenierung für die Presse. Auch nicht weil ich das junge Glück, ob echt oder nicht, bisher im Süden der Republik verortet habe. Oder weil die Herrschaften mit 600 geladenen Gästen im original römischen Stil heiraten wollen (gut, die Frage, woher wir sechshundert Liegesofas bekommen können, gibt mir schon zu denken). Nein, ich habe Puls, weil das alles sozusagen gleich stattfinden soll. Und zwar bei Sonne.

«Im DEZEMBER? In VIER WOCHEN? DIE SPINNEN DOCH!» Mir ist kaum bewusst, dass jetzt ich in Großbuchstaben rede.

«Sag ich ja, alle verrückt heutzutage. Sie haben gesagt, sie verlangen eine Wettergarantie, koste es, was es wolle.»

Eine Wettergarantie? Was soll das heißen?

«Es darf kalt sein, aber nicht regnen.»

«Vergiss es.»

«Habe ich auch gedacht, aber es gibt da so eine britische Firma, die impft von einem Flugzeug aus Wolken mit Silberjodid und kann die dann rechtzeitig abregnen lassen. Machen sie aber bisher nur in Frankreich, soweit ich weiß.»

«Du willst mich veralbern.»

«Nein. Sieh selbst.» Er zeigt mit dem Finger auf den Computerbildschirm auf seinem Schreibtisch. Tatsächlich, da steht es: «Jetzt können wir unseren Kunden einen Wolken-Spreng-Service anbieten, der zu hundert Prozent heiteres Wetter und klaren Himmel an Ihrem Hochzeitstag garantiert.» Für mindestens 135 000 Euro, wie ich auch noch lese.

«Du willst diesen Auftrag doch nicht wirklich annehmen?»

«Geht die Queen allein aufs Klo?»

Wir starren uns an. Schließlich sage ich betont ruhig, als müsste ich ein aufgeregtes Kind beschwichtigen: «Das kann dich das Geschäft kosten. Das ist dir doch klar?» Wenn von Garantien die Rede ist, dann auch von Regressforderungen.

«Nur wenn es nicht klappt. Wenn doch, dann redet die gesamte Nation von uns, und wir spielen in einer Liga mit Attila Dogudan. Wer weiß, vielleicht machen wir das nächste Chio in Aachen. UND ich fliege endlich mit Carsten nach Key West.»

Carsten ist Sebastians Ehemann und ein echt netter Kerl. Nebenbei bemerkt sieht er auch sehr gut aus. Attila Dogudan gilt als der erfolgreichste Caterer der Welt. Ob der nett ist, weiß ich nicht. Wie er aussieht, auch nicht. Aber eines ist sicher: Wenn Sebastian anfängt, seinen Betrieb mit dem von Dogudan zu vergleichen, dann hebt er komplett ab. Übrigens hat Dogudan letzthin das Reitturnier in Aachen ausgerichtet, sehr zu Sebastians Verdruss.

«Du kannst auch mit Carsten nach Key West fliegen, ohne wegen irgendwelcher durchgeknallter Promis deinen Laden zu riskieren. Schließlich hatten wir bisher ein ziemlich gutes Jahr, und wenn du jetzt schon den Flora-Ball sicher hast – wie hast du das eigentlich geschafft? Du sagst doch immer, Arved hat so viel Phantasie wie ein zu lange gebratenes Schweinefilet.» Arved ist Alex' Nachfolger. Ein sehr guter Koch, aber eben kein besonders origineller. «Seit wann kann Arved ein Premium-Buffet entwerfen?» Dazu muss man wissen, dass die Küche auch nicht Sebastians Stärke ist. Klischee hin oder her – er hat vor allem ein Händchen für ausgefallene, aber elegante Dekorationen. Seit Alex weg ist, bin ich diejenige, die in Abstimmung mit Arved Buffets oder Menüs entwickelt.

«Tja, Glückes Geschick, Alex war neulich kurz hier, und da war er so nett, also, er wollte nicht mal ein Beraterhonorar, was ich ganz reizend von ihm fand, und du warst ja nicht erreichbar, aus alter Freundschaft, hat er gesagt, und was soll ich sagen: Die Leute vom Ball-Komitee waren hin und weg. Ach ja, wie war dein Urlaub?»

«Alex war hier? Wann?»

«Vor einer Woche? Müsste ich nachsehen.» Er rollt in seinem Schreibtischstuhl, einem gewaltigen Vintage-Teil aus dunklem Leder mit Metallnieten an den Seiten, näher an seinen Schreibtisch heran. In dem Stuhl sieht er noch kleiner aus, als er ohnehin schon ist.

«Nee, lass, ist nicht wichtig.»

Wichtig ist: Hat er nach mir gefragt? Hat er gesagt, dass ich ihm fehle?

Bevor ich in Versuchung gerate, mir eine Blöße zu geben und diesen Gedanken laut auszusprechen, kommt Lisa ins Büro. Gott segne sie.

«Morgen allerseits. Na, ausgeschlafen?», fragt sie in meine Richtung und legt Sebastian einen Hefter auf den Tisch.

«Da hast du die Personalliste für die Cologne Fine Art. Und ich sag dir gleich: Mehr Leute sind nicht drin. Sehen wir uns heute Abend?» Die Frage geht wieder an mich.

Ich überlege kurz. Vielleicht hat auch Lisa mit Alex gesprochen? Außerdem bin ich ihr noch einen Urlaubsbericht schuldig. Es muss ja kein vollständiger sein. Samstag war ich wirklich nicht gerade nett zu ihr, das ist mir schon klar. Und gestern, als ich sie eigentlich anrufen wollte, habe ich dann doch lieber lange mit Marlene gesprochen. Das mache ich eigentlich immer, wenn meine Mutter sich in meine Gedanken drängt. Meine Tante ist die Einzige, mit der ich über die Vergangenheit rede. Lisa habe ich dabei vorübergehend vergessen. Als sie mir wieder einfiel, war es schon zu spät, um sie noch anzurufen.

«Gern. Soll ich zu euch kommen?»

Sie schüttelt den Kopf. «Meine Schwester ist für ein paar Tage da und kann auf die Kids aufpassen.»

Sehr gut. Lisa und Jan haben ein wirklich schönes Haus. Aber man kann darin selten länger als zwanzig Minuten am Stück miteinander sprechen, weil entweder eines der Kinder nervt oder der inkontinente Dackel rausmuss. «Um acht dann», sagt sie und verschwindet wieder.

Sebastians Telefon klingelt. Ich höre ihn «Dream Team Events» sagen und dann eine Weile nichts mehr. Ich darf mich an seinem Mienenspiel ergötzen. Anfangs noch sonnig, verdüstert sich sein Gesichtsausdruck von Minute zu Minute. «You are absolutely sure?», fragt er schließlich in den Hörer, ehe er nach einem knappen «Thanks» den Hörer aufknallt. «Arschlöcher, verdammte.»

«Was ist los?»

«Die können das mit den Wolken nicht machen in Deutschland. Irgendwelcher Stress mit Genehmigungen.»

Ich bin erleichtert. Sebastian dagegen sieht aus, als bräche er gleich in Tränen aus.

«Vielleicht wollen die beiden auch ohne Wettergarantie römisch heiraten. Nicht gleich den Kopf hängen lassen, mein kleiner Dramakönig.»

Um halb sieben sitze ich in der Bahn. Immer noch von A bis B erschüttert. A wie Absurde Hochzeitswünsche (inzwischen kenne ich alle Einzelheiten) und B wie Alex in Köln (keine Einzelheiten).

Um acht Uhr habe ich fünf Blumensträuße, für die ich ein Vermögen ausgegeben habe, im Wohnzimmer verteilt. Rosen, Ranunkeln, Margeriten und Anemonen. Sogar Tulpen sind dabei, ich will lieber nicht wissen, wo die um diese Jahreszeit herkommen. Der Herbst ist gleich nicht mehr so grau. Und meine Wohnung erinnert entfernt an den kleinen Balkon bei Señora Jacinta. Auf dem kleinen Tisch vor dem Sofa atmet eine Flasche Rioja, auf einem Teller sind hübsche Häppchen angerichtet. Was fehlt noch? Natürlich, das Spray. Bio-Lemongras. Jetzt riecht es bei mir auch wie bei Señora Jacinta. Lisa kann kommen.

8

Köln, Thürmchenswall Nr. 6

Ein Haufen Sehnsucht

Lisa

Ein schwarzer Schwan. Das ist das Erste, was ich denke, als Juliane mir die Tür aufmacht. Was daran liegt, dass Ole unlängst in der Schule ein Referat halten musste und ich seine Probe-Zuhörerin war. «Als schwarzer Schwan wird ein Ereignis bezeichnet, das extrem unwahrscheinlich ist, völlig überraschend eintritt und sich im Nachhinein einfach erklären lässt.» Mit anderen Worten: Juliane Richter mit Jogginghose und Sweatshirt in einer Wohnung voller Blumen. Bunte Blumen wohlgemerkt, nicht etwa weiße Lilien. Es riecht auch ungewohnt, angenehm frisch, richtig fruchtig. Ich bin sprachlos. Oft passiert mir das nicht.

«Hey, Lisa, komm rein. Hast du Hunger? Ich hab ein paar von Arveds leckeren Häppchen für die Messe aus der Firma mitgebracht.»

«Äh, schon.»

Ich weiß nicht, was mich mehr verblüfft, die vielen Blumen oder die Jogginghose. Eine zwanglos gekleidete Juliane habe ich in sieben Jahren nicht zu Gesicht gekriegt.

«Wein? Oder bist du mit dem Auto da?»

«Nein. Ich meine, kein Auto, Wein ist gut.»

«Du siehst müde aus, das ist mir heute Vormittag schon aufgefallen.»

«Emma hatte am Wochenende schon wieder Magen-Darm.» Keine Details jetzt. Manchmal, wenn ich viel Zeit mit anderen Müttern verbracht habe, muss ich aufpassen, dass ich den Modus wieder wechsle, wenn ich mit Nichtmüttern zusammen bin. Nichtmütter kann man mit ausführlichen Schilderungen von Kinder-Kotz-Wochenenden ungefähr so erfreuen wie mich mit einer Wagner-Oper. Gelegentlich vergesse ich das.

«Das tut mir leid. Wie kommt's, dass deine Schwester da ist?»

Wie Juliane weiß, habe ich ein eher angespanntes Verhältnis zu meiner älteren Schwester, auch die «katholische Königskobra» genannt. Bissig wie sonst was, mein Schwesterherz, und schrecklich fromm.

«Sie macht in Köln ein Image-Coaching – ja, lach ruhig, hab ich auch – und will kein Geld für ein Hotel ausgeben. Ich konnte schlecht nein sagen.»

«Du kannst doch nie nein sagen.»

«Auch wahr. Wenigstens habe ich so noch einen freien Abend, bevor der Vorweihnachtswahnsinn losgeht. Und jetzt lass uns über etwas Erfreulicheres reden.»

Zwei Stunden später bin ich ein Haufen Sehnsucht. Ich will zurück auf die Insel! Selbst wenn Thomas inzwischen an der Flasche hängt, oder vielleicht gerade weil. Ich könnte ihm bestimmt helfen. Er wird ja nicht grundlos trinken, der Arme. Im Augenblick bin ich selbst allerdings nicht gerade nüchtern. Juliane und ich haben inzwischen auch die Flasche Wein geleert, die ich mitgebracht habe, und gönnen uns jetzt noch einen Espresso und einen Grappa. Anfangs hat Juliane ja noch sehr zurückhaltend erzählt, wie das ihre Art ist, aber so nach und nach ist sie richtig ins Schwärmen gekommen. Anscheinend hat sie echt nette Leute kennengelernt. Wobei ich schon ein bisschen überrascht bin, dass sie in einer Art WG gelebt hat. Wie gesagt, schwarzer Schwan. Mittlerweile würde ich mir fast wünschen, sie hätte nicht ganz so enthusiastisch von der Musik am Strand und den Farben auf der Insel geredet. All meine eigenen Erinnerungen tanzen Tango.

«Ich hab damals in einem Monat mit drei verschiedenen Typen geschlafen. Ja, da staunst du, was? Elisabeth Landwehr aus Lohne, Südoldenburg, der Vamp. Aber erzähl das bloß nicht jemandem aus meiner Familie. Du weißt ja, wie konservativ die sind.»

«Und Jan?»

«Den hab ich ein knappes Jahr später kennengelernt. Und dann wollte ich keinen anderen mehr. Auswandern übrigens auch nicht. Also vorher schon. Aber dann nicht mehr. Und du?»

«Was ich?»

«Hast du mit diesem Chris geschlafen? Der scheint ja ganz süß zu sein.»

«Natürlich nicht!»

«Was heißt hier natürlich? Immerhin ist das mit Alex jetzt schon ... wie lange ist das her?»

«Acht Monate. Aber was hat das eine mit dem anderen zu tun?»

«Na ja, man hat ja auch als Frau Bedürfnisse.»

«Entschuldige, ich muss mal kurz verschwinden.»

Aha, so schwarz ist der Schwan dann auch wieder nicht. Hätte mich auch gewundert, wenn Juliane freiraus über Sex geredet hätte. Während sie auf dem Klo ist, kommt mir kurz die Frage in den Kopf, wann Jan und ich eigentlich zum letzten Mal Sex hatten. Oder zusammen Urlaub. Ohne die Kinder. Ich grüble noch, als sie zurückkommt.

«Du, sag mal, hast du Alex eigentlich gesprochen, als er neulich im Betrieb war?»

«Nö, ich hab ihn gar nicht gesehen. War einer meiner arbeitsfreien Tage. Sebastian hat nur erzählt, dass er vorbeigeschaut hat. Wieso fragst du?»

«Nur so.»

Hat sich Juliane nun verändert oder nicht? Die Frage geht mir (mal wieder) im Kopf herum, als ich in der Bahn sitze, die mich nach Longerich bringt. Auf den ersten Blick schon. Die Blumen und so, das ist neu an ihr. Aber ist das ein Langzeiteffekt? Eines hat sich gar nicht geändert: Wenn es ihr zu persönlich wird, macht sie noch genauso dicht wie früher. Als ich sie nach diesem Chris gefragt habe, ist sie rot geworden, das könnte ich beschwören. Und daran war nicht der Grappa schuld. Überhaupt, der Grappa. Für ihre Verhältnisse hat Juliane heute ganz schön viel getrunken. Ich allerdings noch mehr. Fast verpasse ich meine Haltestelle, weil mir die Augen zufallen.

9

In Köln-Heimersdorf, Ende Dezember

Magisches Geschenk

Juliane

Seltsam. Zum dritten Mal drücke ich auf die Klingel. «Frauenarztpraxis Dr. med. Ulrike Leander und Dr. med. Astrid Schmidt» steht darunter. Ich bin hier eindeutig richtig. Mein Termin bei Dr. Schmidt ist in fünf Minuten. Wieso machen die nicht auf? Die können mich doch nicht einfach hier im Schneeregen stehen lassen. Das ist gesundheitsgefährdend. Von meiner Laune gar nicht zu reden. Immerhin bin ich durch halb Köln gefahren, um diesen Termin wahrzunehmen. Gerade will ich noch ein letztes Mal klingeln, da öffnet sich die Tür von innen. Eine junge Frau mit Kopftuch lächelt mich an und verlässt das Gebäude. Ich nutze die Gelegenheit. Die Arztpraxis ist in der ersten Etage. Und schon befinde ich mich wieder vor einer Tür, die sich nicht öffnet. Diese hier ist aus geriffeltem Glas; ich kann dahinter schemenhaft Menschen erkennen. Das Gleiche wie schon einmal: Ich klingele mehrmals und muss trotzdem warten, bis eine Frau herauskommt. Kopfschüttelnd stehe ich schließlich im Anmeldebereich der Praxis, wo drei Arzthelferinnen hinter einem breiten Tresen sitzen und sich über die aktuellen Sonderangebote bei Aldi unterhalten.

«Warum öffnen Sie denn nicht, wenn es klingelt?», wage ich die Damen zu unterbrechen. Tatsächlich schaut eine von ihnen zu mir auf. Sie trägt rote Haare und eine noch rötere Brille.

«Hier klingelt es dauernd, das hören wir schon gar nicht mehr. Man muss die Tür doch nur aufdrücken.» Sie sieht mich an, als wollte sie sagen: Natürlich nur, wenn man dafür nicht zu doof ist. Mir ist zu doof, darauf zu antworten. Zum Beispiel, dass ein entsprechender Hinweis an der Tür hilfreich wäre.

«Ich bin zum ersten Mal hier, 15 Uhr bei Frau Dr. Schmidt», sage ich und denke: vermutlich auch zum letzten Mal.

«Dann brauche ich Ihre Gesundheitskarte und eine Urinprobe.»

Im Wartezimmer, in dem ich zu meiner Verwunderung mit einem Haufen zerfledderter Zeitschriften allein bin, verfluche ich Frau Dr. Wiesemüller, die Gynäkologin meines Vertrauens. Sie hat mich schmählich verlassen, um ihren Ruhestand in der Toskana zu verbringen. Weshalb ich jetzt in dieser Praxis in Heimersdorf sitze, weil Frau Dr. Schmidt die Ärztin ist, der Marlene vertraut. Meine Tante und ich haben zusammen Weihnachten verbracht und dabei das eine oder andere Frauengespräch geführt.

Wie auch immer. Wenn die Ärztin nicht freundlicher ist als ihre Empfangsdamen, ziehe ich mich gar nicht erst aus. Immerhin hat sie ein gutes Zeitmanagement. Nach nicht mal zehn Minuten werde ich aufgerufen.

«Schönen guten Tag.» Sie ist ungefähr in meinem Alter. Warme, braune Augen hinter einer randlosen Brille, ein großer lächelnder Mund, kurzes schwarzes Haar, dezentes Make-up. Nett, denke ich. Herzlich. Gott sei Dank. Ich präsentiere meinen nackten Unterleib nur höchst ungern einem fremden Menschen, während ich mit gespreizten Beinen auf einem unbequemen Stuhl liege. Da hilft es mir schon sehr, wenn dieser Mensch wenigstens sympathisch ist. Jetzt darf ich erst einmal auf einem Stuhl vor ihrem Schreibtisch sitzen.

«Wann, sagten Sie, ist Ihre Hormonspirale gezogen worden?»

«Vor sechs Monaten.»

«Und Ihre Periode hat noch nicht wieder eingesetzt?»

«Nicht richtig.»

«Hm. Bei Frauen, deren Regel unter der Spirale ganz ausgesetzt hat, kann es schon vorkommen, dass es dauert, bis sich der Zyklus wieder normalisiert. War Ihr Zyklus denn vor der Spirale regelmäßig?»

«Nicht sehr». Das hat mich schon immer geärgert. Alles an mir ist zuverlässig, nur nicht mein Zyklus.

In diesem Augenblick kommt die rothaarige Arzthelferin ins Sprechzimmer, die glaubt, ich sei zu doof, um eine Tür aufzudrücken.

«Und eine Schwangerschaft ist ausgeschlossen?»

«Völlig.»

«Ja, Anja?»

«Ich hab hier das Ergebnis vom Urintest.»

Wieso grinst diese Anja denn so breit?

«Danke.»

Meine Ärztin nimmt ihr den Zettel ab, liest und runzelt die Stirn.

«Ist etwas nicht in Ordnung?»

«Das würde ich so nicht sagen. Sie sind schwanger.»

Jetzt glaubt Anja auch noch, ich sei zu blöd zum Verhüten.

Ein sinnvollerer Gedanke will mir gerade nicht kommen. Als Nächstes denke ich: Hier liegt ein Fehler vor. In einer Nacht, die es nie gegeben hat und an die ich seit Wochen nicht mehr gedacht habe, kann ich nicht schwanger geworden sein. Während ich in meinem Schock die eigene Intelligenz beleidige, sagt die Ärztin mit Blick auf den Zettel: «Nicht zu fassen.»

Wie wahr! Ich fühle mich verstanden. Allerdings nur, bis sie mit Groll in der Stimme murmelt: «Die dumme Nuss hat tatsächlich wieder die Stäbchentests verwechselt. Auf so eine Helferin kann ich wirklich verzichten.»

«Ähm?»

Sie schaut auf. «Oh, entschuldigen Sie. Auf Schwangerschaft testen wir eigentlich nicht ohne Grund. Na, wie auch immer. Dann machen Sie sich jetzt bitte mal untenrum frei.» Sie weist auf die schmale Umkleidekabine in der Ecke des Zimmers.

«Wozu?» Was für eine unglaublich kluge Frage, Juliane Richter.

«Ich möchte Sie untersuchen und eine Eileiterschwangerschaft ausschließen. Wenn alles normal ist, kann ich im Ultraschall vielleicht schon feststellen, in welcher Woche Sie sind.»

Oder dass ich gar nicht schwanger bin, denke ich hoffnungsfroh und gehe zu der Kabine. Wenig später schaue ich ängstlich auf den Bildschirm, der meinen Uterus zeigt. Wenn ich mich doch nur erinnern könnte, wie der beim letzten Mal ausgesehen hat. Zuerst erkenne ich nur grau-weißes Gekrissel.

Ha, da ist nichts! Obwohl – die eine Stelle da, die kommt mir ungewöhnlich vor. Sieht aus wie ein dunkles Ei mit einem weißen, bohnenförmigen, puckernden Dotter. Frau Dr. Schmidt drückt auf die Knöpfe ihres Gerätes.

«Alles, wie es sein sollte. Das Herz schlägt schon, sehen Sie? Ich würde sagen, Sie sind in der achten Schwangerschaftswoche, vielleicht ein bisschen drüber.»

«Zehnter November», flüstere ich, «da hatte ich, äh, also, äh, Geschlechtsverkehr. Nur ein Mal! Und das sind erst sechs Wochen.»

«Wir zählen ein bisschen anders, deshalb sind es medizinisch gesehen auch nicht neun Monate Schwangerschaft, sondern zehn. Der Geburtstermin wäre demnach Anfang August.» Sie lächelt, drückt wieder, und ich höre ein leichtes Brummen.

Was gibt es denn da zu lächeln? Das ist eine Katastrophe!

Ich drehe den Kopf, um das, was da in mir puckert, nicht mehr sehen zu müssen. Mein Blick fällt auf die Wand gegenüber dem Stuhl. Direkt auf einen Wechselrahmen mit lauter Babybildern samt Dankeschön-Aufklebern. Das ist doch moralische Belästigung! Mir wird schlecht. Moment mal. Wenn ich wirklich schwanger wäre, müsste ich doch unter Morgenübelkeit leiden. Ich weiß noch, wie sich Lisa damals bei Emma die Seele aus dem Leib gewürgt hat. Und war Kate von William deswegen nicht sogar im Krankenhaus? Mir ist morgens kein bisschen übel. Bevor ich diesen Einwand vorbringen kann, drückt mir Frau Dr. Schmidt ein Stück Papier in die Hand. Es ist ein Foto von meinem Uterus samt puckerndem Etwas.

«Sie können sich wieder anziehen. Wir nehmen Ihnen dann gleich noch Blut ab und stellen den Mutterpass aus.»

Den brauche ich nicht. Einen Reisepass beantragt man schließlich auch nur, wenn man auf Reisen gehen will. Aber ich sage nichts.

Als ich ihr wieder an ihrem Schreibtisch gegenübersitze, schaut sie mir ernst in die Augen.

«Haben Sie jemanden, mit dem Sie darüber sprechen können?»

«Ja. Nein. Ich weiß nicht.»

«Sie sollten vielleicht den Vater einbeziehen.»

Nie hätte ich gedacht, dass ich einmal hysterisch lachend in einer Frauenarztpraxis sitzen würde. Aber dies ist ja offensichtlich der Tag der Überraschungen.

«Na, kommen Sie erst einmal zur Ruhe und lassen die Neuigkeit sacken. Sie haben noch Zeit. Und wenn Sie Beratung außerhalb Ihres privaten Umfeldes möchten – die Leute von pro familia haben mit Situationen wie Ihrer viel Erfahrung. Und damit meine ich jetzt nicht die Pflichtberatung vor einem Abbruch.»

Sie drückt mir einen pro-familia-Flyer in die Hand.

«Sollten Sie sich für das Kind entscheiden, sehen wir uns in vier Wochen wieder.»

Mechanisch schüttele ich ihr die Hand, bedanke mich sogar. Die Blutabnahme bekomme ich kaum mit. Eine halbe Stunde später sitze ich im Bus und starre abwechselnd auf meinen Mutterpass und das Bild vom puckernden Etwas. Da schlägt tatsächlich ein zweites Herz in mir. Lieber Gott, das darf doch nicht wahr sein. Das kann nicht passiert sein. Doch nicht mir!

Ist es aber. Punkt. Ich bin schwanger. Sogar schon ziemlich schwanger, wie ich zu Hause dem Christstern auf meinem Couchtisch erkläre. Neben der Pflanze liegen das Bild und der Flyer von pro familia. Der Christstern ist erst einmal der Einzige, mit dem ich darüber reden will. Und das tue ich jetzt schon seit etwa zwei Stunden. Langsam werde ich mir selbst peinlich. Und wenn ich Lisa anrufe? Ganz dumme Idee. Sie kann über ihre Schwester, die katholische Königskobra, noch so lästern, beim Thema Schwangerschaftsabbruch wird sie garantiert selbst zum Reptil. Kurz denke ich an Sebastian. Geht gar nicht. Carsten und er wünschen sich ein Kind mehr als alles andere. Und dann komme ich und sage, dass ich meines nicht bekommen will? Nicht bekommen kann? Denn das kann ich nicht. Nicht von einem Mann, dessen Namen ich nicht kenne und von dessen Existenz niemand erfahren soll. Nicht allein. Nicht mit meinem stressigen Job. Nicht in einer Einzimmerwohnung, auch wenn sie nicht klein ist. Ein Zimmer bleibt ein Zimmer. Wie sollte das gehen? Der Christstern hat keine Antwort für mich. Schließlich greife ich doch zum Telefon und rufe Marlene an, meine atheistische Tante. Ich werde sie fragen, ob sie mit mir zur Pflichtberatung bei pro familia geht. Allein möchte ich da nicht hin. Und Marlene hat mir schon in ganz anderen schwierigen Momenten die Hand gehalten.

«Marlene? In mir schlägt ein zweites Herz! Man kann es schon ganz deutlich sehen.» Das ist jetzt nicht der sachliche Text, den ich mir zurechtgelegt hatte. Plötzlich brechen Tränen aus mir heraus, als träte der Rhein über seine Ufer.

Marlene braucht keine halbe Stunde, bis sie bei mir auf dem Sofa sitzt.

«Du hast kein Wort mit ihm gesprochen? So wie in ‹Garp

und wie er die Welt sah›? Du wolltest nicht seinen Namen, sondern seinen Samen?»

«Marlene! Meine Situation ist nicht witzig. Und ganz bestimmt wollte ich nicht seinen Samen.»

«Nein, natürlich, entschuldige.» Ich sehe genau, dass sie sich ein Lachen verkneift. Marlene ist die jüngere Schwester meiner Mutter. Im März wird sie fünfundfünfzig. Die meisten Menschen schätzen sie wegen ihrer glatten Haut und der langen kastanienroten Haare deutlich jünger. Vielleicht auch wegen ihrer Vorliebe für wallende Gewänder. Wie meine Mutter damals engagiert sie sich für alles Mögliche. Aber bei ihr hat das nichts Krankhaftes. Im Augenblick ist sie unter anderem bei den Linken und bei Greenpeace aktiv. Wo sonst noch alles, kann ich mir nie merken.

«Und ich dachte, du hättest über die Weihnachtstage ein bisschen viel gegessen.»

«Ich habe nicht zugenommen!»

«Aber deine Bluse sitzt schon enger als sonst, oder?»

Das stimmt allerdings. Ich hatte meinen volleren Busen selbst auf die Feiertagsvöllerei geschoben.

«Ich nehme an, du hast den Beratungstermin schon gemacht?»

«Nein, noch nicht.»

«Interessant.»

«Wieso? Ich weiß es doch erst seit ein paar Stunden.»

«Schon, aber ich hätte gedacht, du besorgst dir einen Termin, sobald du aus der Arztpraxis raus bist. Schnell und effizient, so wie du sonst auch alles managst.» Sie sieht mich mit einem ganz sanften Blick an. «Du bist dir nicht so sicher, wie du gern wärst, oder?»

«Doch. Nein. Merde!»

Wenn ich nur das kleine Herz nicht hätte schlagen sehen. Dann könnte ich jetzt völlig gefühlsneutral an einen Zellklumpen denken, der sich widerrechtlich in meinem Bauch eingenistet hat.

«Was spricht denn eigentlich dagegen, dass du ein Baby bekommst?»

«Alles. Und nenn es nicht so.»

Ich zähle auf, was ich schon gegenüber dem Christstern angeführt habe. Dem wundervoll schweigsamen, verständnisvollen Christstern.

«Versteh mich jetzt nicht falsch. Ich bin die Letzte, die ein Kind für das einzig wahre Glück im Leben einer Frau hält. Wenn du keins willst, ist das für mich völlig okay. Aber wenn doch, dann kannst du es auch kriegen. Du hast einen sehr gut bezahlten Job, du hast eine Wohnung. Noch dazu eine, die dir gehört. Das ist eine ganze Menge. Okay, du hast keinen Vater für dein Kind. Na und? Damit bist du heutzutage in allerbester Gesellschaft. Und du bist nicht allein, du hast mich, du hast Freunde. Außerdem bist du die bestorganisierte Frau der westlichen Hemisphäre. Wenn eine das Leben als alleinerziehende Mutter wuppen kann, dann du. Also, wovor hast du wirklich Angst?»

Ich schaue die Wand gegenüber dem Sofa an. So eine schöne weiße Wand. Klar, übersichtlich, ohne jede Unebenheit. Warum kann ich nicht so sein?

«Juliane?»

Ich muss mich räuspern, und meine Stimme ist rau.

«Was ist, wenn ich die Disposition für die Krankheit weitergebe? Oder selbst doch noch krank werde? Ich will kein Kind in die Welt setzen, das so aufwachsen muss wie ich.» Die nächste Flutwelle bricht sich Bahn.

«Ach, meine arme Kleine.» Marlene legt ihren Arm um mich.

«Das ist doch Unsinn.» Sie seufzt. «Julchen. Deine Mutter war krank, ja. Aber ich bin es nicht, deine Oma war es nicht, und du bist es auch nicht – trotz der schwierigen Bedingungen, unter denen du aufgewachsen bist. Lass doch bitte Sabines Krankheit dein Leben nicht noch mehr bestimmen als ohnehin schon. Ich bin ganz sicher, dass du ein kerngesundes Baby bekommen kannst.» Eine Weile hält sie mich ganz fest, und es fühlt sich genauso gut an wie in meinen Kindertagen, wenn sie uns besuchte.

«Hast du vielleicht ein Glas Wasser für mich? Gern mit Kohlensäure.»

In meiner kleinen Küche gieße ich Wasser in ein Glas und lasse Marlenes Worte sacken. Es stimmt schon. Keiner weiß, warum ausgerechnet meine Mutter manisch-depressiv geworden ist. Sie ist in der Familie die Einzige, soweit wir wissen. Könnte ich also wirklich …? Bis heute war schon der Gedanke an ein Kind für mich völlig ausgeschlossen. Jetzt versuche ich das Wort Mutter mit mir selbst in Verbindung zu bringen. Ich, Mutter. Juliane Richter, Mutter. Juliane Richter mit dickem Bauch. Juliane Richter mit Bluse voller Babykotze. Lisa würde sich ganz schön wundern. Plötzlich muss ich grinsen, dann wieder heulen. Sind das jetzt die Schwangerschaftshormone?

«Denk einfach in Ruhe nach, Julchen. Ganz egal, wie du dich entscheidest – ich bin für dich da.» Marlene steht in der Tür zur Küche. Keine Ahnung, wie lange ich hier schon die aufsteigenden Bläschen im Glas anstarre. «Äh, darf ich das Wasser jetzt haben?»

«Natürlich, entschuldige.»

Irgendwann, Marlene ist längst nach Hause gefahren, und ich liege völlig erschöpft von dem Gespräch und der Heulerei unter meiner Kuschelwolldecke auf dem Sofa, greife ich wieder nach dem Herzschlagbild. Ob das Kind wohl Augen wie Cameron Diaz hätte?

Ein paar Minuten lang erlaube ich mir die Erinnerung an den Duft von Mann und Meer, an im Sand verschlungene Körper, an meine Zeit auf der Insel. Chris drückt sanft meine Füße, Estefan reicht mir lächelnd die Butter. Die Blumen auf meinem Balkon leuchten in der Sonne. Und plötzlich meine ich, Nelly sagen zu hören: «Was für ein wunderbares, magisches Geschenk.»

10

In Köln-Longerich

Auch mal jung

Lisa

Einatmen, Ausatmen. Geht doch, Lisa. Und jetzt: Action! Du gehst da hoch und holst das Mädchen aus dem Bett deines Sohnes. Na los. Aber ich brauche noch einen Moment, um die kleine Szene zu verarbeiten, die sich vor fünf Minuten in unserem Hausflur abgespielt hat. Es fing ganz harmlos an. Türklingeln, ich mache auf. Vor der Tür steht Sophie, Oles Freundin. Klatschnass in schwarzem Minikleid mit Seidenstrümpfen und Steppjacke. Sie streicht sich den triefenden Pony aus dem Gesicht. «Scheißwetter! Hallo, Frau Thomann.»

«Hallo, Sophie, komm schnell rein.»

«Ist Ole oben?»

«Ja, aber ich hol dir wohl besser erst mal ein Handtuch.»

«Geht schon.»

Sophie streift die nassen Stiefel von den dünnen Beinen.

«Du hast da eine Laufmasche in der Strumpfhose.»

«Macht nichts, die muss ich eh gleich ausziehen.»

Spricht's und ist auch schon auf der Treppe.

Alles klar? Das Mädchen ist fünfzehn! Und ich habe hier die Verantwortung, verdammter Mist.

Los jetzt. Ich klopfe an Oles Tür. Obwohl das Klopfen garantiert niemand hört. Dafür höre ich – und mit mir die ganze Straße – das, was Ole Musik nennt. Ich nenne es Elektronik-Terror und wünsche mir gelegentlich den Verfassungsschutz ins Haus. Jetzt mache ich mir allerdings eher Gedanken über die Geräusche, die der Krach vermutlich übertönen soll.

Also schön. Tür auf und durch.

Ja, ja, schon gut. Hätte ich mir denken können. Abgeschlossen. Was mach ich denn jetzt?

Dort, vor der Tür meines sechzehnjährigen Sohnes, läuft ein hässliches Drama in meinem Kopf ab. Die Hauptrollen spielen eine sehr schwangere Sophie, ein sehr verzweifelter Ole und zwei Menschen, die ich persönlich gar nicht kenne, die mir aber als wutverzerrte Fratzen erscheinen. Sophies Eltern. «Du hast das Leben unserer Tochter ruiniert», höre ich sie schreien.

«Jan?» Fünf Minuten später, ich habe meinen aussichtslosen Posten vor der Zimmertür aufgegeben, erreiche ich meinen Mann im Büro. Wieso ist Jan eigentlich nie da, wenn ich ihn brauche? Aber der ist ja auch nicht da, wenn beim Elternabend in Emmas Kita mal wieder über das Essen diskutiert wird. Oder dort Putzdienst anliegt.

«Ole schläft mit Sophie. In unserem Haus! Was soll ich denn jetzt machen? Wie, nichts? Ach, du hast mit ihm über Kondome gesprochen, na, dann ist ja alles gut, oder wie? Was? Ich soll mich nicht so katholisch benehmen – sag mal, hast du sie noch alle?»

Wütend drücke ich ihn weg.

«Mama, bist du böse?» Ach du Schreck, Emma habe ich

glatt vergessen. Als Sophie klingelte, haben wir in der Küche zusammen die Spülmaschine ausgeräumt. Jetzt schaut sie mich mit einem erschreckten Ausdruck in den braunen Kulleraugen an und verdrückt sogar ein paar Tränen. «Nein, ich bin nicht böse, nur ein bisschen ... um Gottes willen, was ist passiert?» Kein Wunder, dass sie weint. Aus ihrer rechten Hand, die sie mit der linken umklammert, tropft Blut. «Ich hab mich geschnitten. Ein Glas ist kaputt.» Mehr Tränen.

«Das macht doch nichts, mein Schatz. Zeig mal deine Hand.»

Als ich zwei Stunden später aus dem Krankenhaus zurückkomme, wo der tiefe Schnitt in Emmas Hand genäht wurde, ist Oles Zimmer leer. Fast leer jedenfalls, auf dem zerwühlten Bett liegt Golden Eye, Oles zahme Ratte. Ich mache die Tür schnell wieder zu, ehe die Katze sie entdecken kann. Die ist zwar halbblind, aber sozusagen nicht blind genug. Nachdem ich Emma vor den Kinderkanal gesetzt, Finns Mäuse und Meerschweinchen versorgt (Finn ist mal wieder mit seinem Fußballverein unterwegs) und das vollgepinkelte Kissen aus Bodos Körbchen in die Waschmaschine gesteckt habe, mache ich mir in der Küche ein Bier auf.

Kaum habe ich den ersten Schluck getrunken, höre ich Jans Wagen in der Einfahrt. Der ist aber früh dran. Wenn er jetzt auch nur ein Wort darüber verliert, dass statt des Abendbrots ein einsames Bier auf dem Tisch steht, müssen meine Kinder mich demnächst im Gefängnis besuchen. «Papa, guck mal, ich hab einen ganz dicken Verband, wir waren im Krankenhaus!», höre ich Emmas aufgeregtes Stimmchen. Jans Antwort bekomme ich nicht mit, weil Bodo anfängt zu kläffen.

«Sag mal, hast du inzwischen völlig den Verstand verloren?» Mein Gatte hat den Weg zu mir in die Küche gefunden. «Du rufst mich wegen jedem Scheiß an, aber nicht wenn unsere Tochter sich die halbe Hand abschneidet?»

Jeder Scheiß. Soso.

«Und was hätte das geändert? Wie sehr ich auf deine Unterstützung zählen kann, hast du mir ja heute schon gezeigt. Vielen Dank auch.»

«Meine Güte, Lisa, der Junge ist sechzehn.»

«Und Sophie erst fünfzehn.»

«Fast sechzehn. Aber egal. Wäre dir lieber, wenn die beiden sich in irgendeinem Gebüsch rumdrücken?»

«Wann hat dieses Gespräch über Verhütung eigentlich stattgefunden? Und wieso weiß ich nichts davon?»

«Vor zwei Monaten oder so. Er wollte nicht, dass ich dir was erzähle.»

«Ach. Darf man fragen, wieso?»

Jan grinst. «Er meinte, du würdest sowieso nur hysterisch reagieren – seine Worte, nicht meine.»

«Wenn ich mir Sorgen mache, ist das also hysterisch, ja?» Vor lauter Wut vergesse ich fast zu atmen. «Wohingegen der Herr Papa den verständnisvollen Sexberater gibt, anstatt sich mal auszumalen, was da passieren kann – das sind doch noch Kinder!»

«Mein Gott, Lisa, nun mach mal einen Punkt. Ole ist für sein Alter sehr verantwortungsbewusst, der passt schon auf. Und für Sophie sind ihre Eltern verantwortlich, nicht wir.»

Er nimmt sich auch ein Bier aus dem Kühlschrank und setzt sich zu mir an den Tisch.

«Wir waren doch auch mal jung.»

Hat er diesen abgedroschenen Satz wirklich gesagt?

«Aber nicht so jung.» Ich war immerhin siebzehn, als Clemens und ich – na, ist ja jetzt egal. Viel wichtiger ist, dass mein Sohn mir nicht vertraut. Das tut weh. Wir haben unsere Schwierigkeiten miteinander, schon, und er redet nicht gerade gern über sich. Aber dass er mit einem so wichtigen Thema nicht zu mir gekommen ist, verletzt mich trotzdem.

«Ich würde gern noch über etwas anderes mit dir reden», unterbricht Jan meine Gedanken. Prompt steht meine Wut wieder im Vordergrund.

«Wenn du reden willst, dann rede mit deinem ältesten Sohn. Falls er uns denn heute noch die Ehre seines Erscheinens geben sollte. Du kannst ihm ausrichten, seine hysterische katholische Mutter sei nicht bereit, Sophies Kind aufzuziehen, wenn er ihr eins macht.»

Der Knall der Küchentür lässt Emma auffahren, die auf dem Sofa eingenickt war. «Ich hab Hunger.» Also doch zurück in die Küche? Zu Jan? Eher nicht.

«Was hältst du von Pizza?»

Leuchtende Kinderaugen. Jan erscheint im Wohnzimmer.

«Wir bestellen Pizza, welche möchtest du?» Man kann mir manches nachsagen, aber nicht, dass ich meinen Mann verhungern lasse, nur weil ich sauer bin.

«Ich mach mir später 'ne Stulle.» Er streicht Emma über ihre blonden Locken, sieht aber mich an. Mit seinem Ich-bin-so-was-von-genervt-Blick, den ich echt nicht leiden kann.

«Du kannst nicht ewig ausweichen, Lisa. Irgendwann müssen wir reden. So geht es doch nicht weiter.» Damit dreht er sich um und entschwindet gen Arbeitszimmer. Wow, der große Manitu hat gesprochen. Der Mann mit dem Gefühl für den richtigen Augenblick. Ich weiche ihm aus? Ha! Das letzte Mal, als er sich mit mir aussprechen wollte, vor drei Tagen oder so, sind mir die Augen zugefallen. Das kann ja wohl mal passieren, wenn man den halben Tag mit einem stachligen

Sebastian verbracht, danach Mittagessen gekocht, drei Kinder durch die Gegend chauffiert, eine Tonne Wäsche gewaschen, zwei Stunden in einer überfüllten Tierarztpraxis verbracht und zum guten Schluss am Telefon eine geschlagene Dreiviertelstunde seiner Mutter zugehört hat, die sich über ihre Nachbarin aufregt. Ich war einfach müde, verdammt noch mal.

Nach der Pizza schläft Emma auf meinem Schoß ein. Ich hab nicht das Herz, sie zu wecken, decke uns mit einer Wolldecke zu, stelle den Fernseher leise und lasse mich von einer Komödie berieseln. Es geht um eine Frau, die unbedingt heiraten und Kinder kriegen will. Ganz schön blöd.

11

In Köln, Thürmchenswall Nr. 6

To do

Juliane

Silvester liegt hinter mir, zum Glück. Auch jetzt, drei Tage danach, tun mir noch die Füße weh. Immerhin hat beim Swing-Ball bis auf einen kurz vor Beginn zusammengebrochenen Tisch voller Gläser alles reibungslos geklappt. Das neue Jahr habe ich bewusst erst am Nachmittag des ersten Januar mit einem ganz kleinen Schluck Champagner allein auf meinem Sofa begrüßt. Relativ allein jedenfalls. Ja, es ist immer noch da, das puckernde Etwas. Ich kann es mir selbst kaum erklären, aber ich will mein magisches Geschenk behalten. Egal, wie schwierig das alles wird.

Milde ausgedrückt, ist das sehr seltsam. Jahrzehntelang habe ich mich, so gut ich konnte, vor großen Gefühlen geschützt. Glück hat mir Angst gemacht. Auf Glück folgt unweigerlich Traurigkeit, wer wüsste das besser als ich? Aber das hier ist anders. Ganz tief aus meinem Innern kommt ein Glücksgefühl, dem ich wehrlos ausgesetzt bin. Ich will mich auch gar nicht mehr dagegen wehren.

Ganz im Gegenteil: Am liebsten würde ich mein Geschenk

sofort auspacken, so unglaublich neugierig bin ich auf das, was da in mir wächst. Außerdem wäre vorzeitiges Auspacken von großem Vorteil für die Verpackung selbst. Also für meinen Körper. Nach allem, was ich darüber gelesen habe – und das sind zwei Schwangerschaftsratgeber plus etwa zweitausend Einträge in den verschiedensten Internetforen – leidet die Verpackung vor allem zum Schluss einer Schwangerschaft doch erheblich. Die Knitter gehen sozusagen nie wieder raus aus dem Geschenkpapier.

Wenn ich nicht bei der Arbeit bin und keine Ratgeber lese, schreibe ich Listen: Namen Junge / Mädchen, Wann Sebastian informieren?, Wohnung verkaufen Pro / Contra, Größere Wohnung mieten wo? Wie teuer?, Informieren über: Elterngeld, Elternzeit, Kündigungsschutz, Hebammen, Krankenhäuser, Baby-Erstausstattung, Kindertagesstätten, Tagesmütter, Kaufen: Folsäure-Tabletten, Kräutertee, Lakritz, Senf.

Ich schreibe Listen, obwohl ich das besser nicht tun sollte. Noch nicht. Das puckernde Etwas ist mir nämlich nicht sicher. Mit achtunddreißig Jahren bin ich Spätgebärende. Eine Risikoschwangere. Dreißig Prozent Fehlgeburten in den ersten zwölf Wochen. Steht auch alles im Internet und bereitet mir eine Höllenangst. Schon verrückt – jetzt, wo ich mich für das Kind entschieden habe, will ich es auf keinen Fall wieder hergeben. Doch zurück zu meinen Listen.

Auf meiner Namensliste für Mädchen stand bis gestern als Erstes der Name Maggie. Wegen der Magie. Aber dann ist Marlene vorbeigekommen und hat gefragt: «Wie die Thatcher oder wie die Gewürzmischung?» Auf meiner Namensliste für Jungs steht noch gar nichts. Vielleicht nenne ich das puckernde Etwas erst einmal Hope wie Hoffnung. Jedenfalls bis sicher ist, dass es in meinem Bauch bleibt. Vorher werde ich auch niemandem sonst davon erzählen. Ob es ein gutes Zeichen ist, dass ich kein inniges Verhältnis zu meiner Kloschüssel aufbaue? Ich gehöre offenbar zu den vierzig Prozent werdender Mütter, denen die Morgenübelkeit erspart bleibt. Weshalb ich jetzt, am Samstagmorgen, keinen guten Grund habe, mit meinen Listen zu Hause herumzusitzen. Was hat Marlene gesagt? Bestorganisierte Frau der westlichen Hemisphäre? Ich kann unmöglich noch drei Wochen abwarten, ehe ich mein vielleicht neues Leben als Mutter vorbereite. Das liegt mir einfach nicht. Mein Termin bei einem Makler namens Andreas Siebert ist um elf.

Ich bin knapp dran. Schuld ist die Auslage eines Edel-Baby-Ausstatters in der Südstadt, vor der ich ziemlich lange gestanden habe. Genau genommen so lange, bis mein Blick von handgeklöppelten Stramplern (die müssen handgeklöppelt sein, anders kann ich mir den Preis nicht erklären) auf mein Gesicht fiel, das sich im Schaufenster spiegelte. Nichts gegen mein Gesicht an sich, aber das grenzdebile Grinsen, das ich dort sah, versetzte mir einen kleinen Schock. Ist das der Anfang? Werde ich eine von diesen Müttern, die mit der Nachgeburt ihren Verstand herauspressen? Die keine anderen Themen mehr kennen als Babys süßes neues Mützchen, Babys Schluckauf und die Farbe von Babys Aa? Die beseelt vor Schaufenstern stehen und Strampelanzüge angrinsen? Dieser wenig schöne Gedanke treibt mich dann doch noch rechtzeitig in Richtung Makler.

Wo ist denn hier die Hausnummer 45? Irgendwo in dieser Reihe gepflegter Altbauten residiert der Mann, mit dem ich verabredet bin. Auf der anderen Straßenseite entdecke ich schließlich zwar nicht die Nummer, aber den Namenszug des Immobilienbüros. Noch ehe ich die Straße überquert habe, öffnet sich die Tür, und ein Mann kommt heraus. Ein Mann, der mir bekannt vorkommt.

«Jan?»

Meine Stimme geht im Lärm eines vorbeifahrenden Autos unter, und dann ist Jan auch schon in die andere Richtung davongegangen. Wenn es denn wirklich Jan war. Wobei er eigentlich nicht leicht zu verwechseln ist mit seinen fast zwei Meter Länge und den krausen rotblonden Locken. Egal. Es ist zwei Minuten vor elf, und an meinem Hang zur Pünktlichkeit haben auch die Schwangerschaftshormone nichts ändern können.

«Die Lage ist natürlich ein Pluspunkt.» Andreas Siebert blättert in den Unterlagen, die ich mitgebracht habe. Ein paar Fotos sind auch dabei. Während er blättert, mustere ich den älteren Herrn, der mir in seinem mit schweren, dunklen Möbeln eingerichteten Büro gegenübersitzt. Ich tippe auf Kirsche, die Atmosphäre ist englisch. Er hat einen kapitalen Bauch, einen kurzgeschnittenen weißen Vollbart, nette graue Augen und ein Lächeln, bei dem mir das Herz aufgeht. So einen wie ihn hätte ich gern als Großvater für Hope. Mir entfährt ein Seufzer, weil mein Kind nicht nur ohne Vater, sondern auch ohne Großeltern wird aufwachsen müssen.

«Soweit ich das nach den Bildern beurteilen kann, ist die Wohnung außerdem in gutem Zustand. Natürlich müsste ich sie mir gegebenenfalls selbst ansehen.»

«Im Moment bräuchte ich von Ihnen erst einmal eine Einschätzung, was sie bringen würde, wenn ich tatsächlich verkaufe. Ungefähr jedenfalls.»

Der Gedanke, mich von meiner Wohnung zu trennen, fällt mir schwer. Nicht nur weil ich so viel Zeit, Geld und Liebe dort investiert habe. Meine Großmutter hat sie mir vererbt, und ich hänge an der Wohnung, wie ich an meiner Oma gehangen habe.

«Zweihunderttausend, würde ich sagen, vielleicht etwas mehr.»

Oh. Das ist mehr, als ich dachte. Ein dickes Polster für die Zeit nach der Geburt, in der ich noch nicht wieder voll arbeiten kann. Selbst wenn ich in Zukunft für eine größere Wohnung Miete zahlen muss, wären Hope und ich für geraume Zeit abgesichert. Ich will so schnell wie möglich zurück in den Job. Natürlich werde ich mit einem Kind nicht mehr so oft wie bisher an den Wochenenden und abends arbeiten können. Aber Sebastian und ich werden schon einen Weg finden, da bin ich sicher.

«Vermieten möchten Sie nicht vielleicht?», fragt Herr Siebert mitten in meine Gedanken. «Ich hatte gerade einen Kunden, der exakt so ein Objekt wie Ihre Wohnung sucht.»

Verwundert sehe ich ihn an. Ein Verkauf bringt ihm doch viel mehr ein als ein Mietvertrag. Aber vielleicht ist ihm ein schnelles Geschäft lieber, eine Wohnung verkauft sich vermutlich nicht innerhalb von Tagen.

«Nein, will ich nicht.»

Mit einem prallgefüllten Konto kann ich viel entspannter schwanger sein als mit einer Mieteinnahme, die noch dazu die Miete für eine größere Wohnung nicht decken könnte. Ich frage Herrn Siebert, ob er Dreizimmerwohnungen in Köln-Nippes im Angebot hat. Nippes gilt als ziemlich familienfreundlich, ist aber nicht zu spießig.

Der Makler mit der Großvaterausstrahlung befragt seinen

Computer, derweil mir meine Fast-Begegnung mit Jan wieder einfällt, der aus genau dem Gebäude kam, in dem ich gerade sitze. Kann er besagter Kunde gewesen sein? Ein abwegiger Gedanke, oder?

«Ich hoffe, Herr Thomann findet eine andere passende Wohnung.»

«Sie kennen sich?» Der Makler schaut nur kurz von seinem Bildschirm auf.

«Flüchtig. Ich habe ihn eben unten getroffen.» Das stimmt immerhin fast. Was will Jan denn mit einer Wohnung in der Innenstadt? Davon hat Lisa gar nichts erzählt. Merkwürdig. Andererseits haben wir in letzter Zeit auch kaum ein privates Wort gewechselt. Wir waren beide total im Stress, wie immer um diese Jahreszeit.

«So, ich drucke Ihnen die Exposés von drei Wohnungen in Nippes aus; vielleicht ist etwas für Sie dabei.»

«Danke. Ich melde mich dann wieder bei Ihnen.»

Im nächsten Café bestelle ich Tee und setze zufrieden einen Haken auf meine Liste zum Thema Wohnung. Zweihunderttausend Euro oder sogar mehr sind ein klares Pro für den Wohnungswechsel. Entschuldige, Oma, aber Sentimentalität in dieser Größenordnung kann ich mir als werdende Mutter nicht leisten.

Guter Dinge beschließe ich spontan, mich nach einer Baby-Erstausstattung umzusehen. Vielleicht krallt sich Hope angesichts meiner frühen Fürsorge ja umso kräftiger in meinem Unterleib fest. Handgekloppeltes kommt allerdings nicht in Frage. Deshalb begebe ich mich mit der Bahn vom Linksrheinischen ins Rechtsrheinische. Dort gibt es ein großes Fachgeschäft, das sich auf die Bedürfnisse von Kindern aller

Größenordnungen spezialisiert hat. Leider auch auf die von halbwüchsigen Rüpeln.

Unerfahren, wie ich bin, begreife ich erst nach einer verwirrten Weile, dass ich im falschen Laden gelandet bin. Die Verkäuferin, bei der ich mich erkundige, wo denn bitte die Babysachen seien, zeigt einen Gesichtsausdruck, der mir schon von der roten Anja vertraut ist. «Babysachen sind nebenan, steht doch dick drüber.» Ich bin einfach nur froh, dass ich aus diesem Irrenhaus wieder rausdarf. Anscheinend ist gerade irgendeine Playstation frisch auf den Markt gekommen (oh Gott, muss ich mich als Mutter mit so was auskennen? Hoffentlich wird es ein Mädchen!). So wie ich jetzt dürfte sich ein Steppengrashalm unter den Hufen einer aufgeregten Büffelherde fühlen. Mein Vorteil: Ich bin nicht festgewachsen. Endlich habe ich mich wieder zum Eingang durchgekämpft, kann die nahe Oase der flauschigen Babydecken, bequemen Stillkissen und «Lalilu» dudelnden Spieluhren schon fast spüren, da kommt mir ein Junge entgegen, dessen Gesicht ich heute schon gesehen habe. Wenn auch in einer älteren Version.

«Hey, Finn, das ist ja schön, lang ist's her.» Lisas jüngerer Sohn ist noch nicht ganz so groß wie sein Vater, überragt mich aber schon deutlich. Seine Freude über unser Zusammentreffen hält sich in klar sichtbaren Grenzen. Kein Wunder, stehe ich doch zwischen ihm und der Playstation. Zwischen durstigem Büffel und Wasserloch.

«Tag, Juliane.»

Sein Blick geht über mich hinweg in die Tiefen des Ladens.

«Wie geht's dir denn? Alles in Ordnung bei euch?»

«Klar, wieso nich? Alles wie immer.»

«Und was macht dein Bauch, ist alles gut verheilt?»

«Hä?»

Der Junge ist geistig wirklich nicht bei mir.

«Deine Blinddarm-OP. Ob alles gut verheilt ist.»

«Was für 'ne OP? Ich hatte nix am Blinddarm. Du, sorry, aber ich muss jetzt. Tschüs.» Und weg ist das Kind.

Ich dagegen stehe immer noch im Eingangsbereich des Ladens und versuche zu verdauen, was ich gerade gehört habe. Finn war gar nicht krank? Aber das würde ja bedeuten ... das kann doch gar nicht sein. Wieso sollte Lisa mich anlügen? Erst als ein neuer Schwung junger Büffel mich fast umrennt, tauche ich aus meinen Gedanken wieder auf. Die Baby-Oase kann warten. Und Lisa sich auf was gefasst machen.

12

In Köln-Longerich

Neue Erfahrungen

Lisa

Samstagmittag, das Haus ein Hort der Stille. Finn ist in der Stadt, um sich Fifa 15 und eine neue Playstation zu holen, auf die er monatelang gespart hat, Jan spielt Squash mit einem seiner alten Herren, Emma verbringt den Tag bei ihrer Freundin Vanessa, und Ole – Ole habe ich seit gestern nicht mehr gesehen. Seitdem ich mit ihm ein pädagogisch überfälliges Gespräch über Sex, Verantwortung und den Wert der Liebe geführt habe. Gespräch heißt in diesem Fall: Ich habe gesprochen, Ole hat auf dem Bett liegend an die Decke gestarrt, die Augen verdreht und geschwiegen. Drei Minuten nachdem ich sein Zimmer verlassen hatte, hörte ich ihn die Treppe hinunterpoltern. Auf meine Frage: «Wo willst du hin?», hat er immerhin geantwortet: «Zu Sophie. Bei ihr zu Hause muss ich mir nich so 'n verknöcherten Scheiß anhören.»

Tja, so viel dazu. Offensichtlich ist die Vermittlung von Werten nicht meine Stärke. Hausarbeit bekanntlich auch nicht, aber was soll's. Nein, ich werde jetzt nicht der Versuchung nachgeben und mich mit einem Roman auf das Sofa verziehen. Nicht bevor ich die Wäsche aufgehängt habe. Und ich muss heute wirklich endlich anfangen, die Belege für die Lohnsteuererklärung zu sortieren. Kaum bin ich im Heizungskeller und habe die ersten T-Shirts an die Leine geklammert, klingelt es. Wer hat jetzt schon wieder seinen Schlüssel vergessen, Jan, Ole oder Finn?

«Juliane! Na, das ist ja mal eine Überraschung.» Ich untertreibe. Das ist eine Sensation. Juliane erscheint niemals irgendwo unangemeldet, und ich käme auch niemals auf die Idee, einfach so bei ihr aufzutauchen. Ich mustere ihr Gesicht. Sie sieht, sagen wir mal, angespannt aus. Doch, angespannt trifft es ganz gut.

«Ist was passiert? Aber komm erst mal rein. Am besten gehen wir in die Küche, das Wohnzimmer ist noch nicht aufgeräumt.»

Warum zieht sie denn ihre Jacke nicht aus? Merkwürdig.

In der Küche schiebe ich schnell die Unterlagen für unsere Steuererklärung, die den gesamten Tisch bedecken, zu einem Haufen zusammen.

«Kaffee?»

«Nein.»

Also, so richtig gute Laune hat sie definitiv nicht. «Setz dich doch.»

«Ich will dich nur etwas fragen.»

«Ja?»

«In welchem Krankenhaus ist Finn eigentlich operiert worden?»

«Hast du Probleme mit dem Blinddarm?»

Vielleicht hat sie deshalb diesen verkniffenen Zug um den Mund. Das sollen ja ganz üble Schmerzen sein, die man dann hat.

«Sag es einfach.»

«Äh, im Heilig-Geist.» Das ist das nächste Krankenhaus von uns aus. Den Ärzten dort würde ich Finns Blinddarm jederzeit überlassen.

«Da müssen ja wahre Götter in Weiß arbeiten.»

Uh, uh, dieser sarkastische Ton gefällt mir gar nicht.

«Wenn man bedenkt, dass dein Sohn sich nicht mal mehr an die Operation erinnern kann.»

Mir wird heiß.

«Wer behauptet denn so was?»

«Finn höchstpersönlich. Ich habe ihn eben getroffen.»

Scheiße, Scheiße, Scheiße. Warum habe ich nicht daran gedacht, Finn einzuweihen und ihm ein Schweigegelübde abzunehmen?

«Ich denke, du bist mir eine Erklärung schuldig.»

«Möchtest du nicht doch einen Kaffee? Also, ich mache mir einen.» Was soll ich denn jetzt bloß sagen?

«War der Gedanke, gemeinsam mit mir Urlaub zu machen, derart unerträglich?»

«Nein! Das darfst du nicht glauben, Juliane, wirklich nicht. Wenn du willst, machen wir den nächsten Urlaub zusammen, supergerne.»

Juliane schweigt und misst mich mit eisigem Blick, unter dem mir ganz anders wird.

«Ich wollte dir doch nur helfen», sage ich leise.

«Bitte?»

«Wirklich, ich hab es nur gut gemeint. Und es war doch auch toll, oder?» Genau, wollen wir doch nicht vergessen, wie sehr sie von der Insel geschwärmt hat. Ich hab gar keinen Grund, mich hier wegen einer winzigen Notlüge kleinzumachen.

«Darf ich erfahren, wobei ich deiner Ansicht nach Hilfe

brauchte? Und worin genau diese Hilfe bestanden haben soll?»

«Weil du doch immer alles kontrollierst.»

Gut, das war vielleicht nicht der schönstmögliche Satz. Aber ein Anfang. «Und weil du gar nicht richtig lebst. Ich wollte, dass du mal ganz neue Erfahrungen machst und dich vielleicht ein bisschen änderst. Also, nicht dass ich dich falsch finde, das nicht, du bist nur so – so verkrampft.» Jetzt ist es raus. Ob sie mir nun die Augen auskratzen will, wie Jan prophezeit hat?

Juliane lacht. Sie LACHT? Wenn es sich nicht um Juliane handeln würde, der nun allen Ernstes Lachtränen über die Wangen laufen, würde ich das Wort hysterisch benutzen. Genauso plötzlich, wie das Lachen begonnen hat, hört es auf. Sie wischt sich die Tränen von den Wangen.

«Hör mal, ich habe es wirklich nicht böse ...», setze ich zu einem weiteren Versuch an, ihr mein Verhalten zu erklären, aber sie unterbricht mich.

«Verändern wolltest du mich? Ganz neue Erfahrungen sollte ich machen? Na dann, Lisa, herzlichen Glückwunsch. Das ist dir wahrlich gelungen!» Jetzt lacht sie nicht nur irre, sie redet auch wirr. Allerdings nur kurz. Ihre Stimme, gerade noch unnatürlich hoch, zischt mich plötzlich an.

«Wage es nie wieder, dich in mein Leben einzumischen! Du weißt gar nichts über mich. Nicht, wer ich bin, nicht, wer ich war, nicht, warum ich die bin, die ich bin. Gar nichts. Kümmere dich gefälligst um dein eigenes Leben!»

Damit rauscht sie aus der Küche, und ich hole erst einmal tief Luft. In der nächsten Sekunde steht sie wieder vor mir.

«Kann ich übrigens gut verstehen, wenn dein Mann ausziehen will, bei dem Chaos hier.»

Und dann ist sie wirklich weg. Meine Güte, die ist ja komplett durchgedreht. Hoffentlich kriegt sie sich bald wieder ein. Kopfschüttelnd nehme ich die Steuerunterlagen vom Tisch, um sie ins Arbeitszimmer zu bringen. Den Papierkram erledige ich heute sowieso nicht mehr. In meinem Kopf ist nur Juliane.

Verdammt, ich hab sie doch wirklich nicht verletzen wollen. Wir hätten doch in Ruhe über alles reden können. Meiner Ansicht nach hat sie komplett überreagiert. Was ist denn schon groß passiert, außer dass sie einen tollen Urlaub hatte? So ein Auftritt wie eben passt überhaupt nicht zu ihr. Und dann dieser Unsinn mit Jan. Wie kommt sie bloß auf so etwas? Auch wenn ich mich wiederhole: komplett durchgedreht, die Frau.

Im Arbeitszimmer lege ich die Unterlagen auf den kleinen Schreibtisch, den fast nur Jan benutzt. Ich selbst sitze mit meinem Notebook lieber in der Küche, wenn ich zu Hause noch etwas erledigen muss oder googeln will. Hier oben bin ich selten. Eigentlich nur, um staubzusaugen. Also wirklich sehr selten. Was geht es Juliane eigentlich an, wie es bei uns aussieht? Gedankenverloren fahre ich mit der Hand über die Schreibtischoberfläche und spiele mit der Computermaus. Ups. Der Bildschirm erwacht zum Leben. Jan hat vergessen, den Rechner herunterzufahren. Vor meinen Augen erscheint eine Panoramaaufnahme unserer Stadt mit Dom und Hohenzollernbrücke. Darunter steht in fetten Lettern: Andreas Siebert. Ihr Makler in Köln. Seit 1921.

Das glaub ich jetzt nicht. Das ist ein ganz dummer Zufall. Kann gar nicht anders sein. Bestimmt gibt es eine ganz einfache Erklärung dafür, dass Jan eine Maklerseite aufgerufen hat. Irgendwas im Zusammenhang mit der Firma, für die er arbeitet. Meine Hand steuert den Mauszeiger ganz automatisch auf den Verlauf des Browsers. Immobilienscout24, Immonet, Immowelt, Wohnungsbörse und wie sie alle heißen, Jan hat sie samt und sonders angeklickt. Mit besonderem Augenmerk auf Ein- bis Zweizimmerwohnungen. Aber warum bloß? Ich durchforste meine Erinnerung. Hat er was von einem neuen Kollegen erzählt, der nach Köln zieht? Jan ist durchaus ein hilfsbereiter Mensch. Jedenfalls wenn es nicht um so lästige Dinge wie den Haushalt geht. Aber mein Gedächtnis ist ein kahlgeschlagener Wald.

Wenn Juliane nur nicht diese seltsame Bemerkung gemacht hätte. Dann hätte ich jetzt nicht dieses mulmige Gefühl im Bauch. Mein Darmhirn (ja, das gibt es, darüber habe ich erst kürzlich einen Artikel gelesen) sendet Signale, als ob ich gleich bei Orkanwetter in ein Flugzeug steigen müsste. Ich fahre den Rechner herunter, gehe wieder in die Küche und koche meinem Bauch einen Beruhigungstee. Kaum habe ich den getrunken, greife ich zum Telefon. Warum sich überflüssige Gedanken machen? Ich rufe meinen Mann einfach an, er liefert mir eine harmlose Erklärung, und das Flugzeug fliegt ohne mich durch den Orkan. Ende der Geschichte.

Sein Telefon klingelt schier endlos, dann schaltet sich die Mailbox ein, mit der ich nicht reden will. Fast zwei Uhr. Wahrscheinlich steht er gerade im Squash-Center unter der Dusche.

Während ich auf Jan warte und mich um die restliche Wäsche kümmere, muss ich an den Abend neulich denken, als er nach dem Streit mit mir reden wollte. «So geht es doch nicht weiter», höre ich ihn wieder sagen, sehe sein genervtes Gesicht. Und denke ganz kurz das Undenkbare: Jan will mich verlassen. Ach Quatsch!

13

In Köln-Heimersdorf

Der Jubel der Welt

Juliane

Diesmal kenne ich mich aus, drücke die erste Tür auf, dann die zweite. Und da ist sie auch schon, meine besondere Freundin unter den Arzthelferinnen. Heute trägt die rote Anja eine grüne Brille und telefoniert. Eine ihrer Kolleginnen nimmt meine Gesundheitskarte in Empfang und fragt nach dem Mutterpass, ehe sie mich ins Wartezimmer schickt.

Auf einem der Stühle sitzt eine werdende Mutter und blättert mit ausgestreckten Armen in einer Zeitschrift. Ihr gewaltiger Leib verhindert eine andere Lesestellung. Wie kann eine so kleine und zarte Frau einen dermaßen dicken Bauch haben? Es sieht aus, als hätte sie den Vollmond unter ihrem lilafarbenen Strickpullover. Vielleicht erwartet sie Zwillinge. Ich HOFFE, dass sie Zwillinge erwartet. So einen Bauch möchte ich bitte nicht haben.

Kaum habe ich mich auf einen der Stühle gesetzt, als sie aufgerufen wird und schwerfällig aufsteht. Ich schaffe es, den Blick kurz von ihrem Bauch auf ihr Gesicht unter dem blonden Pony zu lenken. Sie sieht unglaublich müde aus. Fix und fertig. Dabei ist es erst kurz nach acht am Morgen. Ich muss schlucken und bin froh, als ich kurz darauf selbst ins Behandlungszimmer gerufen werde.

Frau Dr. Schmidt erwartet mich mit einem herzlichen Lächeln. «Frau Richter, wie schön, Sie beide wiederzusehen!»

Mir wird ganz warm ums Herz. Auch wenn ich ihre Freude über meine Entscheidung vielleicht nicht so persönlich nehmen sollte – immerhin bringt sie berufsmäßig Kinder zur Welt, da dürfte sie dem Thema Mutterschaft grundsätzlich positiv gegenüberstehen –, freue ich mich. Bisher bin ich mit meinem neuen Glücksgefühl ziemlich allein; nach wie vor weiß nur Marlene davon.

Kurz darauf sehe ich gespannt auf den Ultraschallbildschirm. Aus dem pulsierenden Etwas ist tatsächlich etwas geworden, das nach Baby aussieht, mit Kopf und Armen und Beinen. Unbeschreiblich schön. Laut Frau Dr. Schmidt geht es dem Kind prächtig, und es hat genau die richtige Größe.

«Ihre Blutwerte sind auch alle in Ordnung», sagt sie ein paar Minuten später und sieht in ihre Unterlagen, während ich weiter das neue Beweisfoto in meinen Händen bestaune. «Röteln, Antikörper, HIV, alles negativ. Der Abstrich war auch okay.»

Ich schrecke aus meiner Betrachtung auf. «Haben Sie HIV gesagt?»

«Ja, wieso? Sie haben dem Test doch zugestimmt. Und, wie gesagt, es ist alles in Ordnung.» Sie trägt Daten in den Mutterpass ein.

An eine Zustimmung kann ich mich nicht erinnern, ich war bei meinem letzten Termin hier viel zu durcheinander, um groß hinzuhören, von welchen Bluttests die Rede war. Dafür bin ich jetzt umso geschockter. Nicht weil der Test gemacht wurde. Im Gegenteil, darüber bin ich froh. Geschockt bin ich von mir selbst. Von der Frau, die ich bisher für einigermaßen intelligent und verantwortungsbewusst gehalten habe.

AIDS! Daran hätte ich sofort denken müssen, sofort! Anstelle von hundertmal «Ich kenne nicht mal seinen Namen» wäre hundertmal «Er hatte nicht mal Gummis» angebracht gewesen. Wie konnte ich mein Hirn nur so komplett ausschalten? Und zwar bis heute? Den Gedanken an Hopes Erzeuger habe ich in den vergangenen Wochen so weit von mir geschoben, dass ich mich schon fast für den weltweit zweiten Fall unbefleckter Empfängnis gehalten habe. Mit der Winnetou-Diaz Kreuzung in der Rolle des Erzengels. Erst vorgestern habe ich mich dabei erwischt, wie ich den Namen Gabriel auf die Namensliste für Jungs geschrieben habe. So geht das nicht. Ich kann nicht weiter so tun, als käme mein Kind aus dem Nichts. Immerhin weiß ich jetzt, dass der einzige One-Night-Stand meines bisherigen – und ich gelobe: auch künftigen – Lebens mich nicht mit Aids angesteckt hat. Aber was, wenn Hope eines Tages an Leukämie erkrankt und eine Knochenmarkspende braucht? Was, wenn der Vater meines Leibesfrüchtchens taubstumm ist? Wird Hope es dann auch? Hör auf, dich verrückt zu machen, Juliane. Und was sage ich, wenn mein Kind doch sprechen kann und nach seinem Vater fragt?

«Gibt es ein Problem, Frau Richter?»

«Nein, nein. Alles bestens.» So nett die Ärztin auch ist, ich kenne sie nicht gut genug, um ihr all meine Ängste anzuvertrauen.

«Das sehe ich auch so. Meinen herzlichen Glückwunsch!»

«Heute ist das Morgen, um das wir uns gestern gesorgt haben.» Das ist eines von Marlenes Lieblingszitaten. «Sorge dich nicht, lebe» gehört auch dazu. Überhaupt alles, was mit positivem Denken zu tun hat. Damit quält sie mich, seit ich ein kleines Mädchen war. Ohne großen Effekt übrigens, für mich ist das Glas normalerweise halb leer. Aber jetzt im Bus, eingequetscht zwischen einer Clique türkisch sprechender Kids, murmele ich eines ihrer Lebensmottos nach dem anderen vor mich hin. Und selbst ich bin nach einer Weile in der Lage, das Positive zu sehen: Hope ist noch da, wächst und gedeiht. Die ersten kritischen Wochen sind überstanden.

Als ich bei der Arbeit ankomme, habe ich mich beruhigt. Nein, mehr als das: Ich kann mich wieder richtig freuen. Und das ist gut so, denn heute ist der große Tag der Verkündung. Ab heute darf die ganze Welt mit mir jubilieren. Allen voran Sebastian, mein emotionsbegabter Chef.

«DU BIST WAS?» Ich darf Sebastian seine entsetzte Miene nicht übelnehmen. Wahrscheinlich ist es auch gar kein Entsetzen, das ich in seinem Gesicht lese, sondern schlichte Überraschung. Verständlich. Fast tut er mir leid, wie er da mit weitaufgerissenen Augen in dem riesigen Ledersessel sitzt. Vielleicht hätte ich nicht so mit der Tür ins Haus fallen sollen. «Ich bin schwanger», sage ich noch einmal und streichle mir spontan über meinen noch nicht vorhandenen Bauch. «Du weißt schon, das, was man ist, bevor man ein Kind bekommt.» Mein kleines Lachen hängt allein im Raum.

«DU?»

Ganz so fassungslos müsste er nun wirklich nicht klingen. Immerhin bin ich eine Frau, das wird ihm kaum entgangen sein, und somit grundsätzlich zur Empfängnis fähig.

«Aber wie, wie ... wer?»

Diese Frage werde ich in nächster Zeit oft zu hören bekommen, und selbstverständlich habe ich mir eine Antwort zurechtgelegt. «Das, mein lieber Sebastian, ist ganz allein meine Sache. Und auch nicht wichtig. Ich bekomme mein Kind allein.» Stolz liegt in meiner Stimme, vielleicht auch ein bisschen Trotz.

«Aber das geht doch nicht!»

«Was geht nicht?»

«Du als Mutter, ich meine, du, du ... das ist verantwortungslos! Und was wird aus mir? Aus der Firma?»

Ganz langsam kriecht Enttäuschung in mir hoch. So hatte ich mir seine Reaktion nicht vorgestellt. Eher so, dass er mir beseelt grinsend und Worte der Gratulation stammelnd um den Hals fallen würde, ehe wir dann gemeinsam einen Plan für die Zeit entwickeln, in der ich in der Agentur ausfalle.

«Kannst du bitte mal einen Moment an etwas anderes denken als an dich? Ich bin glücklich, weil ich ein Baby bekomme, und du nennst mich verantwortungslos? Wie wäre es mit: Herzlichen Glückwunsch?»

«Schätzchen, wir wissen doch alle, dass du gar nicht weißt, wie glücklich geht.»

Wie bitte?

«Äh, entschuldige, das ist mir so rausgerutscht. Bin halt ein bisschen gescho... überrascht. Tja, also dann, herzlichen Glückwunsch.» Er klingt, als hätte er soeben eine besonders warzige Kröte geschluckt. Mir fehlen die Worte. Erst nachdem ich dreimal tief durchgeatmet habe, kann ich wieder sprechen. «Ich muss zur Toilette.» Und schon bin ich aus der Tür.

Dream Team Events ist ein kleines Unternehmen mit fünf

festangestellten Mitarbeitern, Sebastian eingeschlossen. Alle anderen arbeiten nach Bedarf. Es gibt sechs Büros, einen Präsentationsraum, eine Teeküche für das Personal und die große Küche, in der Arved mit seinen Leuten schaltet und waltet, ebenfalls nach Bedarf. Die Damentoilette liegt neben der Teeküche und ist besetzt. Das war ja klar. Genauso klar ist, wer sich drinnen aufhält. Außer mir arbeitet im Bürobereich nur eine andere Frau. Die Frau, der ich seit gut drei Wochen aus dem Weg gehe und mit der ich nur rede, wenn es sich nicht vermeiden lässt. Sachlich und kurz. Professionell.

Die Tür wird geöffnet. Lisa schaut mich kurz an, schiebt sich mit einem genuschelten «Morgen» an mir vorbei und geht zu ihrem Büro. Nicht zum ersten Mal in letzter Zeit fallen mir die tiefen Ringe unter ihren Augen auf. Einen winzigen Moment lang spüre ich den Impuls, ihr zu folgen. Ihr zu erzählen, dass ich schwanger bin, ihr von Sebastians – milde gesagt – seltsamer Reaktion zu berichten, sie zu fragen, wie es ihr geht. Wie in alten Zeiten mit ihr zu reden. Aber das kommt natürlich nicht in Frage. Nicht mit der Lügenbaronin. Ich laufe doch nicht einer Frau hinterher, die meint, dass ich nicht richtig lebe.

Und ich sitze auch nicht stundenlang in einer winzigen Toilettenkabine herum und drücke mich vor dem weiteren Gespräch mit Sebastian, den ich mal für zartbesaitet gehalten habe. Und der mich für grundsätzlich glücksunfähig hält. An einem anderen Ort, zu einer anderen Zeit, werde ich eventuell darüber nachdenken, wie er dazu kommt. Aber nicht hier und jetzt.

Hier und jetzt geht es um meine Zukunft und um die von Hope. Vor dem Spiegel ziehe ich mir die Lippen nach und kontrolliere meinen Gesichtsausdruck. Ernst, entschlossen.

Nicht der kleinste Hauch von Enttäuschung oder Weinerlichkeit. Das ist gut. Ich straffe die Schultern. Noch besser. Eben war ich noch eine gutgläubige Schwangere auf der Suche nach Herzlichkeit und Beistand. Jetzt bin ich Juliane Richter, frischgebackene Fachfrau in Sachen Kündigungsschutz und Elternzeit. Nach ausführlicher Recherche in den vergangenen Wochen die Kompetenz in Person. Der soll mir nur nicht dumm kommen, mein Chef.

Inzwischen mag eine Viertelstunde vergangen sein. Sebastian telefoniert, als ich wieder ins Büro komme, legt aber mit einem «Wir reden später weiter» auf.

«Juliane, meine Liebe! Entschuldige bitte, wenn ich vorhin etwas, sagen wir, unsensibel reagiert habe.» Zerknirschter Blick, vorgeschobene Unterlippe, die Stimme hoch. Nach der Kröte scheint er ein Kilo Kreide gefressen zu haben. «Glaub mir, wir finden eine Lösung, schließlich sind wir ein Team, ein Dream Team, haha. Wann ist es denn so weit?»

«Im August.»

«Ein Sommerbaby, schön, schön.» Ein Lächeln, so breit wie der Kölner Autobahnring. Und der ist in weiten Teilen achtspurig. Verstehe einer diesen Mann.

«Ich habe mir natürlich bereits Gedanken gemacht, wie ich das Kind mit der Arbeit vereinbaren kann», hebe ich an, doch er unterbricht mich.

«Dazu ist doch noch Zeit, meine Liebe, nur keine Hetze. Das ist gar nicht gut in deinem Zustand. Und leider, leider hab ich jetzt einen Termin. Der Flora-Ball, du weißt ja.» Er steht auf, nimmt seinen gefütterten Trenchcoat vom Kleiderständer und gibt mir einen Kuss auf die Wange. «Kümmerst du dich bitte um das Angebot für die Hochzeit Meyerhofer-Ahrweiler, mein Goldstück?» Und dann ist er weg.

Gerade erst halb elf, und ich fühle mich schon jetzt so erschöpft, als läge eine Veranstaltung mit fünfhundert Gästen hinter mir. Wobei ich so eine Veranstaltung jederzeit dieser emotionalen Achterbahn vorziehen würde, für die ich seit neuestem offenbar eine Dauerkarte habe. Nach zwei Tassen Tee in meinem Büro kann ich endlich aufhören, mit dem Kopf zu schütteln, und mich stattdessen auf meine Arbeit konzentrieren. Sebastian taucht nicht mehr auf, ehe ich um sechs Feierabend mache. Ist vielleicht ganz gut so.

Ich freue mich auf mein Sofa, auf einen Berg Käsepasta, auf noch mehr Kräutertee und ein langes Telefonat mit Marlene. Kurz: auf einen Abend ohne jeden Rummel. Deshalb habe ich auch beschlossen, heute niemandem mehr von Hope zu künden. Nach diesem Tag habe ich so meine Zweifel am Jubel der Welt.

Um sieben bin ich pappsatt, der Tee steht auf dem Stövchen, ich habe die Beine ausgestreckt, mir ein Sofakissen unter den Nacken geschoben und will zum Telefon greifen. Es klingelt.

An der Tür.

Merde. Wer kann das sein? Eigentlich nur Marlene, auch wenn sie sich nicht angekündigt hat. Vielleicht ist sie neugierig auf das zweite Foto von Hope.

Aber nein. Marlene hat zwei Beine, nicht vier. Und sie trägt keine Männerschuhe. Mehr als Beine und Schuhe kann ich zunächst nicht sehen, weil mir ein gigantischer Rosenstrauß die Sicht auf die Restkörper verwehrt. Schon mal keine Zeugen Jehovas.

«Dürfen wir reinkommen?» Unverkennbar Sebastians Stimme, in normaler Tonlage. Gefolgt von Carsten, schiebt er sich und den Strauß in meinen winzigen Flur. Ich weiche in den Wohnraum zurück und frage mich, was ich von diesem Auftritt halten soll.

«Guten Abend, Juliane.» Carsten wirkt verlegen, wie er so von einem Fuß auf den anderen tritt und schief lächelt. Sebastian nicht. Natürlich nicht, Verlegenheit gehört meines Wissens nicht zu seinem Gefühlsrepertoire.

«Willst du mir die Blumen nicht abnehmen?»

«Ja, sicher, äh, danke. Ich hol schnell eine Vase. Setzt euch doch.»

De facto muss ich den Strauß bunter Rosen in meinen Wischeimer stellen, weil ich keine Vase der benötigten Größe besitze. Typisch Sebastian, denke ich, als ich Wasser einfülle, selbst Blumen haben bei ihm etwas Dramatisches. Und dann schüttele ich schon wieder den Kopf. Heute früh konnte er mir kaum gratulieren, und jetzt das. Ich kann mir keinen Reim auf diesen Besuch machen.

«Möchtet ihr etwas trinken? Tee vielleicht?»

«Ja, danke, Tee ist ganz wunderbar.»

Carsten sagt nichts, nickt nur. Fünf Minuten später nippen wir alle an unseren Teetassen. Die Herren sitzen nebeneinander auf dem Sofa, ich selbst ihnen im Sessel gegenüber. Der Eimer voller Rosen leuchtet vor der Balkontür im Licht einer Stehlampe. Mein kleiner Christstern wirkt auf seinem Tisch ganz armselig. Und ich weiß noch immer nicht, was das alles hier soll.

Schließlich räuspert sich Sebastian. So ein Räuspern habe ich zuletzt auf der Hochzeit meiner ehemaligen Kollegin Carolin gehört, als deren Schwiegervater zu seiner elend langen Rede ansetzte. Nun sag schon, was du zu sagen hast, denke ich und spüre, wie ich mich innerlich wappne. Ich könnte nicht erklären, warum, aber ich bekomme ein beklommenes Gefühl. Erst recht, als Sebastian jetzt nach Carstens Hand greift.

«Also, liebe Juliane, wir sind hier, um dir zu helfen.»

Aha.

«Du bist ja nun, wie du mir heute Morgen berichtet hast, in schwierigen persönlichen Verhältnissen.»

«Ich bin in anderen Umständen. Meinst du das?»

«Genau. In schwierigen Umständen.» Sein Blick schweift langsam und bedeutungsvoll durch meinen Wohn-Schlafraum. «Ganz allein, in einer kleinen Wohnung, das ist ja nicht ideal, sozusagen. Und dann dein Beruf, denk auch mal daran. Die Abendveranstaltungen, die Wochenenden, wie willst du da eine Betreuung finden? Nicht die besten Bedingungen für ein Kind, würde ich sagen. Ein Kind braucht Platz, braucht Zeit, braucht eine Familie!»

Plötzlich weiß ich genau, worauf das hier hinausläuft.

«Und ihr braucht ein Kind.»

«Brauchen ist vielleicht nicht ganz das richtige Wort. Aber ja, wir möchten dir unsere Hilfe anbieten, unsere Hilfe als Väter. Wir würden das Würmchen sehr, sehr gern adoptieren, sobald es auf der Welt ist. Also genau genommen würde natürlich Carsten das Kind adoptieren, gemeinsam ist das für uns ja rechtlich leider immer noch nicht möglich. Aber wir wären beide zusammen die sozialen Eltern.»

Ich will etwas sagen, doch mein Hals ist gerade dermaßen trocken, dass ich kein Wort herausbekomme und schnell noch einen Schluck Tee trinke. Sebastian redet schon weiter.

«Schau, Carsten würde die ersten zwei Jahre zu Hause bleiben, für ihn als Beamten ist das kein Problem, und sich um das Kleine kümmern. Und wir stehen schon für einen Kitaplatz auf diversen Listen, du machst dir ja keine Vorstellung, wie schwer so ein Platz zu bekommen ist. Wenn man sich da nicht rechtzeitig kümmert ...»

Carsten nickt zu allem, was aus dem Mund seines Gatten quillt.

«Du hättest natürlich Kontakt zu dem Kind, wenn du das möchtest. Wobei uns am allerliebsten wäre, wenn es ganz und gar als unseres aufwachsen würde. Du könntest vielleicht als Patentante auftreten, aber das müssen wir natürlich noch in Ruhe überlegen. Und wenn es dann groß genug ist, um zu verstehen, in welch schwierigen persönlichen Verhältnissen ...»

Das reicht. Oder, nein, Moment. Ich will wissen, ob jetzt noch der berühmte Satz fällt: ‹Es soll auch dein Schaden nicht sein.›

«Es soll auch dein Schaden nicht sein.»

Wenn ich so weitermache, werde ich mit meinen hysterischen Lachanfällen noch ins Guinnessbuch der Rekorde kommen.

«Das kann doch nicht euer Ernst sein! Bitte, Sebastian, sag, dass ich das hier nur träume!»

Er zuckt zusammen, als hätte ich ihn geohrfeigt.

«Selbstverständlich ist das unser Ernst.»

Was sage ich denn bloß? Ich schwanke zwischen Empörung (die wollen mir mein Kind wegnehmen!) und Mitleid (wie verzweifelt muss der Kinderwunsch der beiden sein, dass sie mir einen derart schwachsinnigen Vorschlag machen?). Während ich um Worte ringe, schöpft Sebastian leider aus dem Vollen.

«Schau, Juliane, du bist eine hervorragende Managerin, keine Frage, und dafür bewundere ich dich, wirklich. Aber ein Kind benötigt nun einmal mehr als Organisation. Es braucht eine stabile Gemeinschaft, glückliche Menschen um sich herum, Farben, Fröhlichkeit, Lachen, Emotionen. Und das sind nun einmal nicht deine Stärken. Sieh dich doch mal hier um! Alex hat auch gesagt, dass du viel zu verspannt bist, um glücklich zu sein. Denk nicht an dich, denk an das Kind! Sag doch auch mal was, Carsten.»

Okay, vergessen wir das mit dem Mitleid.

«Raus, raus aus meiner Wohnung, sofort! Und nehmt eure scheiß Blumen mit!»

14

Köln-Südstadt, Römerpark-Caféhaus

Nur eine Phase

Lisa

Der kalte Wind hat zum Glück nachgelassen. Trotz aller Abhärtung auf den Fußballplätzen des Rheinlands bin ich dankbar für die Wolldecken, die für die Raucher auf den Korbstühlen platziert sind. Vor mir liegt eine offene Schachtel Camel, schließlich will ich nicht mehr auffallen als unbedingt nötig. Dankbar bin ich auch für die blasse Wintersonne, die tapfer letzte Strahlen durch ein dünnes Wolkenband schickt und die Sonnenbrille in meinem Gesicht erklärt. Wobei – hier in der Südstadt gibt es so viele bunte Typen, da falle ich wahrscheinlich sowieso nicht auf. Auch nicht mit der großen Wollmütze in Reggaefarben, die ich in Oles Schrank gefunden habe. Ich mache mich lächerlich? Das ist mir scheißegal.

Da. Er kommt. Schließt sein Fahrrad an einen Laternenmast und geht auf das Eckhaus zu, in dem er jetzt wohnt. Er ist früh dran. Die Wohnung gehört einem Kollegen von Jan, der für ein halbes Jahr nach Dubai musste. Zwei Tage nach unserem Jahrhundertstreit – dem schlimmsten und gleichzeitig kürzesten unserer Streitkarriere – hat er sie Jan angeboten, und der ist sofort eingezogen. Konnte gar nicht schnell genug von mir wegkommen. Jan ist jetzt an der Tür, schließt auf, geht in einen fremden Flur. Es tut so weh.

«Kann ich hier noch was bringen?»

Der Kellner versperrt mir die Sicht.

«Nein, danke, ich geh gleich.»

Knapp eine Stunde später ist außer Jan nur noch ein weiterer Mann in das Haus gegangen und die Sonne weg. Neben der Zigarettenschachtel liegen fünf zerknüllte, feuchte Taschentücher. Ich muss mir diese Heulerei wirklich abgewöhnen.

Zuerst habe ich Jan gar nicht geglaubt, als er an diesem gottverdammten Samstag nach Hause kam. Ich habe ihn auf die Maklerseiten angesprochen, und er hat einfach so gesagt, dass es stimmt. Dass er ausziehen will. Ganz nüchtern. Ohne auch nur das kleinste bisschen rot zu werden. Ich kann seine Stimme immer noch hören.

«Ich versuche schon seit Tagen, es dir zu sagen. So wie bisher will ich nicht weitermachen. Dann bleibt von uns nichts mehr übrig.»

«Was redest du denn da? Wir haben immerhin drei Kinder. Da kann man wohl kaum von ‹nichts übrig› sprechen.»

«Ich meine dich und mich, Lisa, uns als Paar. Wir streiten doch nur noch. Ich hab das so satt.»

Inzwischen wünschte ich mir, ich hätte ihn nicht angebrüllt. «Dann hau doch ab, wenn du mich satthast, los, geh doch, am besten sofort!» Aber ich stand schließlich unter Schock.

«Genau das meine ich», hat Jan gesagt und mich traurig angeguckt.

«Du hast eine andere!»

«Nein, hab ich nicht. Ich will nur Abstand von dir, um mir darüber klarzuwerden, was ich eigentlich noch für dich fühle. Vielleicht fragst du dich das umgekehrt auch mal.»

Damit ist er ins Arbeitszimmer verschwunden.

Vielleicht hätte ich ihm geglaubt. Wenn nicht sein Handy in der Sporttasche geklingelt hätte. Das Display meldete Kai. Ich ließ es klingeln und nutzte danach meine Chance zu einem Check. Und da war es. Das verdächtige Nichts. Keine SMS im Speicher, keine Whats-Apps, im Anrufverlauf nur Kai, der Anruf von eben. Also bitte – das hatte Jan doch nicht alles grundlos gelöscht. In der Kontaktliste keine Namen, die ich nicht kannte. Aber was bewies das schon? Wie konnte, wie kann ich sicher sein, dass Kai nicht in Wahrheit eine Katja ist? Oder dass Jan nicht was mit seiner Kollegin Marianne hat? Es soll ja schon vorgekommen sein, dass ein Mann seine Frau für eine ältere verlässt.

Jetzt ist er schon mehr als drei Wochen weg. Ganz weg natürlich nicht, wegen der Kinder.

An zwei Abenden in der Woche kommt er nach Hause und verbringt Zeit mit ihnen. Finn und Ole halten sich diese Abende eigens frei.

Ich gehe dann meist rüber zu Andi und Simone oder fahre in die Stadt oder gehe ins Kino. Oder sitze im Auto und heule. Also eigentlich fast immer Letzteres. Samstags holt Jan die Kinder nach dem Frühstück ab und fährt mit ihnen in den Zoo oder sonst wohin. Emma haben wir erzählt, dass ihr Papa zurzeit wegen seiner Arbeit nachts nicht zu Hause sein kann. Die Jungs wissen Bescheid. Tja, und was soll ich sagen, seitdem Jan mit ihnen gesprochen hat, sieht Ole mich an, als hätte ich drei Augen und vier Beine. Wie etwas, das eingesperrt gehört. Offensichtlich glaubt er, ich hätte seinen Vater vertrieben. Finn ist traurig, will aber nicht darüber sprechen. Was wirklich los ist, kann ich ihnen nicht sagen. Nicht, ehe ich einen Beweis habe.

«Wir schließen jetzt, ich würde dann gern abkassieren.»

Schon so spät? Ich muss wirklich los, Emma bei Simone abholen. Dem Kellner gebe ich ein üppiges Trinkgeld.

Nachher, wenn die Kinder schlafen, komme ich wieder. So wie fast jede Nacht. Irgendwann werde ich sie schon sehen, die andere Frau im Leben meines Mannes. Seit Jan gegangen ist, kann ich an nichts anderes mehr denken als an sie. Wenn ich weiß, wer sie ist, kann ich gegen sie kämpfen. Um meinen Mann, um unsere Familie.

«Lisa, hör mit dem Unsinn auf. Das ist unwürdig und grotesk.»

Im ersten Moment denke ich, Jans Stimme ist nur in meinem Kopf. Aber nein. Abgelenkt von dem Kellner, habe ich nicht mehr auf den Hauseingang geachtet. Jan steht genau vor mir und bedenkt mich mit einem müden Blick.

«Damit du es weißt: Ich gehe jetzt ins Horizont-Theater zum Kabarett, allein, und komme gegen elf zurück. Immer noch allein. Wenn du unbedingt willst, kannst du dich aber gern weiter zum Affen machen. Solltest du irgendwann mit deiner Verleugnungstaktik aufhören und zu einem erwachsenen Gespräch bereit sein, lass es mich wissen. Gute Nacht.»

Unwürdig und grotesk. Ich!

Langsam gehe ich die Teutoburger Straße hoch. Den Wagen hab ich ganz am anderen Ende geparkt, damit Jan ihn nicht sieht. Auf Höhe eines kleinen Friseursalons laufe ich durch das Licht einer Straßenlaterne und sehe im Fenster des Salons mein Spiegelbild. Unwürdig und grotesk. Die Mütze verschwindet in meiner Tasche. Und wenn Jan nun wirklich keine Freundin hat? Wenn er mich einfach nur nicht mehr liebt?

Simone macht mir die Tür auf, und ich entschuldige mich, dass ich so spät dran bin.

«Macht doch nichts, kommst du noch auf ein Glas rein? Emma hat mit uns gegessen und spielt oben mit Elias Lego.»

Ich kann schlecht nein sagen. Simone weiß nicht, was bei uns los ist. Ihr und Andi habe ich in etwa die gleiche Mär erzählt wie unserer Kleinen. Probleme mit dem Einsatz eines von Jan mitentwickelten Kunststoffes seien aufgetreten. Und da die Produktion natürlich auch nachts laufe ... Sie haben nicht weiter nachgefragt. Lange halte ich diese Schwindelei nicht mehr aus. Und auch nicht das Schweigen. Aber im Moment bringe ich Worte wie «Jan hat mich verlassen» oder «Jan nimmt eine Auszeit» einfach noch nicht über die Lippen. Es ist schon schlimm genug, dass meine Söhne kaum noch mit mir sprechen. Noch mehr vorwurfsvolle Blicke könnte ich jetzt einfach nicht ertragen. Mitleidige erst recht nicht. Wenn ich mir allein das Gesicht meiner Schwester vorstelle. Oder die Reaktion meiner Eltern. Nein, mit meiner Familie rede ich erst, wenn es unumgänglich ist. Und mit allen anderen auch. Außerdem: Wer sagt denn, dass Jan nicht zurückkommt? Wenn tatsächlich keine andere im Spiel ist, wird er mich über kurz oder lang vermissen. Bestimmt wird er das. Vielleicht hab ich hier einfach nur mit dem Klassiker Midlife-Crisis zu tun. Schließlich wird Jan im Juli vierzig. Und so eine Krise geht ja auch vorbei. Plötzlich muss ich grinsen. Die magische Formel «EsistnureinePhase, esistnureinePhase, esistnureinePhase» war bislang meinen Söhnen vorbehalten.

«Klar, ein Glas trinke ich gern mit», sage ich zu Simone und freue mich wirklich auf eine halbe Stunde harmloser Plauderei, ehe mein Leben wieder auf mich einstürzt.

Nachts ist es am schlimmsten. In der schwarzen Stille sind die Gedanken so dunkel wie der Raum. Neben mir schweigt mich die leere Betthälfte an. Angst kriecht an meinen Beinen hoch bis zur Brust und nimmt mir den Atem. Ich will nicht alleine sein. Ich kann nicht allein sein. Geschieden. Alleinerziehend. Ohne den Mann, den ich liebe. Ein Leben ohne Jan? Das ist, als ob ich ohne Herz leben sollte. Unmöglich. Unser «Wir» sollte doch für immer sein. So wie wir uns das versprochen haben. Vor Gott.

Nachts kann ich den Fragen nicht ausweichen. Was ist bloß mit uns passiert? Wie kann Jan mir das antun? Was hab ich falsch gemacht?

Nein, ich bin ganz und gar nicht scharf darauf, schnell nach Hause zu kommen.

15

In Köln, Thürmchenswall Nr. 6

Gletscherschmelze

Juliane

Kaum ist die Tür hinter Sebastian und Carsten ins Schloss gefallen, muss ich mich kurz an die Wand lehnen. Mir ist übel. Im kleinen Flurspiegel wirkt mein Gesicht fast so weiß wie die Wand daneben. Falsch. So weiß wie ein Eisberg, denke ich, wie der Eisberg, als den andere mich offenbar sehen. Der nächste Gedanke: Auch Eisberge haben das Recht zu kalben. Ich brauche dringend frische Luft.

Eingemummelt in meinen fleecegefütterten langen Wintermantel und mit einer Wollmütze auf dem Kopf trotze ich wenig später der Kälte dieses Februarabends und gehe den Thürmchenswall entlang Richtung Rhein. Kaum jemand ist auf der Straße, nur vor dem Horizont-Theater stehen ein paar verfroren aussehende Raucher. Ich friere auch, äußerlich wie innerlich. So also sieht mich Sebastian. Als Menschen, dem man kein Kind anvertrauen kann. Quasi als Monster. Mir ist zumute, als hätte er mir ein Messer in den schwangeren Bauch gestoßen und es mit seiner Bemerkung über Alex gleich noch mal umgedreht.

Sobald ich den Schutz der Häuser verlasse und ans Konrad-Adenauer-Ufer komme, pfeift mir ein fieser Wind um die Ohren und dringt durch die Mütze. Am Rhein riecht es leicht nach Diesel, ich kann noch das sich entfernende Tuckern des Schiffes hören, das eben hier vorbeigefahren ist. Leise plätschert der dunkle Fluss an sein steiniges Ufer. Der Himmel ist sternenlos und trübe. Außer mir ist kein Mensch hier. Auf der anderen Rheinseite weiter rechts sehe ich Lichter. Irgendeine Veranstaltung im Tanzbrunnen, vermutlich etwas Karnevalistisches mit bunten, fröhlichen Menschen. Hohl im Kopf, aber bestens zur Elternschaft geeignet. Im Gegensatz zu mir. Nein, mir ist gerade nicht nach politischer Korrektheit. Eher danach, Hope und mich in die trüben Fluten zu stürzen und die Wassertemperatur so um noch ein paar Grad zu senken. Wahrscheinlich hat Sebastian recht. Ich hätte mich nie für Hope entscheiden dürfen. Was kann aus dem armen Kind schon werden, mit einem glücksunfähigen Kontrollfreak als Mutter? Bestenfalls ein kleiner Eisberg.

Kurz bevor mir die Nase abfriert und ich vollends in meine düstere Stimmung abtauche, höre ich Gelächter hinter mir und drehe mich um. Ein Pulk Leute kommt aus dem Thürmchenswall. Anscheinend ist die Vorstellung im Horizont zu Ende. Wird Zeit, dass ich mich und mein Ungeborenes nach Hause bringe. Langsam gehe ich den Weg zurück, den ich gekommen bin, nach wie vor mit Gedanken über meine frostige Außenwirkung beschäftigt. Auf Höhe des Theaters laufe ich einem Mann vor die Füße, der gerade aus dem Eingang kommt, und stolpere fast. «Entschuldigung», sagen wir gleichzeitig.

«Jan?»

«Oh, du bist das, Juliane. 'n Abend.»

«'n Abend.»

«Verdammt kalt heute.»

Wenn du wüsstest, wie kalt, denke ich.

«Wohl wahr.»

Wahrscheinlich müsste ich jetzt fragen, wie es ihm geht. Besonders fröhlich sieht er nicht aus, wenn man bedenkt, dass er soeben von einem Kabarett-Abend kommt, wie ich dem Plakat neben dem Eingang entnehme. Aber ehrlich gesagt steht mir der Sinn gerade nicht nach den Problemen anderer und schon gar nicht nach Smalltalk.

«Tja, ich seh mal zu, dass ich ins Warme komme, man sieht sich. Tschüs.» Soll er mich doch für unhöflich halten. Darauf kommt's nun wirklich nicht mehr an.

Zwanzig Minuten später stehe ich in meinem Wohnzimmer vor dem leuchtenden Strauß, den Sebastian und Carsten doch nicht wieder mitgenommen haben. Sind es die Blumen oder ist es die kurze Begegnung mit Jan, die mich an den Abend vor ein paar Wochen denken lassen, an dem Lisa hier war? Vielleicht beides. Jedenfalls erinnere ich mich plötzlich an die Blumen, die ich damals selbst gekauft hatte, an das Bedürfnis nach Farbe, nach Duft. Daran, dass ich nach dem Urlaub das Gefühl hatte, in einen Kühlschrank zurückzukommen. An Lisas verwunderten Blick angesichts der Blütenpracht in meiner Wohnung. Aber auch an den Geschmack des Rotweins. An das Lachen, das Gespräch. Ich kann das: lachen, reden, locker sein. Ich mag auch Farben. Prinzipiell. Nur weil ich meine Gefühle nicht nach außen trage, heißt das doch nicht, dass ich keine habe.

Und warum, frage ich die Rosen im Wischeimer, warum habe ich dann ein Eisberg-Image? Sogar bei Alex, der mir so nah gekommen ist wie kaum jemand? Vielleicht weil ich meine persönlichsten Gedanken nur mit Pflanzen teile? Weil mir eher die Zunge abfault, als dass mir ein «Ich liebe dich» über die Lippen kommt? Weil ich Alex nie auch nur einen einzigen Hinweis gegeben habe, warum ich eventuell ein klitzekleines Problem mit Bindungen, Risiken und Gefühlen habe? Könnte schon sein. Na los, Juliane, jetzt nicht aufhören. Analysiere das Problem. Das kannst du doch so gut. Und das Problem bist ja wohl du.

Nach einer Stunde im Internet und der Lektüre eines Artikels mit dem vielversprechenden Titel «Die Kunst, sich selbst zu erkennen» sitze ich erschüttert auf meinem Sofa. Wenn das stimmt, was ich gerade gelesen habe, dann kann ich bei der Einordnung meines Charakters zwischen den Optionen schizoid (nicht zu verwechseln mit schizophren, immerhin) und zwanghaft wählen. Meine Güte! Das einzig Tröstliche an diesem niederschmetternden Ergebnis: Angeblich kann ich mich auch in meinem hohen Alter noch ändern, kann Leichtigkeit, Lust und Lebensfreude lernen.

Während ich bedrückt an meinem Ich-freue-mich-auf-dich-Schwangerschaftstee nippe, hallen die Worte in meinem Kopf wider: Leichtigkeit, Lust, Lebensfreude. Sich ändern. Die kenn ich doch. Das ist doch ziemlich genau das, was Lisa für mich wollte. Und – wenn ich schon ehrlich zu mir bin, dann auch richtig – ziemlich genau das, was ich auf der Insel gefühlt habe. An dem Ort, an dem Hope gezeugt worden ist. Dem Ort, von dem Nelly mal gesagt hat, dass man dort sein anderes Ich zulassen kann. Dem Ort, an dem allem Anschein nach der einzige Mann lebt, der mich nicht für fischblütig hält. Obwohl er meine kalten Füße kennt wie kein Zweiter. Der Ort, an dem ich vielleicht herausfinden könnte, wer Hopes Vater ist. Der Ort, an den ich mich manchmal heimlich zurücksehne. Was wäre eigentlich, wenn ... Stopp, was denke ich denn da?

Selbst wenn ich noch einmal auf die Insel wollte, das ginge doch gar nicht. Ich hab schließlich einen Job. Das könnte ich Sebastian nicht antun. Wie bitte, Juliane? Du kannst Sebastian absolut alles antun. Wir wollen doch nicht vergessen, was er dir heute angetan hat. Verzweifelter Kinderwunsch hin oder her. Niemand hat das Recht, einem anderen Menschen die Fähigkeit zur Liebe abzusprechen. Niemand hat das Recht, dich so zu verletzen. Was mich zu der Frage bringt, wie ich morgen mit diesem Mann wieder zusammenarbeiten soll. Morgen, übermorgen, überhaupt. Und zum ersten Mal in meiner Schwangerschaft renne ich zur Toilette, um mich zu übergeben.

Es ist zwei Uhr früh, als meine Gedanken endlich zur Ruhe kommen und mir die Augen zufallen. Und sieben, als ich in der Bahn nach Heimersdorf sitze. Um kurz vor acht Uhr darf ich miterleben, wie die rote Anja höchstpersönlich die Türen zur Praxis von Frau Dr. Schmidt und Kollegin aufschließt. Nein, erkläre ich Anja fünf Minuten später, ich habe keinen Termin, ich bin ein Notfall. Nein, es macht mir nichts aus zu warten. Muss ich dann aber gar nicht lange. Frau Dr. Schmidt schiebt mich dazwischen.

«Frau Richter, was ist los? Sie sehen gar nicht gut aus. Haben Sie Blutungen?»

«Nicht direkt.»

Ein fragender Blick aus den warmen, braunen Augen hinter der randlosen Brille.

«Man könnte sagen, es sind eher psychische Blutungen.»

Sie lacht. «Das ist mal ein Befund, der mir noch nicht untergekommen ist.» Dann wird ihr Blick ernst. «Was meinen Sie damit? Wie kann ich Ihnen helfen?»

«Können Sie mich für ein paar Wochen krankschreiben? Ich kann im Moment einfach nicht zur Arbeit gehen.»

Und ja, ich gestehe es ungern, ich fange an zu weinen. Frau Dr. Schmidt wartet geduldig ab, bis ich wieder sprechen kann.

«Raus damit, was ist passiert?»

Ich lasse nichts aus. Erzähle von den Ängsten, die ich habe, weil ich nichts über den Kindsvater weiß. Von den Vorwürfen, die ich mir deswegen mache. Erzähle von Sebastian und Carsten. Davon, dass alle Welt mich für ein Management-Monster ohne Gefühle hält. Außer Marlene natürlich. Davon, wie allein und überfordert ich mich manchmal fühle, obwohl Marlene mir ihre Hilfe angeboten hat. Und dass ich mich gestern Nacht so heftig übergeben musste, dass ich mir jetzt Sorgen um Hopes Gesundheit mache.

«Sie sind in einer akuten Stresssituation. Selbstverständlich schreibe ich Sie krank, wenn nötig auch bis zum Beginn Ihres Mutterschutzes. Unter großem Stress kann es zu Fehlgeburten kommen. Erst einmal für die nächsten sechs Wochen, denke ich. Dann sehen wir weiter.»

Sie untersucht uns, mein Kind und mich, befindet Hope für gesund und schickt mich nach Hause, wo ich zur Ruhe kommen soll.

«Eine Frage habe ich noch.» Ich stehe schon in der Tür des Behandlungszimmers.

«Ja?»

«Spräche im Moment etwas gegen eine Flugreise?»

Sie lächelt das breite Lächeln, das ich so an ihr mag. Genau genommen grinst sie mich an und zwinkert dabei.

«Ich halte eine Reise in Ihrem Fall sogar für ärztlich angezeigt. Und sollte es unterwegs irgendein Problem geben –

einen Moment.» Sie geht zurück zu ihrem Schreibtisch und holt etwas aus der Schublade. «Hier ist meine Handynummer, Sie dürfen mich jederzeit anrufen. Ich kann doch davon ausgehen, dass es an Ihrem Reiseziel eine ärztliche Versorgung gibt?»

Ich nicke.

«Ach, eins noch: Ihr Chef sollte zustimmen, wenn Sie reisen, während Sie krankgeschrieben sind. Das kann sonst Ärger geben.»

Verdammt.

Vor der Praxis hole ich erst einmal tief Luft. Milde Luft übrigens, über Nacht hat sich das Wetter geändert, und es ist geschätzt zehn Grad wärmer als gestern. Der Himmel ist nicht mehr wolkenverhangen, sondern schimmert in einem blassen Winterblau. Ich setze mich in das Wartehäuschen einer Bushaltestelle. Sechs Wochen, das ist eine Menge Zeit, um mir über ein paar Dinge klarzuwerden. Kurz springt mich mein Gewissen an. Ich habe in meinem ganzen Arbeitsleben noch nie blaugemacht. Aber dann fallen mir die Überstunden bei Dream Team Events ein, die ich nie abbummele. Und der Abend, an dem ich ungelogen mit einer Windel gearbeitet habe, weil mein Darm verrückt spielte und Sebastian sich nicht in der Lage sah, für mich einzuspringen. Sebastian. Von wegen schlechtes Gewissen. Ich ziehe mein Telefon aus der Tasche und informiere ihn per SMS über die Krankschreibung. Die Frage: «Ist dir das jetzt emotional genug?», verkneife ich mir dann doch.

Mit offenem Mantel mache ich mich auf den Weg zur U-Bahn. Nächster Halt: Köln-Longerich. Heute ist Freitag. Lisa müsste zu Hause sein.

16

In Köln-Longerich

Weichgespült

Lisa

«Aua, Mama, das ziept ganz doll!»

«Entschuldige, Süße.» Sofort lasse ich die blonden Locken meiner Kleinen los, die ich wirklich arg stramm an ihrem Hinterkopf zusammengezogen habe, ohne es zu bemerken. Ich hab gerade an Jan gedacht, und wenn ich an Jan denke, werde ich nun mal wahlweise traurig oder wütend. Wahrscheinlich sollte ich im wütenden Zustand die Finger von den Haaren meiner Tochter lassen. Und auch von anderen Dingen. Letzte Nacht habe ich das gerahmte Hochzeitsfoto von uns, das auf meinem Nachttisch stand, an die Wand geworfen. Zum Glück ist keines der Kinder aufgewacht. Und ein paar von Jans heißgeliebten Modellmotorrädern haben die Nacht auch nicht heil überstanden.

Nachdem ich Emma in der Kita abgeliefert habe – die Jungs müssen immer schon eine halbe Stunde vor uns los –, weiß ich nichts mit mir anzufangen. Das Haus kommt mir unglaublich leer vor. Totaler Schwachsinn, es ist nicht leerer als an jedem anderen Freitagvormittag auch. Aber seit Jan nicht mehr bei uns lebt, hab ich ständig das Gefühl, dass etwas fehlt, und zwar zu jeder Tages- und Nachtzeit. Nebenbei bemerkt ist das Haus zwar nicht leerer, aber sauberer als sonst. Putzen ist besser als grübeln. Heute früh um sechs zum Beispiel konnte ich nicht mehr schlafen und hab schon mal die beiden Bäder sauber gemacht. Die Wäsche habe ich zwischen Mitternacht und zwei Uhr früh erledigt. Tja, eigentlich verdiene ich eine Belohnung. Zwanzig Minuten später verschwindet die Pikkoloflasche im Altglas-Korb in der Ecke des Vorratsraumes. Verschwindet ist vielleicht nicht ganz korrekt ausgedrückt. Sie liegt obenauf. Der Korb ist voll. Schon? Ist wohl besser, ich bring die Flaschen weg. Die Jungs neigen dazu, blöde Bemerkungen zu machen. Womöglich Jan gegenüber. Muss ja nicht sein. Nach dem Pikkolo fühle ich mich wieder etwas tatendurstiger. Also erst einmal zum Altglascontainer. Dann vielleicht noch ein Stündchen vor den Fernseher, und dann werde ich mich entscheiden. Jawohl. Rufe ich Jan an oder nicht?

Eben habe ich die Haustür abgeschlossen und bücke mich, um den Korb wieder in die Hand zu nehmen, als ich auf dem gekiesten Weg durch unseren Vorgarten Schritte höre. Ich schaue auf und glaube kaum, was ich sehe. Da kommt doch tatsächlich Juliane auf mich zu. Was will die denn hier? Noch ein bisschen auf mir rumhacken? Mir wieder so schöne Nachrichten über Jan bringen? Oder sich nur ein wenig an meinem Unglück weiden? Nur zu. Trampelt ruhig alle auf mir rum.

«Tag, Lisa.»

«Tag. Schickt Jan dich?»

«Wie bitte?»

«Ob mein werter Gatte dich schickt. Spreche ich vielleicht spanisch?»

Sie guckt mich an, als hätte ich eine Schnecke im Gesicht oder so. Im nächsten Moment mustert sie nicht mehr mich, sondern den Korb voller Flaschen.

«Was ist hier los, Lisa?»

«Das fragst ausgerechnet du? Du hast es doch vor mir gewusst.» Ich versuche, so zu klingen wie sie vor ein paar Wochen. «Kann ich übrigens gut verstehen, wenn dein Mann ausziehen will.» Ganz am Anfang hab ich sogar kurz überlegt, ob Jan was mit Juliane hat, den Gedanken aber wieder verworfen. So wichtig ist ihm Ordnungsliebe nun auch wieder nicht. Sie ist überhaupt nicht sein Typ.

«Mein Gott, Lisa, es tut mir so leid, dass ich das gesagt hab. Und nicht nur das.»

Was sind denn das für Töne? Juliane kleinlaut, das ist ja mal ganz was Neues.

«Können wir miteinander reden? Bitte.»

Hm. Ich weiß nicht recht. Sie klingt zwar gerade ziemlich weichgespült, aber wer weiß, ob sie nicht in fünf Minuten wieder den großen Kritikhammer aus der Tasche holt.

«Worüber?»

«Ich würde dir gern ein paar Dinge erzählen. Und dich etwas fragen.»

Andererseits: und wenn schon. Wenn sie mir dumm kommt, kann ich sie ja rausschmeißen. Ich hole den Hausschlüssel wieder aus der Manteltasche, zucke mit den Schultern und lasse sie rein. «Ich stell nur noch schnell den Korb ins Auto.»

Juliane sitzt im Wohnzimmer auf der Sofakante, als ich hereinkomme, und sieht gestresst aus. Die Ringe unter ihren Augen haben die Farbe von Asche. Und noch etwas fällt mir auf: Ich glaube, sie hat sich die Brüste machen lassen.

«Willst du Kaffee?»

«Nein, danke, den vertrage ich im Moment nicht. Hast du vielleicht Kräutertee?»

Das wird ja immer seltsamer. Juliane ist ein Kaffeejunkie.

«Kamillentee hab ich bestimmt. Oder hast du Lust auf ein Gläschen Sekt? Hätte ich auch da.»

Sie schaut mich nur an und schüttelt den Kopf.

Dann eben nicht. Ich werd mir jedenfalls noch eins gönnen.

Juliane sagt nichts, als ich ihr einen Becher Kamillentee hinstelle, mir selbst den Sekt einschenke und mich ihr gegenüber in meinen Ohrensessel setze.

«Also, worum geht's?»

«Später. Jetzt würde ich sehr gern wissen, was hier los ist. Wenn du mit mir darüber reden magst. Jan ist tatsächlich ausgezogen? Ich habe nur durch Zufall mitbekommen, dass er eine Wohnung gesucht hat. Mehr nicht. Und als ich dann so sauer auf dich war ...»

Der Kloß in meinem Hals fühlt sich an wie ein Tennisball. Mehr als ein Flüstern bringe ich nicht zustande.

«Vor knapp vier Wochen.»

«Aber warum?»

«Das WEISS ich nicht!»

Juliane weicht mit dem Oberkörper ein Stück zurück, als ich so plötzlich losbrülle.

«Aber er muss doch etwas gesagt haben.»

«Er will sich darüber klarwerden, ob er noch Gefühle für mich hat.» Die Worte schmecken nach Galle und wollen gar nicht richtig raus aus meiner Kehle. «Weil wir halt oft gestritten haben. ABER DAS IST DOCH KEIN GRUND, VERDAMMT NOCH MAL!» Ich hab die Lautstärkeregelung heute wohl nicht so im Griff. «Wahrscheinlich ist er in der klassischen Midlife-Crisis», schiebe ich noch hinterher.

«Oder er hat eine andere.»

«Angeblich nicht.» Oh Mist, ich hab's geahnt. Meine Augen füllen sich mit Tränen. «Der Scheißkerl.» Meine Stimme klingt fürchterlich weinerlich. Ich will das nicht. Heulen kann ich, wenn ich alleine bin. «Bin gleich wieder da.»

Im Gästebad spritze ich mir kaltes Wasser ins Gesicht. Ich würde gern sagen, dass mich der Anblick des hohläugigen blassen Wesens im Spiegel erschreckt. Aber den kenn ich schon zu gut.

«Irgendwie finde ich das ja beeindruckend», sagt Juliane allen Ernstes, als ich wieder im Sessel sitze. «Ich meine, es ist ja nicht gerade häufig, dass ein Mann die Initiative ergreift, wenn es in einer Beziehung Probleme gibt, also sozusagen die Notbremse zieht.»

Ich will gerade losschäumen, als sie sagt: «Andererseits macht er es sich natürlich auch ganz schön leicht, wenn er dich hier allein mit den Kindern und der ganzen Arbeit sitzenlässt.»

Ganz genau! Schon sehr viel besser. Das ist doch der richtige Ansatz. Jan macht sich den Junggesellen-Lenz, und ich bin fix und fertig. Das Detail mit den zwei Kinderabenden pro Woche und dem Samstag lass ich jetzt mal weg. Zumal Jan wirklich nur den klassischen Verwöhn-Papa gibt und nicht etwa die Klos schrubbt. Und nicht zuletzt hätten wir diese Probleme gar nicht erst gekriegt, wenn er mich mehr unterstützt hätte. Dann wäre ich nicht dauernd so müde und gereizt gewesen.

«Wollt ihr euch scheiden lassen?»

«NEIN!» Leiser sage ich: «Ich jedenfalls nicht.»

«Redet ihr denn miteinander?»

«Im Moment nicht. Na ja, schon eine ganze Weile nicht. Nicht richtig. Da kommt immer nur Zoff bei raus.»

«Ach Lisa, und ich war so mit mir selbst beschäftigt, dass ich nichts mitgekriegt habe. Das tut mir leid. Auch dass ich so überreagiert habe wegen der Urlaubsgeschichte.»

«Ich hab es wirklich nicht böse gemeint.»

«Das habe ich inzwischen auch begriffen. Ich würde dir gern erklären, warum ich mich so aufgeregt habe.»

Eine Minute später steht die Welt auf dem Kopf. Juliane kriegt ein Kind! Ich kann es einfach nicht glauben. So schnell bin ich schon lange nicht mehr aus einem Sessel aufgesprungen. «Oh, wie geil ist das denn?!» Egal, was zwischen uns war, ich muss sie einfach umarmen. «Du Süße, was freu ich mich für dich! Ist es von Alex? Seid ihr wieder zusammen?»

«Nein und nein.»

Juliane wird rot.

«Ich bin auf der Insel schwanger geworden. Von einem Mann, mit dem ich nur dieses eine Mal zusammen war.»

Juliane hatte einfach so Sex? Einen One-Night-Stand? Ich glaub, ich setz mich besser wieder hin. Plötzlich muss ich grinsen. «So hatte ich das mit der Insel der alleinerziehenden Mütter aber nicht gemeint.»

Es tut gut, mal wieder zu lachen. Wir lachen beide.

«Dieser Chris oder der Bananenkuchen-Mann?»

«Wer? Ach der, nein, aber der war auch nicht zu verachten», sagt sie immer noch lachend. «Keiner von beiden.»

Und dann erzählt mir Juliane – Juliane! – mit ganz verträumtem Gesichtsausdruck von einer magischen Nacht mit einem Mann ohne Namen und Stimme.

Das ist ... also, das ist ... ich sag es mal so: Würde meine

Schwester zum Buddhismus konvertieren, wäre ich auch nicht wesentlich überraschter. Mit den Überraschungen ist aber noch nicht Schluss. Als sie mir erzählt, dass Sebastian ihr das Kind quasi abkaufen will, bleibt mir die Luft weg.

«Das kann er doch nicht ernst meinen!»

«Leider doch. Er findet, jemand wie ich sollte besser kein Kind großziehen.»

«So ein Quatsch!»

«Denkst du wirklich? Du hast doch auch gesagt, dass ich gar nicht richtig lebe.»

«Das war doch nur, weil du Alex hast gehen lassen. Sebastian ist ein egoistischer, herzloser Idiot und sonst nichts. Genau das werde ich ihm am Montag auch sagen, da kannst du sicher sein. Und jetzt zeig mal.»

«Was denn?»

«Na, deine Ultraschallbilder. Erzähl mir nicht, dass du sie nicht in der Tasche hast. Wievielte Woche?»

17

Köln, Textilcafé an der Eigelstein Torburg

Gedankenzecken

Juliane

Kuchen. Ich brauche jetzt dringend ein großes Stück Kuchen. Oder doch lieber Rosmarin-Kartoffeln mit zwei Sorten Dip? Am besten beides. Oder lieber Panini mit Gorgonzola und Rucola?

«Hast du dich entschieden?» Die Kellnerin im Textilcafé ist circa zwanzig und erinnert mich an Nelly. Nicht nur weil sie mich einfach duzt. Sie hat die gleiche frische Ausstrahlung.

«Rosmarin-Kartoffeln und zwei Gorgonzola-Panini.»

«Zu trinken?»

«Ingwer-Limetten-Tee. Aber zuerst bitte ein Stück Käse-Sahne-Torte, gern ein großes.» Das Mädchen zuckt nicht mit der Wimper, sondern entschwindet über die Wendeltreppe nach unten Richtung Tresen.

Obwohl das Café meiner Wohnung direkt gegenüberliegt, bin ich eher selten hier. Eigentlich nur im Sommer, wenn draußen serviert wird. Drinnen ist es für meinen Geschmack ein bisschen arg plüschig. So ähnlich sah es in meiner Wohnung aus, als meine Oma noch darin lebte. Mit Samt bezogene

Sofas, schwere Bilderrahmen und Stofflampenschirme mit Fransen. Allerdings hingen bei meiner Oma keine Röcke und T-Shirts auf einer Leine im Raum. Und Oma hatte ihre Wände auch nicht knallbunt gestrichen. Aber heute finde ich diesen Ort perfekt für mich. Schließlich habe ich mit der Gletscherschmelze begonnen. Da sind Plüsch und Farben genau richtig. Ich sitze auf der Empore.

Zwei Tische weiter stoßen drei Frauen in meinem Alter mit Sekt an. Was sie feiern, bekomme ich nicht mit. Sofort bin ich mit meinen Gedanken bei Lisa und dem Korb voller leerer Pikkoloflaschen. Sie sieht so furchtbar fertig aus. Bei unserem Abschied hat sie mich derart fest umarmt, dass sie mir fast die Luft abgedrückt hätte. Ich glaube, sie ist genauso froh wie ich, dass wir wieder miteinander reden. Da fällt mir auf: Ich habe heute mein erstes Gespräch unter Müttern geführt! Die Torte kommt, danach die Panini und die Kartoffeln. Und dann lasse ich erst einmal alles sacken. Das Essen und die verrückten Ereignisse der vergangenen vierundzwanzig Stunden.

Zurück in meiner Wohnung, wähle ich die Nummer von Marlene. «Ich werde ein anderer Mensch!», rufe ich in den Hörer, sobald sie abnimmt. Und denke im selben Moment: aber bitte keiner, der solche Sätze von sich gibt.

«Du wirst Mutter, das weiß ich bereits. Und offenbar vernebeln dir die Östrogene schon das Hirn. Hoffentlich wird das nicht noch schlimmer.»

«Nein, ich rede nicht von der Schwangerschaft.»

Ich berichte ihr von Sebastian, von Alex' Bemerkung und auch von dem Artikel.

«Marlene, bist du noch dran?»

«Ja. Weißt du, ich bin grundsätzlich sehr dafür, homosexuellen Paaren das volle Adoptionsrecht zu geben. Aber deinem Chef würde ich am liebsten die schwulen Eier abschneiden.»

«Lieb von dir, aber ich glaube, das ist nicht nötig. Der hat schon genug daran zu knacken, dass er seine beste Kraft so schnell nicht wiedersieht. Frau Dr. Schmidt hat mich heute für ein paar Wochen krankgeschrieben.»

«Bravo!»

«Da ist noch etwas. Ich überlege, noch einmal auf die Insel zu fahren. Vielleicht kann ich den Mann finden, mit dem ich zusammen war. Falls mein Kind mich später nach ihm fragt, könnte ich ihm wenigstens einen Namen sagen. Was hältst du davon?»

«Wie willst du den denn finden? Du weißt doch nichts von ihm.»

«Ich frage herum. Irgendjemand wird ihn schon kennen, ich werde ja kaum die Einzige sein, die ihn gesehen hat. Er ist eine ziemlich auffällige Erscheinung. Und ein Gefühl sagt mir, dass er auf der Insel lebt.»

«Aha.»

«Und wenn ich ihn nicht finde, dann habe ich es wenigstens versucht.»

«Und wenn du ihn findest? Was dann?»

«Erst einmal will ich nur wissen, wer er ist. Dann sehe ich weiter.»

«Hm. Ich weiß nicht. Du willst aber doch nicht allein fliegen, oder? Ich kenn mich mit Schwangerschaften zwar nicht gerade gut aus, aber da kann doch immer was passieren. Was weiß ich, Blutungen, Sturzgeburt, so was eben.»

«Vielen Dank auch, Marlene, für deine äußerst sensible Bemerkung. Frau Dr. Schmidt hat keine Bedenken.»

«Entschuldige, Julchen. Ich meine ja nur.»

«Komm doch mit!» Warum bin ich nicht eher auf den Gedanken gekommen?

«Kann ich nicht. Ich habe auch eine Neuigkeit für dich: Ich werde für den Landtag kandidieren. Da kommt jetzt viel auf mich zu.»

Oha. Ich versuche, mir meine Tante zwischen lauter Anzugträgern vorzustellen. Nicht ganz einfach.

«Glückwunsch.»

«Danke. Aber zurück zu dir. Was ist mit Lisa? Oder habt ihr immer noch Funkstille?»

Ich erzähle ihr von meinem Besuch heute. «Ich mache mir Sorgen um sie.»

«Dann wäre das doch genau das Richtige. Mal weg von allem, das kann ihr nur guttun.»

«Und die Kinder gibt sie solange im Heim ab, oder wie denkst du dir das?»

«Die Kinder haben schließlich einen Vater, oder nicht? Wenn der sich eine Auszeit nehmen kann, warum dann nicht auch sie? Muss er sich halt kümmern.»

«Das kannst du vergessen. Selbst wenn Jan mitspielen würde – eher überlebt ein Schneeball im Backofen, als dass Lisa mitten im Schuljahr die Kinder allein lässt. Nein, wenn, dann ziehe ich das allein durch.»

Übrigens weiß Lisa gar nichts von meinen Reisewünschen. Wir haben zwar noch lange geredet, unter anderem während eines kurzen Spaziergangs mit dem undichten Dackel, aber das war eher ein Schwangerschaftserfahrungsaustausch. Und dann kamen die Jungs nach Hause, und ich bin gegangen.

«Letztes Mal war ich schließlich auch allein dort.»

«Und wir wissen, was dabei herausgekommen ist», sagt Marlene lachend.

«Noch mal kann das ja nicht passieren. Schwangerer als jetzt kann ich schlecht werden.»

«Auch wieder wahr.»

«Wahrscheinlich wird sowieso nichts draus.»

«Wieso?»

«Weil ich die Zustimmung von Sebastian brauche. Sagt das Arbeitsrecht. Und die wird er mir kaum geben, vergrätzt, wie er garantiert ist.»

«Na, der ist doch angeblich so um das Kindeswohl besorgt. Erklär ihm halt, dass deine Ärztin dir Sonne verschrieben hat.»

Wie gesagt, Marlene ist eine unverbesserliche Optimistin. Ich dagegen denke: Die einzige Person, um die Sebastian sich wirklich sorgt, sieht ihn morgens im Spiegel an.

«Wir werden sehen. Ich halte dich auf dem Laufenden.»

«Ja, mach das. Tschö.»

Manche Gedanken beißen sich fest wie Zecken. Während ich Hope und mir ein Schaumbad gönne, muss ich immerzu an Lisa denken. An Lisa auf der Insel. Vielleicht wäre das tatsächlich genau das Richtige. Abstand von der Familie, und zwar an dem Ort, an dem sie sich vor Jahren so wohl gefühlt hat, dass sie fast dorthin ausgewandert wäre. Wirklich keine schlechte Idee. Nur leider immer noch so realistisch wie Köln ohne Kölsch.

Ich lasse noch heißes Wasser nachlaufen. So rund haben meine Brüste noch nie aus dem Schaum herausgeragt. Lisa hat doch tatsächlich geglaubt, die wären nicht echt. Habe ich eigentlich schon erwähnt, dass Hope ansonsten ein ausgesprochen unauffälliges Baby ist? Äußerlich ist von ihr oder ihm noch nichts zu sehen, ich kann nur eine ganz kleine

Wölbung tasten. Einen Bauch kann man das nicht nennen. Allerdings beklage ich den Verlust meiner Taille. Die ist einfach weg. Lisa sagt, das sei normal. Womit ich wieder beim Thema Lisa bin. Und wenn ich mit Jan rede? Ja, sicher, Juliane, misch dich mal eben in anderer Leute Leben ein. Schließlich weißt du ja, wie schön das ist (mangels Gewächsen im Bad diskutiere ich mit mir selbst). Das kommt gar nicht in Frage, sage ich mir also. Was heißt hier andere Leute? Es geht ja schließlich um Lisa. Und die war bekanntlich nicht so zartbesaitet, als sie glaubte, mir helfen zu müssen. Jetzt braucht sie Hilfe. Also? Unsinn. Marlene hat recht, ich leide an einer Überdosis Östrogen.

18

Flughafen Köln / Bonn, zwei Wochen später

Die Wege des Herrn

Juliane

«Versprich mir, dass du aufpasst, okay? Keine langen, einsamen Wanderungen in den Bergen. Nirgendwo hingehen, wo du keinen Handyempfang hast. Denk dran, du bist Spätgebärende.»

«Ja, Lisa, ich verspreche es.» Ich schaffe es, nicht zu grinsen. Und mich nicht allzu auffällig nach Marlene umzusehen. «Sei so lieb und warte noch, bis ich einchecken kann. Die Schlange ist ja der Horror.»

«Ich hab dir doch gesagt, dass wir früher losfahren sollen.»

«Hast du.»

Es dauert eine knappe halbe Stunde, bis wir kurz vor dem Schalter sind. Nur noch ein Paar vor uns. Aus dem Augenwinkel sehe ich Marlene mit dem zweiten Rucksack auf uns zukommen.

«Fenster oder Gang?», frage ich Lisa. Jetzt muss ich doch grinsen. Ihr irritierter Gesichtsausdruck ist einfach zu köstlich.

«Woher soll ich wissen, was dir lieber ist?»

Das Paar vor uns bekommt seine Bordkarten. Die Bodenstewardess lächelt mich an und streckt die Hand aus. Ich gebe ihr die Tickets. Lisa steht mit meinem Handgepäck etwas abseits.

«Ihre Personalausweise, bitte.»

«Gib mal deinen Perso, Lisa.»

«Was redest du denn da?»

«Einen Augenblick», sage ich zu der Frau hinter dem Schalter und wende mich Lisa zu.

«Du machst Urlaub, meine Liebe, und zwar jetzt und mit mir. Es ist alles organisiert.»

Marlene tritt auf. «Tag, Lisa, hier ist dein Gepäck. Gib mir doch bitte deinen Autoschlüssel.»

Der Rucksack gehört Marlene. Die Sachen darin sind Lisas. Ich hab sie vorgestern zusammengepackt, als Lisa bei der Arbeit war. Den Schlüssel zu ihrem Haus hatte ich von Jan. Und bis eben habe ich gebetet, dass Lisa nicht ausgerechnet eines der Kleidungsstücke vermissen würde, die ich eingepackt habe. Aber zum Glück ist sie ja nicht die ordentlichste von allen. Und die meisten der Sachen kann sie um diese Jahreszeit in Deutschland ohnehin nicht tragen.

«Was, wie? Spinnt ihr?»

«Geht das da vorn auch mal weiter?», nörgelt es von hinten.

«Wenn Sie erst noch diskutieren wollen, dann machen Sie bitte Platz für andere Reisende.» Der Ton der Schalterdame ist deutlich abgekühlt.

«Nein, nein, wir diskutieren nicht.»

Lisa ist so perplex, dass ich ihr problemlos ihre Tasche aus der Hand nehmen kann. Der Ausweis steckt im Portemonnaie. Ich reiche ihn weiter und drücke Lisa ihre Tasche wieder in die Hand. Marlene wuchtet die beiden Rucksäcke auf das

Gepäckband. Ja, auch ich habe mir einen Rucksack zugelegt. Es ist nicht meine Art, denselben Fehler zweimal zu machen. Marlene bekommt den Autoschlüssel.

«Danke dir, ich melde mich, sobald wir da sind.»

«War mir ein Vergnügen. Viel Erfolg euch beiden und eine tolle Zeit.» Sie umarmt mich, winkt Lisa zu und entschwindet mit wehendem schwarzem Wollmantel und knallroten Schnürstiefeln im Gewühl der Abflughalle.

«Bitte sehr, die Ausweise und Ihre Bordkarten. Guten Flug.»

«Danke.»

Lisa steht da wie schockgefrostet. Ich muss sie förmlich vom Schalter wegschieben.

«Aber die Kinder!», bringt sie schließlich hervor.

«Sind versorgt. Komm, lass uns was trinken, ich erkläre dir alles.»

«Ich glaub das nicht!» In Anbetracht ihres Schocks habe ich für Lisa zum Kaffee einen Cognac bestellt (über das Thema Alkohol am Vormittag kann ich später immer noch mit ihr sprechen), und so langsam beruhigt sie sich.

«Sag das noch mal.»

«Jan hat Urlaub genommen. Es war gar nicht so schwer, ihn von der Idee zu überzeugen.» Das ist zwar glatt gelogen, dient aber der guten Sache. Um genau zu sein, hat er erst nachgegeben, als ich ihm von den vielen Pikkoloflaschen erzählt habe. Erstaunlich leicht war es dagegen, das Okay von Sebastian zu bekommen. «Alles, was du willst. Hauptsache, du kommst bald wieder», hat er gestöhnt. Läuft wohl nicht so gut in der Agentur ohne mich. Ich habe ihm nichts versprochen. Das ist einer der Punkte, über die ich auf der Insel nachdenken will. Für Lisa habe ich eine Vertretung organisiert. Weil sie ihren

Urlaub im Herbst Sebastian zuliebe abgebrochen hat, konnte er nicht groß etwas dagegen sagen. Außerdem ist im Moment in der Firma nicht allzu viel los.

«Und deine Schwester ist auf Stand-by, falls es Probleme gibt.»

«Du hast die Kobra da mit reingezogen?» Lisas Ton ist scharf.

«Nein, das war Jan.»

«Die Wege des Herrn sind unergründlich», murmelt Lisa und sagt dann laut: «Du meinst es sicher gut, Juliane, aber ich stehe jetzt auf und gehe.»

«Die Chance hast du mir im Oktober nicht gelassen.»

«Das lässt sich wohl kaum vergleichen.»

«Nein?»

«Nein. Hör mal, Finn hat diese Woche eine schwere Mathe-Klausur, der lernt garantiert nicht dafür, wenn ich ihm nicht auf die Finger gucke, und Emma – ich kann doch mein Baby nicht einfach so allein lassen!»

«Dein Baby ist fast sechs und mitnichten allein. Mein Gott, Lisa, wann hast du zuletzt nur an dich gedacht? Und ich rede jetzt nicht von einem Abend beim Italiener. Wenn du immer nur für die Familie und für andere da bist, ist es doch kein Wunder, wenn deine Ehe dabei vor die Hunde geht.»

«Bodo! Ich hab morgen für ihn einen Tierarzttermin.»

«Lisa!»

Unser Flug wird aufgerufen.

«Wir müssen zum Gate. Nun komm schon.»

Sie zögert immer noch. Wo bleibt denn die SMS von Jan? Er hat es doch versprochen.

Pling. Lisa zieht ihr Handy aus der Tasche und liest. Dann zieht sich ihr Mundwinkel ganz leicht nach oben. Noch ein bisschen weiter, und es wäre ein Lächeln. Was immer Jan geschrieben hat, es scheint zu wirken. Lisa nimmt den Rucksack auf.

«Wenn meinen Kindern was passiert, bring ich euch um.»

«Schon klar.»

«So hässlich hab ich das hier aber nicht in Erinnerung», sagt Lisa mit Blick auf die Hotelburgen, an denen wir auf dem Weg zum Hafen vorbeikommen. «Hat sich die Insel auch so verändert?»

«Kann ich nicht beurteilen, aber zumindest gibt es da keine Hochhäuser.» Inzwischen ist meine Laune nicht mehr die beste. Lisa hat schon während des gesamten Fluges gemault und in einer Tour von ihren Blagen geredet. Allmählich bekomme ich ein gewisses Verständnis für Jan. Wenn sie nicht bald mit dem Gejammer und Gemecker aufhört, bin ich hier diejenige, die einen Mord begeht. Von der Freude, die ich mir für sie erhofft hatte, ist nichts zu spüren.

Die Riemen des Rucksacks drücken unangenehm. So ein Rollkoffer hat doch Vorteile, jedenfalls hier am Fährhafen. Immerhin prickelt die Sonne angenehm auf meinen nackten Unterarmen, und die Duftmischung aus Salz und Fisch schmeckt nach Sommer. Eben sind wir an einer Apotheke vorbeigekommen, über deren Eingang rote Digitalziffern 21 Grad anzeigten. Lisa telefoniert mit Emma.

Erst als wir schon auf der Fähre sind und der Fahrtwind durch Lisas Locken fährt, sehe ich sie zum ersten Mal heute wirklich lächeln.

«So richtig glaube ich immer noch nicht, dass ich hier bin. Wo wohnen wir eigentlich? In dieser WG, in der du im Oktober warst?»

«Nein, im Hotel. Bei Jacinta war nichts frei. Aber ich kann dir das Haus zeigen. Ist nicht weit weg von Thomas' Laden.»

«Weiß er, dass wir kommen?»

«Thomas? Nein.»

Aber Chris.

Das ist doch wohl ein Witz. Die haben den Weg von der Bushaltestelle in den Ort asphaltiert. Und damit nicht genug: Auf einem neu angelegten Parkplatz nah der Bushaltestelle wartet eine ganze Reihe von Taxen. Weshalb ich schon fünfzehn Minuten später mit Sportschuhen an den Füßen, dem unhandlichen Rucksack auf dem Rücken und roten Ohren das einzige Hotel des Ortes betrete. Ein Hotel mit vier Sternen, wohlgemerkt, und einer äußerst eleganten Lobby. Sehnsüchtig denke ich an meinen Hosenanzug und die hochhackigen Stiefeletten zu Hause in meinem Schrank, während mein Blick an einem Wasserspiel entlanggleitet, das in der Mitte des Raumes vor sich hin plätschert. Cremefarbene Sitzgelegenheiten stehen an den Wänden, dazwischen mit kleinen weißen Steinen ausgelegte Pflanzkästen, aus denen Zierpalmen ragen. Am Ende des sicher zwanzig Meter langen lichtdurchfluteten Raumes schimmert eine Rezeption aus Edelholz. Die Rezeptionistin lächelt uns entgegen. Falls sie ein Problem mit Rucksacktouristen hat, lässt sie es sich nicht anmerken.

«Bisschen schick hier für meinen Geschmack», flüstert Lisa, als wir auf die dunkelhaarige Schönheit zugehen, deren Haar zu einem strengen Knoten aufgesteckt ist.

«Wenn dir das hier nicht passt, geh doch zu Thomas. Vielleicht ist seine verwanzte Matratze gerade frei», zische ich zurück. Auf keinen Fall werde ich Lisa sagen, dass ich mich selbst nicht so wohl fühle, wie ich sollte. Schließlich entspricht alles hier meinem Stil, und genau deshalb habe ich das Hotel gebucht. Entweder Jacinta oder etwas auf andere Weise Vertrautes, habe ich mir gedacht. Zum Beispiel ein Vier-Sterne-Hotel. Leider habe ich nicht einen Gedanken daran verschwendet, wie es sich anfühlen würde, im Backpacker-Outfit die Lobby zu durchqueren. Ein Punkt mehr auf der Liste der Merkwürdigkeiten im aktuellen Leben der Juliane R.

Lisa sagt erst einmal nichts mehr.

Auch als ich mein Zimmer betrete, muss ich unweigerlich an mein hellblaues Bett aus Schmiedeeisen und den winzigen Blumenbalkon bei Señora Jacinta denken. Wie im Internet versprochen, ist das Zimmer hell und elegant eingerichtet, verfügt über einen direkten Zugang zum Garten und über ein in weißem Marmor gehaltenes Bad.

Nebenan höre ich Lisa ihre Terrassentür aufschieben und öffne auch meine. Zusammen blicken wir auf den zwischen hochstämmigen Palmen liegenden Pool. Er besteht aus mehreren miteinander verbundenen Becken mit geschwungenen Linien und erinnert mich an verlaufene hellblaue Tinte. Auf der breiten Umrandung aus hellgrauem Gestein stehen vereinzelt weiße Sonnenliegen. Zwei Hotelgäste ziehen ihre Bahnen. Einige der Liegen sind belegt. Zu hören ist nichts als Vogelgezwitscher. Ich schnuppere, und meine Nase nimmt den Duft von Sonnencreme auf.

«Es gibt auch einen Wellnessbereich, im Zimmer liegt ein Prospekt», sagt Lisa. «Mit Massage und allem. Vielleicht gefällt's mir hier doch. Gehen wir was trinken?»

«In zehn Minuten in der Lobby?»

«Okay, bis gleich.»

Ich tausche die Turnschuhe gegen Ballerinas, ziehe mir eine weiße Bluse an, die locker über meine graublaue Leinenhose fällt, stecke die Haare hoch, frische mein Make-up auf und greife nach dem leichten, weiten Kurzmantel, den ich mir kürzlich gekauft habe. Der soll mir auch dann noch passen, wenn Hope mich ordnungsgemäß zu einem Ballon verformt. Ein schneller Blick in den Spiegel. Alles gut. Jetzt fühle ich mich der Edel-Lobby gewachsen.

Lisa trägt das grüne Kleid aus Viskose, das ich ihr eingepackt habe. Es hat einen weitschwingenden Rock und ein schmales Oberteil. Ihre mittelbraunen Locken hat sie zu einem Pferdeschwanz gebunden und sich die Wimpern getuscht. Über ihrem Arm hängt eine weiße Strickjacke. Jung sieht sie aus. Hätte sie nicht diese Schatten unter den Augen, könnte ich fast vergessen, dass ich eine erschöpfte Dreifachmutter in der Ehekrise vor mir habe. Als wir aus dem Hotel kommen, steht die Sonne schon tief.

«Willst du zum Hafen?», frage ich Lisa, aber sie schüttelt den Kopf.

«Lieber morgen. Ich muss erst einmal verdauen, dass ich überhaupt hier bin. Und ein paar Fragen an dich hab ich auch.»

Wir gehen in Richtung Strand, landen in einer kleinen Bar mit Blick aufs Meer. Ich bestelle Wasser, Lisa will Sangria.

«Also, was hast du dir dabei gedacht?»

«Das hab ich dir doch schon gesagt. Du brauchst mal Abstand von der Familie und Zeit zum Nachdenken. Zeit, dich zu erholen.»

«Juliane Richter als Samariterin? Warum kann ich das nicht glauben?»

«Weil du diese Rolle für dich gepachtet hast?»

«Haha.»

«Die Idee ist eigentlich gar nicht von mir, sondern von Marlene.»

«Und wie habt ihr Jan dazu gebracht, ja zu sagen? Ich kenne meinen Mann. Einfach so reicht der nicht kurzfristig Urlaub ein. Weiß er überhaupt, in welchem Luxustempel wir abgestiegen sind? Das kostet doch ein Vermögen.»

«Er macht sich eben Sorgen um dich. So wie ich auch.»

«Pfff. Erst abhauen und sich dann Sorgen machen. Das hab ich gern. Der hat wohl eher ein schlechtes Gewissen. Und völlig zu Recht. Ich denke, ich werde mich täglich massieren lassen. Soll er ruhig aus dem Stuhl kippen, wenn er die Rechnung sieht. Wie lange hab ich eigentlich Urlaub?»

Sie schenkt sich Sangria nach. Dies wäre vielleicht der Moment, mit ihr über ihren Alkoholkonsum zu sprechen. Oder über die Möglichkeit, dass sie an ihrer Ehekrise womöglich nicht ganz unschuldig ist. Andererseits sind wir gerade erst angekommen. Den ersten Abend will ich ihr nicht verderben. Also sage ich: «Drei Wochen», und wechsle das Thema. «Und um der Wahrheit die Ehre zu geben: Dich mitzunehmen war nicht ganz uneigennützig. Ich könnte deine Hilfe gut brauchen, wenn ich nach Mr. Unbekannt suche. Vor allem aber in dem Fall, dass ich ihn finde.»

«Wann und wie willst du anfangen?»

Ich ziehe meine Liste aus der Tasche. «Morgen treffe ich Chris. Er wohnt zwar nicht mehr hier im Tal, aber er kennt ziemlich viele Leute. Dann muss ich natürlich ins Buena Vista, da hab ich Mr. Unbekannt mehrmals gesehen. Und mit Thomas möchte ich auch sprechen, der kommt mit seinen Ohrringen ja ziemlich viel rum. Um dich zu zitieren: Er kennt hier jeden Stein persönlich. Na ja, danach kämen dann Deutsche dran, die vermieten. Ich habe mir im Internet verschiedene Adressen herausgesucht.»

«Wieso Deutsche? Was, wenn er Schwede ist und bei Spaniern wohnt?»

Ich kann gut verstehen, dass Lisa so zweifelnd guckt. Das Projekt Erzeuger-Suche steht zweifelsohne unter dem Titel Stochern im Nebel, egal was für Listen ich schreibe. Die Chancen, meinen namenlosen Lover zu finden, sind gleich null. Ich weiß es ja selbst.

«Spanisch spreche ich nicht. Bei den beiden Supermärkten könnten wir noch fragen, da wird Deutsch gesprochen.»

«Hört sich ja schwer nach Urlaub und Zeit zum Nachdenken für mich an.» Sie grinst und hebt ihr Glas.

«Ich erwarte natürlich nicht, dass du die ganze Zeit an meiner Seite bist. Morgen fahre ich erst einmal zu Chris, und du hast den Tag für dich.»

«Das könnte dir so passen. Deinen Ami guck ich mir an.»

Da fällt mir noch etwas ein. «Apropos angucken.» Wieder greife ich in meine Tasche. «Ich hab ein Phantombild von Mr. Unbekannt gemacht. Im Netz gibt es dafür ein Programm. Leider nur in Schwarz-Weiß. Es sieht natürlich nicht genauso aus wie er. Aber eine gewisse Ähnlichkeit ist da.» Von Hand habe ich dem Langhaarigen auf dem Bild ein Stirnband aufgemalt und mein Werk ein paarmal kopiert. Auch wenn ich mir dabei albern vorgekommen bin.

«Du hast mit Winnetou geschlafen?»

«Vergiss es, war eine dumme Idee.»

Genauso wie der Sangria für Lisa. Sie ist bereits bei ihrem dritten Glas.

«Hihi, wahrscheinlich haben ihm die Kiowas die Zunge rausgeschnitten.»

Ich bedenke sie mit meinem bösesten Blick.

«Ist ja schon gut. Wenn man auf so was steht, ist er ganz attraktiv.» Lisa rülpst. «Ups.»

Ich stecke das Bild wieder weg.

«Wir sollten mal sehen, dass wir etwas in den Magen bekommen.»

Später, in meinem breiten Bett mit der sandfarbenen Batist-Bettwäsche, streichle ich meine Hope-Wölbung und denke überflüssige Gedanken. Wer jetzt wohl in meinem Himmelbett bei Señora Jacinta liegt? Jemand, der die Magie der Insel fühlt? Ich fühle sie nicht, nicht hier.

Schon merkwürdig. Als ich das erste Mal auf die Insel kam, wollte ich genau die Umgebung, in der ich nun bin. Und jetzt – jetzt wünsche ich mir statt feinem Marmor ein Gemeinschaftsbad und anstelle der wohlerzogenen, gutsituierten Menschen, zwischen denen wir eben im Hotelrestaurant gegessen haben, Esoterik-Nelly, meinen Fußspezialisten und sogar ein bisschen Stinker-Thomas zurück. Ist wohl nicht so leicht, es mir recht zu machen. Nicht mal für mich selbst. Ich wackle mit den Zehen und denke an mein Treffen morgen mit Chris. Bilde ich mir das ein, oder klopft mein Herz ein bisschen schneller?

19

Niederträchtige Wesen

Lisa

Durch die Terrassentür scheint Mondlicht und lässt mein grünes Kleid, das auf einem Sessel neben dem Bett liegt, richtig edel schimmern. Edel ist ein Wort, das ich im Zusammenhang mit mir oder meiner Garderobe sonst eher nicht verwende. Wie auch? Nebenbei bemerkt habe ich dieses Kleid auch ewig nicht angehabt, viel zu empfindlich. Ich hatte seine Existenz schon fast vergessen. Wann hab ich mir das eigentlich gekauft? Vor sechs Jahren? Richtig, kurz bevor ich mit Emma schwanger geworden bin. Da haben Jan und ich uns ein langes Wochenende ohne Kinder in Prag gegönnt. Erstaunlich, dass ich in das Kleid überhaupt noch reinpasse. Liegt wahrscheinlich an meiner Trennungsdiät. Ist ja auch egal.

Eben im Restaurant, da haben mir mindestens drei Männer hinterhergeguckt, als ich kurz zur Toilette gegangen bin. Hab ich genau gemerkt. Und die Frau von dem einen – so ein Anwaltstyp mit randloser Brille und Polohemd – hat ein Gesicht gemacht, als hätte sie gerade auf eine Zitrone gebissen. Zu schade, dass Jan das nicht sehen konnte. Gar kein schlechtes Gefühl, mal wieder als Frau wahrgenommen zu werden. Wirklich gar nicht schlecht. Das Essen war auch ziemlich gut, Gambas mit Safran-Tomaten-Mojo und Süßkartoffelpüree. Blöd war nur, dass Juliane immer so einen verkniffenen Zug um den Mund bekam, wenn ich mir Wein nachgeschenkt hab. Ich versteh sie ja. Ist schon doof, wenn man selbst nichts trinken darf. Ich war immerhin dreimal schwanger, ich weiß, wovon ich rede. Aber da muss sie durch. Wenn ich schon hier bin, will ich es auch genießen. Da werde ich ganz sicher nicht aus lauter Frauensolidarität Wasser trinken.

Juliane gibt mir echt Rätsel auf. Allein dieses Komplott, das sie geschmiedet hat, um mich mitzunehmen. Hätte ich ihr im Leben nicht zugetraut. Und dann diese Suche nach dem Winnetou-Verschnitt, der sie geschwängert hat, also wirklich! Juliane, die Königin der Sachlichkeit, muss doch wissen, wie unwahrscheinlich es ist, den Kerl aufzutreiben. Der kann sonst wo sein. Sie hat «so ein Gefühl», dass er auf der Insel ist, hat sie gesagt. Nichts gegen Gefühle, aber ich bin eine Juliane gewohnt, die zuerst ihren Kopf einschaltet. Und wie sie mich heute angezickt hat, unglaublich. Wäre ich nicht so ein ausgeglichener Mensch, hätte ich echt sauer werden können. Aber das machen die Schwangerschaftshormone, diese niederträchtigen Wesen. Die haben mich auch jedes Mal fertiggemacht. Von depressiv bis aggressiv war alles drin.

Verdammt, ich bin überhaupt nicht müde.

In der Minibar findet sich neben diversen Schnäpsen und Säften auch eine winzige Flasche Wein. Ein gepolstertes Holzkästchen über der Bar beherbergt Gläser. Fein. Ich ziehe mir die Strickjacke über den Schlafanzug und schiebe leise die Tür zum Garten auf. Juliane muss mich ja nicht unbedingt hören.

Auf dem Boden des Pools glitzern lauter kleine Lichter. Sieht aus, als wären die Sterne ins Wasser gefallen. Ganz schön schön. Mit meinem Glas setze ich mich auf eine der Liegen. Die Luft ist frisch, aber nicht kalt. Ob ich mir meine Decke hole und hier draußen schlafe? Damals, als ich das erste Mal auf der Insel war, hab ich oft am Strand geschlafen. Allerdings war ich da auch nicht Ende dreißig, hatte drei Kinder und eine Neigung zu Blasenentzündungen. Na und, Lisa, scheiß drauf. Sei doch endlich mal wieder unvernünftig.

Leises Kichern und Tuscheln unterbricht meine Gedanken. Mist, da kommen Leute in den Garten. Ein Pärchen, ziemlich verliebt, würde ich sagen. Und plötzlich, ich weiß auch nicht, warum, laufen mir Tränen über die Wangen. Schnell räume ich die Liege und gehe zurück in mein Zimmer. Wein mag ich jetzt auch nicht mehr.

Ein hartes Klopfen an der Tür weckt mich.

«Lisa? Wenn du mit zu Chris willst, musst du aufstehen.»

Julianes Stimme klingt, als hätte sie schon zwanzig Energieriegel gefrühstückt. Fürchterlich wach.

«Komme gleich», rufe ich mit rauer Stimme zurück. Wasser, ich brauche Wasser. Und Aspirin. Mindestens zwei. Und Kaffee. Und eine Dusche. Und einen anderen Kopf.

Die Aspirintabletten habe ich in der Handtasche, den Kaffee gibt es im Frühstücksraum. Juliane war schon am Buffet, und angesichts der Mengen auf ihrem Teller ist fraglich, ob für mich und die anderen Gäste noch was übrig ist. Wie macht sie das nur? Sie isst und isst und wird einfach nicht dicker, man sieht noch nicht mal einen Babybauch. Dafür hat sie rosige Wangen und glänzende Augen. Kurz: Sie sieht unverschämt gut aus.

«Morgen, hast du nicht gut geschlafen?»

«Ging so. Da hat die halbe Nacht ein Pärchen im Garten rumgemacht.» Von den Träumen, die mich in Wahrheit gequält haben, sage ich ihr nichts. In einem hatte Emma die Hauptrolle. Sie lag in einer Blutlache in einem Wald, die rotblonden Locken, das Kleidchen, alles blutverklebt. Und ich konnte sie nicht erreichen, weil sich eine Scheibe aus Panzerglas vor mich schob, sobald ich einen Schritt auf sie zumachte. Hoffentlich werde ich dieses schreckliche Traumbild wieder los.

«Tatsächlich? Ich habe nichts gehört und geschlafen wie ein Stein.»

«Schön für dich.»

Der Kaffee hilft. Als wir eine halbe Stunde später im Bus sitzen, fühle ich mich schon wieder einigermaßen lebendig. Die Landschaft ist noch genauso atemberaubend wie vor knapp zwanzig Jahren. Das war sie gestern, als wir hier entlanggefahren sind, natürlich auch, aber gestern war mein Kopf noch in Köln. Jetzt dagegen … Wie hieß doch gleich der Kerl, mit dem ich die Wanderung durch den Lorbeerwald gemacht habe, bei der wir uns verlaufen haben? Das muss hier irgendwo in der Nähe gewesen sein. Klaus? Nein, Klaus war der, mit dem ich nach der Fete am Strand –

«Hier irgendwo hab ich ihn auch gesehen. Als ich mit Chris hier langgefahren bin, da stand er plötzlich am Straßenrand. Aber vielleicht hab ich mir das auch nur eingebildet.»

«Wer jetzt?»

«Na, der Erzeuger.» Juliane seufzt und starrt aus dem Busfenster, als würde Mr. Unbekannt in den nächsten Sekunden hirschmäßig aus dem Unterholz hervorbrechen. Ist das ein sehnsüchtiger Ausdruck in ihrem Gesicht? Schon möglich. Ich habe ja eh so meine Zweifel, dass sie den Kindsvater nur sucht, um ihrem Nachwuchs auf Nachfrage einen Namen liefern zu können. So egal, wie sie behauptet, wird ihr der Mann kaum sein, mit dem sie sich eine Nacht im nassen Sand gewälzt hat. Juliane ist doch gar nicht so gestrickt. Wahrscheinlich heult sie sich schon seit Monaten vor lauter Sehnsucht heimlich die Augen aus dem Kopf und will es sich nur nicht eingestehen. Andererseits bekommt sie auch immer einen ganz weichen Blick, wenn sie von diesem Chris spricht, den wir gleich treffen. Auf den bin ich echt gespannt.

Ein kurzes Brummen ertönt. Eine SMS. Juliane und ich greifen gleichzeitig nach unseren Taschen. In meinem Kopf schrillen sofort Alarmglocken, und die Traumbilder der vergangenen Nacht laufen in allen blutigen Einzelheiten über eine Leinwand in meinem Hirn. «Es ist meins.» Juliane zeigt mir ihr Handy, sie hat das gleiche wie ich. Sie liest und wird blass.

«Was ist denn los? Schlechte Nachrichten?»

«Dieser Idiot!»

«Wer denn?»

«Sebastian, wer sonst? Diese alte Tratschtante.» Sie gibt mir das Handy.

«Das sind ja interessante Neuigkeiten», lese ich, «meinen Glückwunsch, Alex.»

«Ja, und? Irgendwann hätte er es doch sowieso erfahren.»

«Ja, vielleicht. Aber eben irgendwann. Und nicht ausgerechnet von Sebastian.»

«Ich seh nicht, was das für einen Unterschied macht. Was regst du dich denn so auf?»

«Ach, ich … ich weiß auch nicht.»

Sie ist nicht mehr blass, sondern tomatenrot.

«Du bist doch durch mit Alex, oder?»

«Ja, sicher. Hab ewig nicht an ihn gedacht.»

Ihre Gesichtsfarbe normalisiert sich.

«Die Hormone, du weißt schon, im Moment reagiere ich auf alles Mögliche schrecklich emotional. Neulich habe ich mitten auf der Straße einen Heulkrampf gekriegt, weil mein alter Nachbar ohne seinen Hund spazieren gegangen ist und so einsam aussah.» Sie selbst sieht aus, als wolle sie jetzt gleich noch mal in Tränen ausbrechen.

Ich tätschle ihre Hand.

«Das ist völlig normal, meine Liebe, das bleibt noch eine Weile so. Als ich mit Ole schwanger war, hab ich schon geheult, wenn im Fernsehen der Bergdoktor lief, und zwar bei jeder einzelnen Folge. Weißt du eigentlich schon, wo du entbinden willst?»

«Ich weiß ja noch nicht mal, wo ich wohnen will.»

Jetzt heult sie tatsächlich.

20

Sahnestück

Juliane

Na prima, denke ich, als ich in meinen Handspiegel schaue. Genauso wollte ich aussehen, wenn ich Chris wiedersehe: fleckige Haut und rote Augen, verschönt durch verschmierte Reste dunkelbrauner Wimperntusche. Vielen Dank auch, Sebastian. Gerade erreichen wir den Busbahnhof. Ich hab jetzt keine Zeit, mir auszumalen, was genau er Alex erzählt haben mag und was der jetzt von mir denkt.

«Lisa, ich muss mich irgendwo renovieren.»

«Besser wär's», sagt sie trocken.

Die Hauptstadt der Insel ist eher ein Hauptdorf, und wir brauchen nicht lange, um zu einem der kleinen Plätze mit Cafés im Zentrum zu kommen. Mit Chris bin ich in der Nähe des Hafens verabredet, der ist auch nur zehn Minuten weiter weg.

«Hier hat sich erstaunlich wenig verändert, nur die Palmen sind höher», sagt Lisa, «und es gibt ein paar mehr Geschäfte.» Sie lässt ihre Tasche auf einen leeren Plastikstuhl vor dem Café Ramón fallen. «Haben wir noch Zeit für ein Getränk?»

Ich sehe auf meine Uhr. «Für ein schnelles. Bestellst du mir bitte ein Wasser? Bin gleich wieder da.»

Während meiner Wiederherstellung in der winzigen Waschnische vor der Toilette des Cafés frage ich mich kurz, was Lisa sich wohl bestellt. Es ist später Vormittag. Als ich zurück auf den Platz komme, nimmt sie gerade einen Schluck von einem frischgepressten Orangensaft.

«Den hätte ich vielleicht auch bestellen sollen, darf ich mal probieren?»

«Klar.»

Es ist wirklich nur Orangensaft. Vielleicht mache ich mir zu viele Sorgen.

«Und, aufgeregt?»

«Ein bisschen schon.»

Genau genommen fühle ich mich unsicher. Ich kenne Chris ja kaum. Was, wenn wir uns nichts zu sagen haben? Uns verlegen gegenüberstehen? Nur weil ich gern an die gemeinsamen Tage bei Jacinta zurückdenke, muss ihm das ja nicht genauso gehen. Als ich ihn vor ein paar Tagen angerufen und meinen Besuch angekündigt habe, war das Gespräch kurz, weil ich Chris unmittelbar vor einer Behandlung erwischt hatte. Aber er hat geklungen, als würde er sich freuen. Ich sollte wirklich damit aufhören, mir ständig so viele Gedanken zu machen. Die neue Juliane ist schließlich spontan und lässt die Dinge gelassen auf sich zukommen. Wenn es keinen Draht mehr zwischen Chris und mir gibt, dann frage ich eben, was ich zu fragen habe, und verschwinde wieder.

«Übrigens, Lisa, Chris weiß nichts von der Schwangerschaft. Muss er auch nicht.»

«Schämst du dich etwa?»

«Nein! Es ist nur ... Das geht ihn nichts an.»

Was ich nicht sage: Dies sind meine letzten Wochen als begehrenswerte Frau. Nicht mehr lange, bis ich nicht mehr prächtig (Alex, vor langer Zeit angesichts meines neuen Ballkleides), sondern trächtig aussehen werde, bis Männer meine Beine unter dem Bauch nicht mehr bemerken. Ich möchte meine momentane Optik noch uneingeschränkt genießen können. Und von Äußerlichkeiten einmal abgesehen – wie attraktiv ist eine Frau, die von einem anderen schwanger ist? Eben. Lisa würde das wahrscheinlich verstehen. Leider könnte sie aber auch den völlig falschen Schluss ziehen, ich würde ohne meine besonderen Umstände gern etwas mit Chris anfangen. Dabei will ich nichts anderes als mich reizvoll fühlen, solange es noch geht.

Lisa zuckt mit den Schultern und trinkt den letzten Schluck aus ihrem Glas. «Ist ja deine Sache. Aber wie willst du ihm dann erklären, warum du nach einem schönen Blonden mit Stirnband suchst?»

«Das lass mal meine Sorge sein. Ich geh schnell zahlen.»

«Hab ich schon erledigt.»

«Juliane! Du bist noch schöner, als isch disch in Erinnerung habe!» Sein Blick wandert für einen winzigen Moment von meinem Gesicht zu meinem Dekolleté. Und dann finde ich mich auch schon zwischen seinen starken Armen wieder, und mein Kinn drückt auf seine Brust. Lachend befreie ich mich aus der Umarmung. «Hey, Chris, es tut gut, dich zu sehen.» Und das stimmt. Sehr gut sogar. «Darf ich dir meine Freundin Lisa vorstellen?»

«Noch ein hinreißende Frau! Heute ist mein Glückstag!»

Ich hatte ganz vergessen, dass er zu platten Komplimenten neigt. Vor Lisa ist mir das tatsächlich ein wenig peinlich. Die aber kichert, als wäre sie siebzehn, und wirft ihr heute offenes Haar nach hinten. Also wirklich! Dann gibt sie ihm die Hand. Chris zieht auch sie an sich und gibt ihr links und rechts Küsschen.

«Darf isch die Damen zum Essen ausführen?»

Grinsend bietet er jeder von uns einen Ellbogen an. Der reinste Prince Charming, fehlt nur das wallende Blondhaar. Falls Chris enttäuscht ist, weil ich nicht allein bin, lässt er es sich jedenfalls nicht anmerken. Er wirkt rundum entspannt.

«Erzähl, wie läuft's im Health Center?»

«Gut, sehr gut. Wir haben reischlisch zu tun. Isch hab gerade noch meine Tuina-Ausbildung abgeschlossen und fang jetzt mit Akupunktur an. Wenn isch damit fertig bin, will ich mich selbstständisch machen.»

«Tuina?», fragt Lisa nach.

«Ein chinesische Heilmassage zum Lösen von Blockaden. Hast du Blockaden, schöne Frau? Dann kann isch dir helfen.»

«Och, die eine oder andere Blockade findet sich bestimmt.»

Schon wieder dieses Gekicher. Was läuft denn hier ab?

Er führt uns in ein schlichtes Restaurant mit regionaler Küche, empfiehlt uns gegrillten Fisch und bestellt dazu eine Flasche Weißwein sowie eine große Flasche Wasser ohne Kohlensäure. Während des Essens erzählt Chris von seinem Job, von Klienten und Kollegen. Lisa hängt förmlich an seinen Lippen und ist völlig fasziniert vom Thema «Geistiges Heilen». Angesichts des Tempos, mit dem sie ihren Wein vernichtet, muss ich mir mit aller Macht die Frage verkneifen, ob der Geistheiler im Health Center auch Suchtkrankheiten kuriert. Stattdessen frage ich Chris nach Estefan. Chris wohnt wieder mit ihm zusammen. Sie teilen sich ein kleines Haus hier am Ortsrand. Estefan arbeitet als DJ in einer Disco.

«Und du?», fragt er schließlich. «Wie ist es dir ergangen im kalten Deutschland? Hast du die Insel also doch vermisst. Oder vielleicht misch?» Wir sind inzwischen beim Kaffee.

«Manchmal schon», sage ich lächelnd. «Aber eigentlich bin ich aus beruflichen Gründen hier.» Lisa bekommt einen Schluckauf, und ich trete ihr unter dem Tisch leicht ans Schienbein.

«Weißt du, ich arbeite jetzt für eine Casting-Agentur.»

«Entschuldigt mich einen Moment.» Lisa entschwindet hicksend in Richtung der sanitären Anlagen. Sehr gut, es lügt sich deutlich entspannter, wenn neben mir niemand um Luft ringt.

«Wir suchen im Moment für einen Film einen ganz bestimmten Typen. Kantiges Kinn, langes glattes Haar, sehr helle blaue Augen. Blond. Aus der Kategorie unverbrauchter Naturbursche.»

Chris schaut mich zweifelnd an. «Ja, und?»

«Und das Verrückte ist: Genauso einen Mann, wie der Regisseur ihn sich vorstellt, hab ich im Oktober hier auf der Insel gesehen. Und jetzt geht mir das nicht aus dem Kopf. Also hab ich mir gedacht, ich verbinde das Angenehme» – ich schenke Chris mein breitestes Lächeln – «mit dem Nützlichen. Du kennst ihn nicht vielleicht?»

«Ist das der, nach dem du misch gefragt hast, als wir durch den Wald gefahren sind?»

«Ebender. Ich hab ihn danach noch mal in der Nähe des Buena Vista gesehen.»

«Und du meinst, er lebt hier?»

«Sicher bin ich nicht, aber ich glaub schon.»

«Hm. Langhaarige sind hier ja nischt gerade eine Seltenheit. Und Blauäugige auch nischt, bei den vielen Deutschen auf der Insel.»

«Er trug ein Stirnband.»

Chris runzelt die Stirn. Auch ohne zu lächeln, ähnelt er mehr denn je Bruce Willis.

«Tut mir leid, sagt mir nischts. Aber isch kann mich mal umhören.»

«Das wäre lieb.»

«Und wann kommst du zu mir auf die Liege?»

«Bitte?»

«Nach einem Vierteljahr im deutschen Stress bist du doch sischer schon wieder ganz verspannt.»

«Da könntest du recht haben. Meine Füße freuen sich schon.»

«Und der Rest von dir?» Er hält meinen Blick mit seinem fest.

«Störe ich?» Lisa lässt sich wieder auf ihren Stuhl fallen.

«Nein, gar nicht. Aber ich glaub, wir müssen los, sonst verpassen wir den Bus zurück.»

«Casting-Agentur, soso. Und da hab ich immer gedacht, deine Phantasie erschöpft sich im Zusammenstellen von teuren Buffets.»

«Du hast mir ja so manches nicht zugetraut.»

«Ich weiß. Also dieser Chris, das ist ja mal ein Sahnestück. An irgendwen erinnert der mich, ich versuch schon die ganze Zeit, draufzukommen.»

«Bruce Willis.»

«Ja, genau! In dem Film, wo er den Auftragsmörder spielt, der neben einem Zahnarzt wohnt. Wer hat denn da noch mal die durchgeknallte Arzthelferin gespielt?»

«Keine Ahnung.»

«Ist ja auch egal. Also dieser Chris ist jedenfalls so was von lecker. Da könnte frau glatt schwach werden.»

«Ja, das war nicht zu übersehen.»

«Oha, ist da etwa jemand eifersüchtig?»

«Kannst du bitte aufhören, Unsinn zu reden? Ich fand einfach nur peinlich, wie du ihn angeschmachtet hast.»

«Pfff.»

Soll sie doch beleidigt sein. Wenn das mit der Trinkerei so weitergeht, setze ich sie entweder persönlich auf Entzug, oder wir gehen getrennte Wege. Ja, ich weiß, dass ich hier vor gar nicht langer Zeit selbst ziemlich viel getrunken habe. Aber nicht so. Den Rest der Busfahrt verbringen wir schweigend. Die Luft zwischen uns ist immer noch dick, als wir am frühen Abend zum Strand am Hafen gehen.

Eine Stunde später ist mir völlig egal, was Lisa sagt oder nicht sagt. Was sie denkt. Was sie tut. Ob sie trinkt. Ich bin viel zu glücklich, um mich aufzuregen. Endlich kann ich sie wieder fühlen, die Magie der Insel. Meine Stimmung ist so rosig wie der Sonnenuntergang und so sanft wie die Klänge der Trommeln. Lisa neben mir lauscht mit geschlossenen Augen. Ich glaube, ihr geht es ähnlich. Ich hab die Schuhe ausgezogen und spiele mit den Zehen im feinen Sand, den das Meer zwischen die Steine gespült hat. Eines Tages, das gelobe ich mir feierlich, werde ich Hope hierherbringen. Nicht weit von uns trägt eine junge Frau ihr Baby im bunt gestreiften Tragetuch vor dem Bauch. Eine Hand umschmiegt schützend das Köpfchen. Langsam wiegt sie sich im Takt der Musik. Ob ich das auch machen werde in nicht allzu ferner Zeit? Vielleicht.

Können ein paar Trommeln und Meerwasserduft mich tatsächlich um Monate zurückversetzen? Scheint so. Fast erwarte ich, an der Palme vor dem «Buena Vista» einen schönen Blonden mit Stirnband lehnen zu sehen. Mein Rücken meldet einen Temperaturanstieg. Und das ganz ohne Wein. Und ohne schönen Blonden. Wir sind ja hier nicht im Märchen.

Nach zwei Stunden an der Bar und diversen Säften bin ich immer noch milde gestimmt. Lisa tanzt. Im Moment alleine. Eben noch hat sie mit einem Kerl mit Karohemd und Bart geschwoft, der gerade der kanadischen Wildnis entsprungen schien. Vielleicht musste er mal kurz raus, einen Bären erlegen. Inzwischen bin ich zu der Einsicht gekommen, dass meine Freundin schlicht und ergreifend ein Nachholbedürfnis hat. An Aufmerksamkeit, an Spaß. Sie hat Urlaub, sie will abfeiern. Soll sie doch. Ich selbst habe zu tun. Jeden Gast, der in den Laden kommt, frage ich nach Mr. Unbekannt. Bisher ohne Erfolg. Diesmal muss ich keine Lügengeschichten erzählen, kein Mensch wundert sich über meine Frage. Wer weiß, wie oft hier Frauen nach verschwundenen One-Night-Stands fahnden. Wobei ich den Grund meiner Suche natürlich nicht erwähne. Der Kellner ist nicht mehr derselbe wie damals und kennt auch niemanden, auf den meine Beschreibung passt.

Ich glaube, für heute reicht es. Ich geh zurück ins Hotel. Gerade will ich Lisa fragen, ob sie mitkommt oder bleiben will, da kommt noch ein Bärtiger durch die Tür. Dieser Bart ist im Gegensatz zu dem gepflegten Bewuchs des dunkelhaarigen Bärenfängers weißblond und verfilzt. Jeans mit Löchern, ein schmuddliges, zerknittertes Batikhemd. Unverkennbar Thomas. Hätte ich noch Zweifel, würden sie durch das Ohrringtablett beseitigt, das er in den Händen hält.

Ohne mich wiederzuerkennen, geht er schlingernden Schrittes direkt an mir vorbei zu dem Bereich seitlich der Tanzfläche, in dem die Tische stehen. «Thomas!» Die Musik ist zu laut. Wie üblich ist viel los im «Buena Vista». Ich dränge mich durch die Menschenmenge, bis ich ihn erreicht habe und ihm auf die Schulter klopfen kann. «Thomas!» Er dreht sich um, und ich kann zusehen, wie die Neuronen in seinem Hirn nach Verknüpfungen suchen. Endlich huscht ein Ausdruck des Erkennens über sein halb zugewachsenes Gesicht.

«Die Krampfkuh, na so was.»

Reizend.

«Guten Abend, Thomas», sage ich, als hätte ich nichts gehört.

«Willste Ohrringe kaufen?»

«Nein, danke. Ich bin übrigens mit Lisa hier.»

«Was 'n für 'ne Lisa?»

«Die Lisa, mit der du in Osnabrück mal zusammengewohnt hast.» Wieder darf ich seinen Nervenzellen bei der Arbeit zusehen.

«Und wo isse?»

Ich zeige auf die Tanzfläche, wo Lisa inzwischen mit einem schwarz gelockten Jüngling in eine Rumba vertieft ist. Glaube ich jedenfalls, dass das eine Rumba ist, ich kenne mich da nicht so aus. Thomas' Blick verliert sich in der Menge der Tanzenden. Warum hab ich ihn eigentlich angesprochen? Ich weiß doch, in welchem Zustand er um diese Zeit ist. «Wir kommen morgen mal bei dir vorbei, okay?»

«Klar. Muss dann mal. Das Geschäft, weißte?»

«Ja, ich weiß. Dann bis morgen.»

Lisa kommt von der Tanzfläche auf mich zu.

«Boah, ich brauche ein Wasser.» Gemeinsam gehen wir an

die Theke zurück. «Mit wem hast du denn da eben gesprochen?»

«Hast du ihn nicht erkannt? Das war Thomas.» Sie schaut hinüber zu den Tischen und mustert ihn mit einem erschrockenen Blick in den Augen.

«DAS ist Thomas?»

«Jep.»

Lisa rutscht von ihrem Barhocker.

«Ich will dir nicht reinreden, aber vielleicht wartest du besser bis morgen. Er ist ziemlich zu. Ich hab ihm gesagt, dass wir vorbeikommen.»

«Mann, ist das traurig.» Ein paar Minuten lang verfolgen wir noch mit, wie Thomas von Tisch zu Tisch zieht, ohne etwas zu verkaufen, dann machen wir uns auf den Weg ins Hotel. Kurz bleibt mein Blick an der Palme hängen, und ich kann mir ein Seufzen nicht verkneifen.

«Thomas hatte mal echt Geld, weißt du? Seine Eltern sind tödlich verunglückt, da war er dreiundzwanzig. Damals hat er sein Erbe versilbert, ist hierhergezogen und hat das Haus und den Laden gekauft. Für sich und seine große Liebe Norbi. Was da wohl schiefgelaufen ist?»

«Vielleicht erfährst du das ja morgen.»

21

Alle guten Geister

Lisa

War diese elende Treppe vor zwanzig Jahren auch schon so steil? Ich komme mir vor wie eine Achtzigjährige. Wenn ich wieder zu Hause bin, melde ich mich im Fitnesscenter an, ich schwöre. Der Muskelkater, den ich vom Tanzen gestern habe, ist auch nicht von schlechten Eltern. Neben mir schnauft Juliane. Sehr tröstlich. Oben angekommen, bleiben wir erst einmal stehen und blicken zurück. Die Aussicht über das gesamte Tal aufs Meer ist wirklich phantastisch. Hier habe ich damals schon oft gestanden. Allerdings nicht, um Luft zu holen. «Wer hat noch behauptet, Alter sei irrelevant?»

«Es sei denn, du bist eine Flasche Wein. Joan Collins.»

Immer wieder verblüffend, was Juliane sich alles merken kann.

«Die würde auch nicht zu Fuß so eine Treppe hochlaufen. Die würde sich tragen lassen.»

«Wie sieht's aus, alte Frau, wollen wir weiter?» Juliane grinst. Seit gestern Abend ist sie wie ausgewechselt. Dieses leicht

Zickige, Verkniffene, das sie seit unserem Abflug immer mal wieder an den Tag gelegt hat, ist weg. Jedenfalls im Moment.

«Das ist es! Ein Traum, oder?» Juliane kriegt ganz leuchtende Augen, als wir am Ende einer Sackgasse vor einem schmalen, zweistöckigen Haus mit hellblauen Fensterläden ankommen. Es hat eine Veranda mit schmiedeeisernem Geländer und einen Rosenbogen über einer breiten Steintreppe. «Im Oktober haben die noch geblüht», sagt Juliane mit einem verträumten Lächeln im Gesicht.

«Ja, sehr hübsch», sage ich und denke: Frische Farbe wäre nicht schlecht. Der Charme des weißen Häuschens ist gelinde gesagt verwittert. Juliane scheint das gar nicht zu sehen. Sie zieht mich an der Hand ein Stück weiter, bis ans Ende der Straße. Von hier aus sieht man die Seite des Hauses. «Schau, da oben, der kleine Balkon mit den vielen Blumen, das war meiner. Wirklich schade, dass ich dir das Zimmer nicht zeigen kann.»

Mein Bedauern hält sich in Grenzen. Mir wäre lieb, wenn wir jetzt zu Thomas gingen. Der geht mir überhaupt nicht mehr aus dem Kopf. Gestern Nacht sah er aus wie ein Penner. Juliane hatte mir ja erzählt, dass er trinkt, aber ich habe mir nicht vorstellen können, dass er so fertig ist.

«Ja, sehr. Du, ich würde jetzt wirklich gern …»

«Ja klar, da geht's lang.»

Es sind nur drei Gassen, dann sind wir bei Thomas' Laden. Der ist geschlossen. Ich schaue auf meine Uhr. Kurz vor zwölf. Noch ein bisschen früh für die Siesta. Juliane schaut mich an und zieht die Schultern hoch. In ihren Augen lese ich: «Ich hab's dir doch gesagt.» Ich gehe an ihr vorbei zur anderen Seite des Hauses, biege in den schmalen Weg, der am Haus entlang zur Terrasse und zum Eingang der Wohnung führt.

Diesen Weg bin ich vor Jahren fast jeden Tag entlanggegangen. Alte Bilder steigen in mir auf wie Bläschen im Sektglas. Bilder von einem strahlenden jungen Thomas, der händchenhaltend mit Norbi auf seiner riesigen Terrasse sitzt. Von uns dreien, wie wir ziemlich bekifft in der kleinen Küche Nudeln kochen wollen und es ewig nicht gebacken kriegen, einen Topf auf den Herd zu stellen, weil wir ständig lachen müssen. Juliane klopft schon an die Tür.

«Thomas!»

Nach mehrmaligem Hämmern rührt sich was. Schließlich steht Thomas uns gegenüber. Sein Gestank haut mich fast um. Er riecht, als hätte er tagelang nicht geduscht, und wenn doch, dann in Bier. Eklig.

«Hi, Thomas, ich bin's, Lisa. Erinnerst du dich an mich?»

Seinem verhangenen Blick nach zu urteilen, erinnert er sich im Moment nicht mal an sich selbst.

«Dürfen wir reinkommen?»

Er zuckt mit den Schultern, geht in die Wohnung und lässt die Tür offen. Juliane und ich sehen uns kurz an und gehen ihm nach. Oha. Und ich dachte, Juliane mit ihrem Sauberkeitsfimmel hätte übertrieben. Im Bad rauscht die Klospülung.

«Vielleicht warten wir besser draußen auf der Terrasse?»

Früher standen hier Töpfe mit Pflanzen in allen Farben des Regenbogens. Jetzt stehen da Töpfe mit Pflanzen in allen Stadien des Vertrocknens. Geschockt lasse ich mich auf das einzige Möbelstück fallen, eine breite Liege mit dicker Matratze. Juliane setzt sich neben mich. «Schon schlimm, was Alkohol aus einem Menschen machen kann.»

Ich kann nur nicken. Und an meinen Altglaskorb zu Hause denken. Kein schöner Gedanke. Wieder schaue ich zu den Blumenleichen. «Norbi ist der totale Pflanzenfreak», erzähle ich

Juliane. «Und er malt. Seine Pastelle von den Blumen der Insel hingen damals in diversen Galerien.» Unweigerlich geht mein Blick nach oben. Dort hatte Norbi sein Atelier. Eine schmale Treppe führt hinauf. Der Raum auf dem Dach mit seinen riesigen Fenstern war der Hauptgrund dafür, dass Thomas sich für dieses Haus entschieden hat. Und die Terrasse natürlich. Von der Liege aus kann man das Atelier nicht sehen, nur die Brüstung des Daches. Damals hab ich oft im Atelier übernachtet.

«Wollt ihr auch Kaffee?»

Thomas hat tatsächlich geduscht und erinnert jetzt etwas mehr an den Mann, den ich mal kannte.

«Ja, gerne.» Er verschwindet wieder im Haus.

Ich wüsste zu gern, was aus Norbi geworden ist. Auch wenn es mich genau genommen nichts angeht. Immerhin hab ich mich fast zwanzig Jahre nicht gemeldet. Da hab ich jetzt wohl kaum das Recht, Thomas eine derart persönliche Frage zu stellen. Das wäre alles andere als feinfühlig.

Thomas platziert ein Tablett mit drei fast sauberen Tassen, Kaffee und Zucker auf dem kleinen Tisch neben der Liege und setzt sich vor uns auf den Boden.

«Was macht denn Norbi? Wann habt ihr euch getrennt?»

Besonders feinfühlig war ich halt noch nie.

Thomas' verwittertes Gesicht verfällt vor unseren Augen noch ein bisschen mehr. War eben noch etwas Lebendigkeit in seinem Blick, dann ist sie jetzt wieder verschwunden. Mit leeren Augen starrt er vor sich hin.

«Norbi ist tot.»

Ach du Scheiße. Warum kann ich denn auch nicht meine große Klappe halten? Ich könnte mich ohrfeigen.

«Oh Thomas, wie furchtbar!»

«Ein Tauchunfall, vor drei Jahren, niemand weiß genau, was passiert ist», sagt er mit tonloser Stimme. «Er ist allein runter und nicht wieder aufgetaucht. Sie haben ihn erst Tage später gefunden.»

Ich hocke mich neben ihn auf den Boden und nehme ihn in die Arme. «Das tut mir so leid.» Er schüttelt mich ab.

«Schon okay.»

Ich setze mich wieder zu Juliane auf die Liege. Sie murmelt «Mein Beileid» und schaut mich hilflos an. Ich weiß auch nicht, was ich noch sagen soll.

Einige Minuten vergehen, ohne dass einer von uns spricht.

«Und, was treibt dich mal wieder her? Warst ja verdammt lange weg», bricht Thomas das Schweigen.

«Ich brauchte mal ein bisschen Abstand. Weißt du, ich bin inzwischen verheiratet und hab drei Kinder.»

Jetzt lächelt Thomas sogar. «Guck mal einer an, der heiße Feger ist solide geworden.»

«Kann man wohl sagen. Darf ich dich noch was fragen?»

«Nur zu.»

«Könnte ich mir das Atelier noch mal ansehen?»

Juliane stößt mir ihren Ellbogen in die Seite. Egal, ich kann ihr jetzt nicht erklären, warum ich da hoch will.

«Von mir aus. Ist nicht abgeschlossen.»

«Komm mit.» Juliane guckt mich an, als hätte ich den Verstand verloren, steht aber auf. Thomas rührt sich nicht.

«Hast du den Verstand verloren? Da kannst du ihm ja gleich ein Messer in die Wunde rammen», zetert sie, kaum dass wir die Treppe hinaufgegangen sind. «Du siehst doch wohl, dass der Mann überhaupt nicht mit seiner Trauer klarkommt. Und da willst du dir noch mal das Atelier von diesem Norbi angucken, als wären wir hier bei einer Hausbesichtigung? Also wirklich! Ich schäme mich in Grund und Boden.»

Erst als wir in dem gut dreißig Quadratmeter großen Raum stehen und der Staub um uns herumwirbelt, antworte ich ihr.

«Ich wollte mit dir reden. Und sehen, ob man hier oben noch schlafen kann.»

«Was?»

Da steht noch immer die Staffelei. Norbi hat eine Frangipani-Blüte skizziert. Mir steigen die Tränen in die Augen. An den Wänden hängen fertige Aquarelle. Und das breite Bett, in dem ich so viele Nächte verbracht habe, ist auch noch da. Genauso wie die Couch, die man zu einem zweiten Bett ausziehen kann, die elektrische Kochplatte mit dem Teekessel und der Kleiderständer aus Großmutters Zeiten. Dann gibt es noch einen Schaukelstuhl, den ich nicht kenne, und ein Glasregal neueren Datums, auf dem Malutensilien liegen. In einer Ecke lehnen zwei Klappstühle. Wenn der Staub nicht wäre, könnte man glauben, Norbi sei nur kurz einen Kaffee trinken gegangen. Ich schlucke meine Tränen herunter. Heulen hilft hier niemandem.

«Ein paar Stunden Arbeit, dann ist das okay.»

«Du bist wirklich von allen guten Geistern verlassen.»

«Kann sein. Tatsache ist: Ich lasse Thomas nicht so weitermachen. Ich bleibe hier. Und ich will, dass du Chris anrufst.»

«Chris? Was hat der damit zu tun?»

«Thomas braucht Hilfe, sonst geht er zugrunde. Und in diesem Center, in dem Chris arbeitet, gibt es Therapeuten.»

«Lisa, das ist nicht dein Bier.»

«Was für ein passender Vergleich.»

«Das ist mal wieder typisch, meine Liebe, anstatt dich mit

deinen eigenen Problemen auseinanderzusetzen, willst du dich um die von anderen kümmern.»

«Wer sagt, dass das eine das andere ausschließt?»

«Darf ich dich darauf aufmerksam machen, dass Thomas dich nicht um deine Hilfe gebeten hat?»

«Und ich dich nicht um deine.»

Thomas hockt nach wie vor auf dem Boden und starrt vor sich hin.

«Hör mal, Thomas, ich hab da eine Idee. Was hältst du davon, wenn ich mich für die nächsten zwei Wochen im Atelier einmiete? Ich hoffe, du findest das nicht pietätlos, aber weißt du, ich hab einfach das Gefühl, dass ich hier, wo ich mich früher so wohl gefühlt hab, mit mir ins Reine kommen kann. Um ehrlich zu sein, hab ich gerade ein paar Probleme.»

Keine Reaktion.

«Vierzig Euro pro Nacht? Wäre das in Ordnung? Ich mach auch selbst sauber.»

Als ich das Geld erwähne, flackert es in seinen großen grauen Augen. Er deutet mit dem Kinn auf Juliane. «Und was ist mir ihr? Wenn die auch oben schläft, will ich fünfzig.»

Ich sehe Juliane an.

«Also gut», seufzt sie, «von mir aus.»

22

Grüne Sonne

Juliane

Zu Hause in meiner Badewanne hab ich mir ja so manches ausgemalt. Lisa und ich zusammen am Strand, im Wellnessbereich, bei einem schönen Minztee ins Gespräch vertieft, gemeinsam ihre Probleme lösend. Lisa, die mit strahlendem Gesicht auf mich zukommt und ruft: «Ich hab ihn gefunden!» Ein Bild von Lisa und mir mit Wischeimer und Feudel im Atelier eines verstorbenen Künstlers war nicht dabei. Was mache ich hier eigentlich? Ich sollte von Café zu Café, von Vermieter zu Vermieter ziehen und nach dem Erzeuger meiner Leibesfrucht fahnden. Bisher habe ich noch nicht einmal Thomas fragen können. Denn Thomas ist auf der Flucht. Vor Lisas Putzwut. Sie hat ihm erklärt, dass wir ohne Grundreinigung unmöglich Küche und Bad benutzen können. Lisa und Putzwut. In einem Satz. Die Überraschungen nehmen wirklich kein Ende. Vermutlich bereut Thomas seine Zustimmung bereits aus tiefstem Herzen

«Die Maschine müsste durch sein, ich hänge mal schnell die Wäsche auf.»

Ich bleibe allein in dem inzwischen sauberen Raum zurück, in dem wir nun also gemeinsam wohnen werden. Gerne gebe ich es nicht zu, aber der Gedanke gefällt mir von Minute zu Minute besser. Im Herbst habe ich nicht mal bemerkt, dass es diesen Aufbau auf dem Dach gibt. Ich schiebe die nun blanken großen Fenster auf. Sie reichen fast bis zum Boden. Hier oben habe ich das verrückte Gefühl, den Himmel berühren zu können. Tief unten branden Wellen an Felsen, wiegen sich Palmblätter im milden Wind. Weit weg am Horizont gleitet ein Segelboot über das Meer. Versonnen stehe ich einen Moment lang einfach nur still, atme tief ein und spüre, wie ich ganz ruhig werde. Schade, dass du das nicht sehen kannst, mein Kind. Noch nicht.

Unter mir auf der Terrasse scheppert es. Lisa flucht.

«Alles okay bei dir?»

«Ja, ich hab nur den blöden Eimer mit dem Wischwasser umgestoßen.»

Natürlich ist es völlig ausgeschlossen, dass Lisa in etwas mehr als zwei Wochen aus Thomas einen neuen Menschen macht. Aber wie könnte ausgerechnet ich ihr einen Mangel an Realitätssinn vorwerfen? Ich starre auf das kristallblaue Meer. Wo bist du? Wie kann ich dich finden?

Lisa kommt die schmale Treppe herauf.

«Na, wenn das mal kein tiefer Seufzer war.»

«Lisa, sind wir beide verrückt?»

«Kann schon sein. Na und?»

Sie lässt sich auf das Sofa fallen. «Ich hab gerade die letzte Wäsche angestellt. Jetzt noch die Küche, dann Pflanzen besorgen, und wir haben's.»

«Pflanzen? Übertreibst du nicht ein bisschen?»

«Ganz oder gar nicht. So bin ich nun mal.»

Wir verbringen noch eine Nacht im Hotel und essen auch dort. Keine von uns hat nach dem Putzmarathon noch die Energie, in ein anderes Restaurant zu gehen.

«Und, ist zu Hause alles in Ordnung?» Lisa hat eben in ihrem Zimmer mit Köln telefoniert.

«Scheint so. Ole hat Schiss vor seiner Klausur morgen.»

«Oh, hat er sich herabgelassen, persönlich mit dir zu sprechen?» Lisa hat mir inzwischen erzählt, wie ihre Söhne auf Jans Auszug reagiert haben.

Sie grinst. «In der Tat. Ist vielleicht doch nicht so toll, allein mit dem Helden-Vater.»

«Und was sagt Jan?»

Ihr Gesicht verschließt sich. «Mit Jan hab ich nicht geredet.»

«Du, Lisa ...»

«Lass gut sein, Juliane, heute nicht. Ich bin total kaputt und will einfach nur essen und ins Bett.»

«Okay», sage ich und denke im Stillen: Lange kommst du mir nicht mehr davon.

«Hast du eigentlich Chris erreicht?», fragt Lisa.

«Schon. Aber er meint, Thomas muss schon selbst eine Therapie wollen. Wir können nichts für ihn vereinbaren.»

«Wie doof ist das denn?»

«Das ist nicht doof, sondern richtig. Im Grunde genommen hätte ich dir das auch sagen können.»

«Dann werde ich Thomas eben überzeugen.»

Sicher. Und die Sonne ist ab morgen grün.

«Übrigens hat Chris angeboten, unsere Behandlungstermine übermorgen zu uns zu verlegen. Er will hier im Tal Flyer verteilen, sagt er.»

«Super. Ehrlich gesagt finde ich es eh ziemlich schwachsinnig, wegen einer Massage zweieinhalb Stunden im Bus zu sitzen. Selbst wenn der Masseur ein Sahnestück ist.»

Erst als ich im Bett liege, fällt mir auf, dass sie nur Wasser getrunken hat.

Wir lassen einen Hotelpagen die Rucksäcke zum Taxi bringen. Ein letztes bisschen Luxus. Leider weigert sich der Taxifahrer, sie für uns die Treppe hochzutragen. Ich weiß nicht, wie es Lisa geht, aber mein Rucksack wird auf jeder der einhundertzweiundsiebzig Stufen schwerer. Immer noch besser als ein Rollkoffer, rufe ich mir in Erinnerung, als wir schließlich oben sind und über das Natursteinpflaster wieder zu Thomas gehen.

«Was soll der Scheiß?»

Wenn das kein netter Empfang ist! Thomas steht auf der Straße. In einem sauberen T-Shirt über einer ebenfalls frischen Schlafanzughose, wie ich bemerken möchte. Nachdem Lisa gestern den gesamten Inhalt seines Kleiderschranks gewaschen hat, ist das natürlich nicht allzu verwunderlich. Mag sein, dass ihm die fremdverordnete Reinheit auf die Laune schlägt. Ganz sicher ärgert er sich über die diversen Plastiktöpfe voll blühender Pflanzen samt zwei Säcken Blumenerde vor seinem Eingang. Die Gärtnerei, bei der wir gestern kurz vor Ladenschluss noch waren, hat offensichtlich schon geliefert. Seinem Gesichtsausdruck nach zu urteilen, hegt unser Gastgeber Foltergedanken.

«Guten Morgen, Thomas! Wir können doch auf einer Blumeninsel keinen Urlaub ohne Blumen machen, das wirst du sicher einsehen.» Lisa lächelt strahlend. «Ist unser Begrüßungsgeschenk. Fasst du mal mit an?» Sie greift sich zwei Blumentöpfe und marschiert Richtung Terrasse. Thomas' Laune ignoriert sie einfach. Ob man das im Umgang mit pubertierenden Söhnen lernt? Ich tue es ihr nach. Kurz darauf erscheint auch Thomas mit Pflanzen auf der Terrasse. Unter Knurren holt er nach und nach auch den Rest. Lisa zwinkert mir zu. «Machst du uns bitte Kaffee?» Und an Thomas gerichtet: «Wo ist denn deine Schubkarre?»

Als ich mit dem Kaffeetablett wieder auf die Terrasse komme, traue ich meinen Augen nicht. Einträchtig kippen die beiden die vertrockneten Pflanzen aus ihren Kübeln und bepflanzen die Kübel neu. Ich kann mich gerade noch davon abhalten, in den Himmel zu schauen und die Farbe der Sonne zu überprüfen.

Eine halbe Stunde später habe ich, so gut es ging, meine Sachen ausgepackt. Zwei Kleider und drei Blusen hängen am Kleiderständer, die Schuhe stehen in der Ecke, in der vorher die Klappstühle lehnten. Die Stühle habe ich aufgeklappt, die können wir als Nachttische benutzen. Alles andere muss im Rucksack bleiben. Ich begebe mich wieder zu den beiden Hobbygärtnern.

«Lisa, wenn du nichts dagegen hast, gehe ich in den Ort, ein bisschen rumfragen. Dann kann ich auf dem Rückweg gleich noch für heute Abend einkaufen.»

«Klar, bis nachher.»

In meinem ganzen Leben bin ich mir noch nicht so lächerlich vorgekommen. Ich, Juliane Richter, achtunddreißig Jahre alt, beruflich erfolgreich und demnächst mit großer Verantwortung für ein kleines Leben, spreche bei vollem Tageslicht fremde Menschen an und frage nach einem Blonden mit sehr hellen blauen Augen, langen Haaren sowie einem Stirnband. Vorgestern Abend, nach der Musik zum Sonnenuntergang im schummrigen Licht des «Buena Vista», war das irgendwie leichter. Heute fühle ich mich, als hätte man mich in einen besonders schlechten Roman versetzt. Und ich fürchte, allen, die ich frage, geht es ähnlich. Mehrmals habe ich den Eindruck, mein jeweiliges Gegenüber würde sich am liebsten an die Stirn tippen. Nach zwei Stunden halte ich die Peinlichkeit nicht mehr aus. Ein frischgepresster Orangensaft in einer kleinen Kneipe am Hafen ist jetzt genau das Richtige.

«Spendierste mir ´n Bier?» Der Junge, der mich anspricht, ist höchstens dreiundzwanzig. Ich schüttele den Kopf und sehe ihm nach. Mit hängenden Schultern und Hosen schlurft er wie ein alter Mann zum nächsten besetzten Tisch. Was, wenn mein eigenes Kind so endet? Das arme vaterlose Ding? Denn vaterlos wird es wohl bleiben. Sorry, Hope, aber diese entwürdigende Fragerei tue ich mir nicht länger an. Ich werde noch mit Thomas reden, dann ist Schluss. Ich selbst bin schließlich auch ohne Vater ausgekommen, jedenfalls die meiste Zeit. Aber du weißt immerhin, dass er Gert Richter heißt und aus Essen stammt. Du weißt, wann er Geburtstag hat. Wenn du wolltest, könntest du ihn wahrscheinlich finden. Ruhe jetzt! Ich will diese Stimme in meinem Kopf nicht mehr hören. Ich will einfach nur in Ruhe meinen Saft trinken und dem Betrieb am Hafen zusehen. Es ist ein kleiner Hafen. Ein, zwei Segelboote dümpeln an ihren Festmachern, dazu Fischerboote, einige offensichtlich sehr alt, aus Holz und bunt angemalt. Auf der Mole sitzen Fischer und flicken Netze. Das Bild hat etwas Friedliches. Gerade steuert ein weiterer Segler die Hafeneinfahrt an, ich kann sehen, dass die Segel eingerollt werden. Vielleicht ist es das Boot, das ich vor ein paar Stunden am Horizont gesehen habe. Es muss schön sein, da draußen auf dem Wasser, nur mit Wind und Wellen um sich herum. Vielleicht kann ich zusammen mit Lisa einen Tagestörn machen. Eben erst bin ich an einem Werbeschild vorbeigekommen. Im Moment erscheint mir alles reizvoller als meine idiotische Suche.

Am Abend sitzen wir auf Thomas' Terrasse. Die Blüten in den Kübeln duften und leuchten im letzten Sonnenlicht des Tages. Lisa und ich haben den Tisch und die Stühle aus der Küche geholt. Thomas glänzt durch Abwesenheit. Schinken, Tomaten, Käse, Oliven und Baguettes sind hübsch auf einem angeschlagenen Keramikteller angerichtet. Für Lisa habe ich einen Rioja gekauft. Sie lässt den Wein im Glas kreisen. Ein Sonnenstrahl bringt sein Rubinrot zum Schimmern. Ich muss lächeln. Ohne darüber nachzudenken, habe ich exakt die gleichen Lebensmittel eingekauft wie für meinen ersten Abend bei Señora Jacinta. Damals, als ich noch nicht wusste, wie sehr mein Leben aus den Fugen geraten würde.

«Kommt Thomas noch?»

«Glaub ich eher nicht, der macht seine Tour.»

«Und? Enttäuscht, Mutter Teresa?»

«Ach Quatsch. Ist doch erst der erste Tag. Und wir haben heute lange über Norbi geredet. Ich glaub, das hat ihm gutgetan. Reden hilft.»

Während des Essens hängt jede von uns ihren eigenen Gedanken nach. Meine kreisen um Chris. Wahrscheinlich weil ich eben an die Zeit in unserer kleinen WG zurückgedacht habe. Morgen sehe ich ihn wieder. Ein wohliges Gefühl von Vorfreude breitet sich in mir aus.

«An wen denkst du?»

«Wieso?»

«Du lächelst so versonnen.»

«Ich hab an meinen ersten Abend bei Señora Jacinta gedacht. Da habe ich genau das Gleiche gegessen wie wir jetzt. Wenn ich damals brav auf meinem Balkon geblieben wäre, könnte ich jetzt mit dir Wein trinken.»

«Dann wärst du jetzt gar nicht hier.»

«Auch wahr.»

«Bereust du's manchmal?»

«Was?»

«Dass du dich für das Kind entschieden hast?»

«Nicht ernsthaft. Frag mich noch mal, wenn ich in den Wehen liege. Davor graust mir jetzt schon.»

Wir grinsen uns an. Lisa schenkt sich ein zweites Glas ein.

«Wenn reden hilft, warum redest du dann nicht?»

«Hm?»

«Du hast gesagt, reden hilft. Aber du redest nicht mit Jan. Und mit mir redest du nicht über Jan beziehungsweise über Jan und dich. Warum? Was ist daran so schwer?»

Sie antwortet nicht sofort. Als sie es dann tut, spricht sie so leise, dass ich sie kaum verstehe.

«Du weißt nicht, wie das ist.»

Genauso leise frage ich nach: «Wie was ist?»

«Wenn man versagt hat.»

Ihr Satz hängt schwer in der lauen Luft. Ich warte ab, ob sie weiterspricht. Ein paar Minuten vergehen.

«Ich wollte so gern alles richtig machen. Ein großes Haus mit Garten haben, Kinder, Tiere. Eine gute Mutter sein, eine tolle Ehefrau und trotzdem den Beruf nicht ganz aufgeben. Ich hab's halt nicht gepackt. Und das ist ein beschissenes Gefühl.»

«Erstens sehe ich nicht, dass du versagt hast, und zweitens musst du dir nicht die Schuld an allem geben.»

«Tut Jan doch auch.»

«Woher willst du das wissen? Auf mich hat er neulich einen sehr unglücklichen Eindruck gemacht. Und er hat nicht ein schlechtes Wort über dich verloren.»

Das stimmt sogar. Und ich glaube, wenn er nicht noch Gefühle für Lisa hätte, säße sie jetzt nicht hier, während er die Kinder hütet. Gesagt hat er nichts dergleichen. Jan und ich haben kein besonders enges Verhältnis. Und ich denke, er nimmt mir übel, dass sein Freund Alex jetzt in Nürnberg lebt.

«Darf ich ehrlich sein?»

«Nur zu.»

«Ich denke, dass du zu lange die Augen zugemacht hast vor euren Problemen. Dich lieber in alle möglichen Aktivitäten gestürzt hast, als dir einzugestehen, dass zwischen euch ernsthaft was nicht stimmt.»

Es ist, als hätte ich gar nichts gesagt.

«Du wirst schon noch dahinterkommen, wie es ist, wenn du kaum noch ein Auge zukriegst, weil dein Kind wahlweise schreit, kotzt oder gestillt werden muss und du nur noch eins willst: schlafen.» Plötzlich lacht sie auf. «Aber wenigstens hast du dann keinen Mann, der auch nur eins im Sinn hat, nämlich Sex.»

«Lisa, Emma kommt bald in die Schule.»

«Ja, und seit sie auf der Welt ist, läuft zwischen Jan und mir fast gar nichts mehr. Und wenn doch was läuft, dann ist es eine kurze Nummer, von der ich rein gar nichts habe, weil Jan schneller kommt, als du hallo sagen kannst.»

Oh. «Und, äh, wieso?»

«Wieso was?»

«Na ja, wieso habt ihr so selten, äh, Sex?»

«Weil die Lust nach fast zwanzig Jahren auf der Strecke bleibt? Weil ich im Bett darüber nachdenke, ob Finn für den nächsten Tag sein Sportzeug eingepackt hat? Oder einfach nur froh bin, dass ich überhaupt liegen und die Augen zumachen kann? Was weiß ich? Mein Gott, Juliane, ich hab nun mal einen ziemlich vollen Tag, da bin ich abends als Sexy Hexi eine glatte Fehlbesetzung.»

«Vielleicht ist das Paket, das du zu stemmen versuchst, eine Nummer zu groß für dich.»

«Was soll ich denn tun? Den Hund schlachten? Das Haus abfackeln? Den Job aufgeben, der mich für ein paar Stunden in der Woche was anderes erleben lässt als die Familie?»

«Eine Putzhilfe einstellen. Jan in die Hausarbeit einbinden. Die Kinder in die Verantwortung nehmen, wenigstens für die Tiere. Und dafür sorgen, dass ihr zu zweit etwas unternehmt, du und Jan. Erzähl mir nicht, das ginge nicht. Natürlich geht das. Sekt am Vormittag hilft jedenfalls nicht.»

«Ja klar, alles eine Frage des Managements. Das kann auch nur von dir kommen. Egal, jetzt ist es sowieso zu spät.»

«Unsinn.»

«Jan ist weg, schon vergessen?»

«Er ist nicht weg, Lisa. Und das weißt du. Er sitzt in einem möblierten Apartment und wartet doch nur darauf, dass du auf ihn zugehst. Das sagt mir mein Gefühl.»

«Ganz schön gesprächig zurzeit, dein Gefühl. Hab gar nicht mehr daran gedacht, dass du seit neustem Emotionsspezialistin bist. Nicht zu vergessen deine umfangreiche Erfahrung in Sachen erfolgreiche Beziehung.»

Autsch.

«Warum bitte schön sitzt du denn schwanger von Mr. Unbekannt auf dieser Insel statt mit Alex auf deinem Sofa in Köln? Erzähl DU mir nichts von der Liebe, Madame Oberschlau. Du hast doch keine Ahnung.»

«Angriff ist die beste Verteidigung, wie? Machst du das mit Jan auch so? Dann wundert mich nicht, wenn bei euren Gesprächen nur Zoff rauskommt.»

Lisa steht auf und geht ins Haus. Vielleicht muss sie pinkeln, vielleicht will sie mir ausweichen. Ich weiß es nicht. Aber ich weiß, dass niemand besonders glücklich ist, wenn man ihm eine Wahrheit ins Gesicht sagt, für die er noch nicht bereit ist. Das weiß ich sogar sehr gut. Während ich warte, ob sie zurückkommt, geht mir ihre Frage durch den Kopf: Warum habe ich Alex gehen lassen?

Lisa erscheint mit einem Windlicht. Keine Ahnung, wo sie das gefunden hat. Als sie die Kerze anzündet, höre ich mich sagen: «Weil ich zu große Angst hatte.» Erstaunt lausche ich dem Satz nach, und mir wird bewusst, dass er stimmt. Und dann erzähle ich Lisa von meiner Mutter.

23

Anderer Leute Leben

Lisa

Arme Juliane. So eine Kindheit wünscht man ja seinem ärgsten Feind nicht. Dagegen ist ein streng katholisches Elternhaus in Südoldenburg der reinste Spaziergang. Noch beim Abwaschen unseres Frühstücksgeschirrs am nächsten Morgen geht mir durch den Kopf, was sie mir am Abend erzählt hat. Wahrscheinlich ist es kein Wunder, dass sie es so mit Kontrolle hat und Veränderungen nicht ihr Ding sind. Aber wie sage ich immer: Das Schicksal mischt die Karten. Wie wir sie spielen, liegt an uns. Das hab ich auch zu Thomas gesagt. Der steht übrigens gerade unter der Dusche und das bereits um kurz nach neun. Wann und in welchem Zustand er nach Hause gekommen ist, kann ich nicht sagen, da habe ich schon geschlafen.

«Lisa! Chris ist da!»

Als ich auf die Terrasse komme, muss ich sofort wieder an die Sache mit dem Schicksal und den Karten denken und kann mir gerade noch ein lautes Lachen verbeißen. Sieht ganz so aus, als hätte Juliane heute Lust auf ein Spielchen. Sie redet mit dem Sahnestück und kann dabei die Hände nicht bei sich behalten, dreht mal die eine Haarsträhne um den Finger, mal die andere. Lächelt mit tausend Watt. Und gurrt! Ehrlich. Sie klingt wie eine kleine Taube. Was sie gerade zu Chris sagt, kann ich nicht verstehen. Das dürfte auch ziemlich egal sein.

«Hi, Chris.»

«Lisa! Welsch eine Freude!»

«Ganz meinerseits.»

Er trägt ein enganliegendes weißes T-Shirt zu einer locker sitzenden weißen Baumwollhose. Ganz der durchtrainierte Therapeut. Und sehr schön anzusehen, keine Frage.

«Welsche der Damen darf ich zuerst glücklisch machen?»

Wie der sich immer ausdrückt! In dem Punkt macht er nicht Bruce Willis Konkurrenz, sondern eher Sebastian. Aber wenn es dem Geschäft dienlich ist ... Ich möchte nicht wissen, wie viele Urlauberinnen er mit seinen Sprüchen schon auf die Massageliege gekriegt hat.

«Fang mal ruhig mit Juliane an, ich muss noch duschen.»

Und Juliane kann es offensichtlich kaum erwarten, sich in seine Hände zu begeben. Die beiden verschwinden nach oben. Ich hol mir noch einen Kaffee und setze mich auf die Liege.

«Haste für mich auch einen?»

Aha, offenbar ist das Bad jetzt frei. «Steht in der Küche.» Kommt ja gar nicht in die Tüte, dass ich hier für Thomas die Servicekraft gebe. Servicekraft bin ich schon zu Hause. Thomas kommt mit seinem Kaffee zurück.

«Du bist ja früh auf den Beinen.»

«Dachte, ich mach heute mal den Laden auf. Willste mitkommen?»

«Später gern, ich hab gleich noch eine Massage.» Ich deute mit dem Finger nach oben.

«Hier?»

«Ja, bei Chris. Er ist schon oben und behandelt Juliane. Kennst du den? Breite Schultern, Glatze und ein schiefes Grinsen?»

«Glaub nicht.»

«Vielleicht hat er gleich noch Zeit und behandelt dich auch.»

«Für so 'n Scheiß hab ich kein Geld.»

«Wie läuft denn der Laden inzwischen?»

«Geht so. Ging besser, als unten noch nicht so viele Klamottengeschäfte waren. Hier kommen ja nur noch die paar Touristen hoch, die das Dorf sehen wollen. Die meiste Kohle mach ich abends mit den Ohrringen. Ist aber auch nicht viel.»

Ich sage nicht, was ich denke: Es wäre sicher hilfreich, den Laden regelmäßig zu öffnen, wenn man was verkaufen will. Besser, ich gehe die Dinge langsam an.

«Ich komme nachher mal rüber.»

Über die Massage von Chris muss ich nicht viele Worte verlieren. Nur so viel: bitte mehr! Am liebsten täglich und für den Rest meines Lebens. Wenn ich mir dafür noch ein paar Blockaden zulegen muss, kein Thema, mach ich gern. Sahnestück ist echt fähig. Wenn ich auch nur halb so glücklich glühe wie Juliane nach ihrem Termin, sehe ich gerade ganz schön gut aus. Auf jeden Fall fühle ich mich so. Herrlich entspannt. Jetzt würde ich gern an den Strand gehen und mein Wohlfühlprogramm mit einem Bad im Meer abrunden. Leider zieht sich der Himmel zu. Und in den Laden muss ich auch noch. Chris ist noch auf einen Kaffee geblieben, will jetzt aber los, seine Flyer austragen. «Gib doch ein paar davon Thomas», schlage ich vor, «dann kann er sie bei seiner Ohrringtour mitverteilen.»

Thomas hat einen Kleiderständer mit Taschen und Hüten vor die «Tienda fantastica» gestellt. Angesichts der kaum noch lesbaren Schrift über der Tür so weit eine gute Idee. Allerdings sind die Sachen alle ziemlich angestaubt. Mutterseelenallein sitzt er hinter der Kasse und liest, als Juliane, Chris und ich den Laden betreten. Er guckt hoch, und ich sehe Leben in seinen traurigen Augen aufflackern. Offenbar hält er Chris für einen potenziellen Kunden.

«Thomas, das ist Chris, der Masseur, von dem ich dir erzählt habe. Er hat eine Bitte.» Ich drehe mich zu Chris um, der interessiert den Laden mustert. Als ich mich selbst umsehe, frage ich mich, was um Himmels willen hier sein Interesse findet. So eine Ansammlung von Ladenhütern hab ich ja noch nie gesehen. Ich könnte schwören, dass die Schaufensterpuppe in der Ecke neben der Tür noch dasselbe Kleid trägt wie bei meinem letzten Besuch hier.

«Chris?»

«Entschuldigung. Tag, Thomas.» Die Männer geben sich die Hand. Offensichtlich kennen sie sich wirklich nicht. Ich wundere mich. Schließlich hat Chris laut Juliane ein paar Wochen lang gleich um die Ecke gewohnt. Und das Dorf ist winzig. Wobei Thomas vor allem nachts unterwegs ist. Vielleicht sind sie sich deshalb nicht begegnet.

«Was für eine Bitte?»

Während die beiden miteinander reden, gehen Juliane und ich an den Regalen entlang. «Kein Wunder, dass der Laden nicht läuft», flüstere ich, «da ist ja die Kleiderkammer beim Roten Kreuz besser sortiert.»

«Und sauberer», flüstert sie zurück. «Aber komm bloß nicht auf den Gedanken, hier auch noch zu putzen.»

«Never ever.»

«Deal», hören wir Thomas sagen. Deal? Was für ein Deal? Chris legt einen Stapel Flyer auf den Ladentisch neben der alten Kasse. «Man sieht sich.»

Wir bringen ihn noch vor die Tür. «Dann noch einen tollen Tag, ihr zwei Schönen.» Er umarmt uns beide und geht Richtung Treppe. Wir haben noch einen sehr erfreulichen Blick auf seinen Knackarsch. Wir alle drei. Denn auch Thomas ist aus dem Laden gekommen und sieht Chris nach. Als ich mich zu ihm umdrehe, umspielt ein Lächeln seine Lippen.

Klick.

Ich denke an die Art, wie Chris mit Frauen spricht.

Klick.

Überhaupt die Art, wie er spricht. Nicht tuntig oder so, aber immer mit diesem Tick zu viel. Dann die Glatze und die definierten Oberarme. In Köln würde er in der Szene um die Kettengasse kein bisschen auffallen.

Thomas' Blick ist nach wie vor auf Chris gerichtet, der eben um die nächste Ecke biegt. Sebastian hat mir erzählt, die meisten Schwulen hätten sehr feine Antennen, wenn es gilt, Gleichgesinnte zu erkennen. Wie war noch gleich das Fachwort dafür? Gaydar, genau. Eine Mischung aus «Gay» und «Radar». Und ich würde mal sagen, Thomas' Radar hat eben ausgeschlagen. Heilige Scheiße.

«Ich geh nach oben und lege mich noch eine Stunde hin. Hab nicht so gut geschlafen letzte Nacht», sagt Juliane, die anscheinend nichts mitbekommen hat.

«Ist gut.»

Ich kann mich natürlich täuschen. Ich MÖCHTE mich täuschen. Neuen Kummer kann Juliane ganz sicher nicht brauchen. Wir haben gestern noch ziemlich lange geredet. Auch über Chris. Und sie hat gesagt, dass sie sich lange nicht mehr bei einem Mann so wohl gefühlt hat wie bei ihm. «Angenommen» und «aufgehoben» waren die Worte, die sie benutzt hat. Gut, sie hat nicht gesagt «verknallt». Allerdings ist das auch kein Wort, das sie benutzen würde. In Alex war sie damals eindeutig verknallt, keiner in der Firma konnte das übersehen, aber gesagt hätte sie das nie.

Thomas geht wieder in den Laden.

Natürlich würde ich ihm eine neue Liebe wünschen. Aber doch nicht ausgerechnet Chris! Andererseits: Wenn das Sahnestück tatsächlich vom anderen Ufer ist, kann Juliane ja eh nichts mit ihm anfangen. Und wenn er nun bi ist? Ach verflucht! Vielleicht sollte ich wirklich mal aufhören, mich um anderer Leute Leben zu kümmern. Ich hab ja schließlich selbst eine ziemlich große Baustelle. Ob Juliane recht hat? Mir geht nicht mehr aus dem Kopf, was sie über Jan gesagt hat. Ob er wirklich nur wartet, bis ich einen Schritt auf ihn zumache? Ob eine andere Struktur in unserem Alltag tatsächlich etwas zwischen uns verändern könnte?

«Lisa, kommst du mal?»

Thomas sitzt wieder auf dem Hocker hinter der Kasse.

«Sag mal, dieser Chris, du weißt nicht zufällig, ob der liiert ist?»

«Keine Ahnung, ich kenn ihn ja kaum. Apropos kennen – ist dir auf der Insel mal ein Typ mit langen blonden Haaren und Stirnband aufgefallen?

«Stirnband? So indianermäßig?»

«Mm. Aber mit sehr hellen blauen Augen.»

«Das ist Piet.»

24

Grüße vom Universum

Juliane

Lange kann ich noch nicht geschlafen haben, als Lisa ins Atelier stürzt und mich aus einem wirren Traum reißt, in dem Alex sich mit Chris prügelt, während ich auf einer Tribüne sitze, das Oberteil meines Hochzeitskleides öffne und mein Kind stille. Schon in der vergangenen Nacht hat sich Alex in meine Träume geschlichen, daran ist nur das Gespräch mit Lisa schuld.

«Juliane, wach auf! Thomas kennt Mr. Unbekannt.»

Im ersten Moment begreife ich gar nicht, was sie sagt.

«Meine Güte, Lisa, erschreck mich gefälligst nicht so. Ich hab keine Lust auf vorzeitige Wehen.»

«Verstehst du denn nicht? Thomas kennt einen Typen, der aussieht wie der Erzeuger!»

«Was?»

Keine fünf Minuten später stehe ich mit klopfendem Herzen im Laden. «Erzähl! Wo lebt er? Was macht er? Kann er sprechen?»

An einem anderen Tag, in einem anderen Leben fände

ich Thomas' Mienenspiel wahrscheinlich amüsant. Erschrecken, Verwirrung, Verstimmung – all das kann ich in seinem Gesicht lesen. Aber jetzt würde ich ihn am liebsten schütteln. «Nun sag schon!»

«Sie meint diesen Piet.»

Lisa ist nach mir in den Laden gekommen.

«Kann mir mal einer sagen, was an dem so wichtig ist?»

«Das geht dich nichts an.» Nun ist er offensichtlich auch noch beleidigt. Ruhig, Juliane, ruhig. So wird das nichts.

«Entschuldige, Thomas, das ist was Privates. Aber du würdest mir sehr helfen, wenn du mir sagst, was du über diesen Mann weißt. Bitte.»

«Frauen», sagt er kopfschüttelnd und fängt an, einen silbernen Ohrring zu polieren. Ich fange an, innerlich zu zählen, damit ich nicht ausraste. Endlich macht er den Mund auf.

«Piet taucht hier immer mal wieder mit seinem Boot auf. Holländer, hat schwer Schlag bei den Weibern. Mehr weiß ich auch nicht.»

«Hast du mal mit ihm gesprochen?»

«Nö. Ist nicht mein Typ.»

«Wieso kennst du dann seinen Namen?»

«Is 'n Kumpel von meinem Kumpel Käpt'n Armando. Der macht Chartertouren mit seinem Segler. Und manchmal springt der Piet als Skipper ein.»

«Weißt du, ob er jetzt auf der Insel ist?»

«Nö.»

«Danke, Thomas.»

Er zuckt mit den Schultern und poliert weiter.

Von den drei im Hafen vertäuten Segelbooten fährt keines unter niederländischer Flagge.

«Komm, lass uns erst einmal was essen.»

Bei Käsetoast und Salat in einem kleinen, spanisch geführten Café überlegen wir, was zu tun ist.

«Wir gehen zu diesem Käpt'n Armando und sagen, dass wir segeln wollen, aber nur mit Skipper Piet. So kriegen wir auf jeden Fall raus, ob er in nächster Zeit auf die Insel kommt.»

Lisas Vorschlag ist gut, keine Frage.

«Können wir morgen vielleicht machen.»

Ich weiß selbst nicht, warum ich plötzlich so zögerlich bin. Das Adrenalin hat mich im Rekordtempo zum Hafen getrieben. Und wenn da ein Boot mit passender Flagge und noch passenderem blondem Mann darauf gewesen wäre, dann hätte sich das Erzeuger-Thema vielleicht schon erledigt. Aber jetzt ... jetzt fühle ich mich wie kalt geduscht.

«Wieso morgen? Der Laden ist doch gleich um die Ecke.»

Ich hab mir so viele Gedanken über den Mann gemacht. Hab mich gefragt, ob er gestört ist. Oder ob er gute Gene weitergegeben hat. Ob er solide ist. Oder nur ein schöner Weiberheld. Ob er sich überhaupt an mich erinnert. Und nun, nun hab ich plötzlich Angst vor den Antworten. Unaussprechliche Angst. Lisa sieht mir in die Augen und sagt: «Komm, Schätzchen, jetzt wird nicht gekniffen.»

Die hundert Meter bis zu dem kleinen Ladenlokal von Käpt'n Armando kommen mir vor wie eine Marathonstrecke. Ein Glöckchen bimmelt, als Lisa die Tür aufdrückt. Wir betreten einen schmalen Raum, es riecht nach kaltem Zigarettenrauch. Ein Schreibtisch mit einem einfachen Holzstuhl davor, darauf ein Computer der älteren Generation und ein voller Aschenbecher, ein Regal mit einer einfachen Mini-Stereoanlage, daneben ein Funkgerät. An den Wänden Fotos mit Segelszenen. Boote, die durch Wellen pflügen, Frauen mit

Stringtangas, die ihre Hintern auf dem Deck eines Bootes in die Sonne halten, ein wettergegerbter Mann mit dunklen Haaren, Rauschebart und glücklichem Lachen am Steuerrad, Delfine vor einem Rumpf im hellblauen Wasser. Kein Bild vom Erzeuger.

Eine Tür führt in den hinteren Bereich des Ladens, wir hören Wasser rauschen. Dann steht Rauschebart persönlich vor uns, allerdings in einer silbergrauen Version. Ich schätze ihn auf mindestens sechzig.

«Was kann ich für Sie tun?», fragt er auf Deutsch mit starkem spanischem Akzent und reibt sich die Hände an den Jeans trocken. Lisa verliert keine Zeit.

«Wir möchten segeln. Mit Piet. Wann geht das?»

«Mit Piet, soso.» Er grinst. Anzüglich, wie ich finde. «Ja, der schöne Piet. Nur kann ich nicht sagen, wann der Kollege wieder auf die Insel kommt. War schon eine Weile nicht hier.»

«Ja dann», sage ich und will gehen.

«Aber Sie können ihn doch sicher erreichen?»

«Warum segeln Sie nicht einfach mit mir? Ich verspreche Ihnen ein großartiges Erlebnis. Die Wettervorhersage für morgen ist perfekt.»

«Nein, danke. Nichts gegen Sie», Lisa lächelt Armando strahlend an, «aber wir hätten nun mal gern Piet.»

Ich könnte vor Scham im Boden versinken. Der Mann muss uns ja für ein notgeiles Doppelpack halten.

«Dann haben wir wohl ein Problem.»

«Sehe ich nicht. Rufen Sie ihn an, fragen Sie ihn, ob er mit uns segeln will, und fertig.»

«Das geht nicht so ohne weiteres.»

Jetzt kommt es, denke ich. Man kann Piet nicht anrufen,

weil Piet nicht sprechen kann. Ich komme mir übrigens selbst gerade so vor, als hätte ich die Stimme verloren.

«Soweit ich weiß, wollte er eine größere Tour machen. Dadraußen gibt es keinen Handyempfang. Ich könnte es mal über Funk versuchen, aber das ist reine Glückssache.»

«Wir haben gerne Glück.» Noch ein breites Lächeln.

Der angegraute Segler zuckt mit den Schultern und geht zu dem Regal mit dem Funkgerät. Scheint ein ziemlich altes Stück zu sein. Ein lautes Klicken, als er es einschaltet, dann Rauschen. Armando hält sich ein kleines schwarzes Handmikrofon vor den Mund.

«Aurora, Aurora, Aurora, bitte kommen für Stützpunkt.»

Rauschen.

«Aurora, bitte kommen.»

Und dann ist plötzlich in dem Rauschen schwach eine Stimme zu hören. Seine Stimme! Mein Herz klopft.

«Hi, Käpt'n, was liegt an?» Er ist kaum zu verstehen.

«Hab hier zwei Mädchen für dich stehen. Wechsle zu Kanal 72.»

«Roger.»

Armando dreht an einem Knopf des Funkgerätes, und nach kurzer Unterbrechung dringt erneut die Stimme durch das Rauschen.

«Was für Mädchen?»

Armando dreht an einem anderen Knopf, und das Rauschen lässt nach. «Also, hier sind zwei hübsche Damen, die unbedingt mit dir segeln wollen. Wo bist du?»

«Knapp zwanzig Meilen vor eurer Küste, mit Kurs aufs Festland. Kenn ich die Ladys?» Piet hat einen tiefen, warmen Bass, ähnlich wie der Käpt'n. Und einen hübschen holländischen Akzent.

Armando schaut uns fragend an. Bevor Lisa antworten kann, finde ich meine Stimme wieder. «Er ist uns empfohlen worden.»

«Haste gehört?»

«Und wie lange?»

Armando gibt mir das Mikrophon.

«Wir hatten an einen Tagesausflug gedacht.»

«Nee, lass man, das lohnt sich nicht. Ich brauch mindestens sechs Stunden zu euch rein, und der Wind schläft gerade ein, wahrscheinlich muss ich gleich motoren. Zu viel Stress für die paar Euro.»

«Zwei Tage», höre ich mich sagen, «und ich zahle einen Bonus.» Unmöglich kann ich mir diese Chance jetzt entgehen lassen. Armando runzelt die Stirn und sieht mich mit einem merkwürdigen Blick an. Das ist mir so was von egal.

«Also gut, dann komm ich rein.»

Ich gebe das Mikrophon zurück. Die Männer fachsimplen noch kurz über die Wettervorhersage, dann hören wir «Over and out», und die Sache ist abgemacht.

«Morgen um 11 Uhr an der Mole. Die Aurora ist leicht zu erkennen, hat eine Sonne auf dem Bug. Die Gebühr zahlt ihr jetzt bei mir, das mit dem Bonus macht ihr direkt mit Piet klar.»

Um dreihundert Euro ärmer und um eine große Portion Aufregung reicher, stehen wir wieder auf der Straße. «Schicksal», sagt Lisa jetzt schon zum dritten Mal, «das ist Schicksal. Eine Sonne auf dem Bug! Das Universum hat dir was zu sagen.»

«Jetzt hör schon auf mit dem Unsinn, das war einfach Glück. Und wer weiß, was dabei rauskommt.» Mein frischer Mut will mich schon wieder verlassen. «Wir kennen den Mann doch gar nicht. Und dann zwei Tage auf dem Wasser. Da kann alles Mögliche passieren.»

«Du alte Unke. Das wird toll. Wo kann man schon einen intensiveren Eindruck von jemandem bekommen als auf so engem Raum? Und ich bin ja bei dir. Wobei ich dich um vornehme Zurückhaltung bitten möchte, falls du wieder spontan das Bedürfnis haben solltest, dir deine Sachen vom Leib zu reißen.»

Ich knuffe Lisa in die Seite und muss lachen.

«Versprochen. Und du versprichst mir, kein Wort über meine Schwangerschaft zu verlieren, okay?»

«Okay.»

«Ich will nur wissen, wer er ist, verstanden?»

«Ja doch!»

25

Fröhliche Kundschaft

Lisa

Schönheit liegt bekanntlich im Auge des Betrachters. Piet ist, nun ja, also ich würde mal sagen: interessant. Vielleicht, wenn er einen anständigen Kurzhaarschnitt hätte ... er wirkt irgendwie ein bisschen ... übrig geblieben. Nicht hässlich, wirklich nicht. Guter Körper. Gerade schleppt er eine schwere Seilrolle über das Deck und zeigt jede Menge Muskeln. Wie gesagt: interessant, aber nicht mein Typ. Um ehrlich zu sein, hätte ich auch nie gedacht, dass Juliane auf so einen stehen würde. Zumal er die fünfzig deutlich überschritten hat. Seine Augen habe ich allerdings noch nicht gesehen. Die sollen ja was ganz Besonderes sein. Im Moment stehe ich am Anfang des Steges und beobachte den Mann von weitem. Wieso muss ich ausgerechnet jetzt an diesen grässlichen Film mit Robert Redford denken, in dem sein Segelboot von einem Container gerammt wird? Wir sind noch nicht mal an Bord, und ich krieg schon Schiss. Und wo bleibt Juliane? Sie wollte nur noch schnell in die kleine Bar, in der wir gestern gegessen haben, um zu pinkeln. Die Nervosität, ist ja klar. Ich bin selbst ein bisschen zappelig. Piet verschwindet im Bauch des Schiffes. Ich drehe mich um und sehe Juliane auf mich zukommen. Sie ist ziemlich blass. Kein Wunder, die halbe Nacht habe ich sie sich im Bett herumwälzen hören. Viel kann sie nicht geschlafen haben.

«Dann mal los!» Es sind noch etwa zwanzig Meter bis zum Boot. «Jetzt komm schon, Juliane, wo ist denn deine Courage? Er sieht sehr ... nett aus, dein Piet.» Dann stehen wir an der Bordwand und stellen unsere Rucksäcke auf den Bootssteg. Ich klopfe an den Rumpf. «Piet?»

Sein blonder Kopf erscheint im Niedergang. Ein herzliches Lächeln, kleine Fältchen um die wirklich erstaunlich hellblauen Augen. Darüber ein Lederstirnband mit einem kleinen silbernen Adler in der Mitte.

«Lisa und Juliane, nehme ich an? Kommt an Bord!» Falls er Juliane erkennt, lässt er sich nichts anmerken.

Erst als ich schon über die Reling geklettert bin und ihm die Hand gebe, merke ich, dass Juliane sich nicht bewegt, und drehe mich zu ihr um. Sie starrt Piet an und schüttelt den Kopf, als müsste sie ein lästiges Insekt verscheuchen. Oder einen Gedanken. Kurz sieht es so aus, als wollte sie etwas sagen. Aber dann – was ist denn nur mit ihr los? – fängt sie an zu lachen. Und wie! Sie kriegt sich gar nicht wieder ein. Piet sieht erst sie an und dann, mit fragendem Blick, mich. Ich ziehe die Augenbrauen hoch und signalisiere: keine Ahnung. Endlich reißt Juliane sich zusammen. Immer noch glucksend kommt sie an Bord. «Hallo, ich bin Juliane.»

«Piet. Geht's wieder?»

«Ja, Entschuldigung.»

«Fröhliche Kundschaft ist immer schön», geht Piet elegant über Julianes seltsames Verhalten hinweg. «Also, Ladys, ich hab mir gedacht, wir segeln heute rüber zur nächsten Insel. Die ist unbewohnt, aber es gibt eine alte, leerstehende Thunfischfabrik. Sehr spezielle Atmosphäre. Einen tollen Strand hat's da auch. Ich denke, bei dem leichten Wind werden wir so drei, vier Stunden brauchen. Und heute Abend grillen wir drüben, wie klingt das?»

«Gut», sage ich. Juliane nickt und gluckst.

«Okay, dann kriegt ihr jetzt eine Einweisung ins Boot, und dann legen wir ab.»

Er weist uns eine Kabine mit zwei Kojen im Bug zu, und wir lernen alles über die Funktionsweise eines Vakuumklos, ehe Piet die Leinen löst und wir aus dem Hafen fahren. Das Boot ist nicht neu, aber gut gepflegt und innen gemütlich.

Piet steht am Steuer, wir sitzen auf marineblauen Polstern hinter ihm im Cockpit. Juliane sieht super entspannt aus und hält mit geschlossenen Augen die Nase in den Wind. Mir dagegen ist vor lauter Spannung ganz schlecht. Aber solange wir Piet direkt vor den Nasen haben, muss ich wohl oder übel die Klappe halten. Draußen, vor der Hafeneinfahrt, stellt er das Steuerrad fest. «Ich setz mal Segel», sagt er und geht zum Bug.

«Was war denn eben mit dir los?»

Sie macht die Augen auf und grinst.

«Hast du wirklich gedacht, das könnte Hopes Erzeuger sein?» Sie lacht schon wieder.

«Ist er nicht?»

«Ist er nicht.»

«Und was bitte ist daran zum Lachen?»

«Ich hab über mich selbst gelacht.»

Aha.

«Findest du das nicht komisch? Ich bin nicht mal auf den

Gedanken gekommen, diesen Armando genauer nach Piet zu fragen, so sicher war ich mir. Oder wollte ich sein. Als hätte ich keinen Verstand. Nennt man so etwas nicht totale Fixierung? Und das mir!»

Ich muss auch grinsen, aber dennoch erscheint mir ihre gelassene Reaktion merkwürdig.

«Bist du denn gar nicht enttäuscht? Ich meine, jetzt segeln wir zwei Tage für nichts und wieder nichts durch die Gegend, und billig ist es ja auch nicht gerade. Hier draußen finden wir den Erzeuger garantiert nicht.»

«Na und? So was wollte ich immer schon mal machen. Weitersuchen kann ich immer noch. Oder auch nicht.»

«Aus dir soll noch einer schlau werden.»

«Ich werde ja selbst nicht aus mir schlau. Vielleicht meldet sich gerade mein anderes Ich.» Sie giggelt schon wieder.

Leider kommt Piet zurück, noch bevor ich fragen kann, was sie denn nun wieder damit meint. Er löst das Steuerrad und drückt daneben einen Knopf. Das Geräusch des Motors erstirbt. Sekunden später legt sich das Boot leicht zur Seite und nimmt Fahrt auf. «Wow, was für ein geiles Gefühl!»

Piet lacht. Eigentlich sieht er doch ziemlich gut aus. Er stellt irgendwas am Steuerrad ein, und danach macht das Ding ganz von allein kleine Drehbewegungen.

«Selbststeuerung. Wollt ihr was trinken? Ich hab kaltes Bier und Cola.»

«Bier!»

«Hast du auch Wasser?»

«Aber nicht kalt.»

«Macht nichts.»

Kurz darauf kommt er mit den Getränken. Bier für ihn und mich, Wasser für Juliane.

«Jetzt bin ich neugierig. Wer hat mich euch denn so warm empfohlen?»

Da bin ich jetzt aber auch gespannt, was Juliane einfällt.

«Na ja», sagt sie, «genau genommen war das keine direkte Empfehlung. Als ich im Oktober auf der Insel war, da habe ich im Buena Vista zwei Frauen über ihren Segeltörn reden hören. Die waren total begeistert.» Sie macht eine kleine Pause. «Besonders vom super sympathischen Skipper.» Seit wann kann Juliane neckisch lächeln?

«Ich mach aber nix, was Armando nicht auch machen würde.»

Hä?

«Also, was ich sagen will: Hier wird nur gesegelt. Ich bin in festen Händen.»

Bestimmt kann man Julianes und mein brüllendes Gelächter bis zum Festland hören.

Ein paar Stunden später liegen wir nach einem langen Spaziergang zu den Ruinen der Thunfischfabrik und einem Bad im Meer am Strand. Wir drei sind heute anscheinend die einzigen Menschen auf dieser kleinen Insel. Ein komisches Gefühl. Eben, in der Fabrik, da war es richtig schaurig. Verrostete Maschinen, Löcher in den Mauern und Skelette von toten Ratten. Juliane hat unter einem Haufen loser Steine eine alte Thunfischdose mit einem Stempel gefunden. Wir haben die Zahl 1940 entziffert.

Jetzt sammelt Piet Feuerholz. Ein Stück von uns entfernt steht eine Kühlbox im Schatten eines bizarr geformten Felsens, der an eine Walflosse erinnert. Das Schiff liegt vor Anker und schaukelt sacht in einer leichten Dünung. Wir sind mit einem Beiboot an Land gekommen.

«Schön, nicht?»

«Hmmm.» Juliane klingt schläfrig.

«Das hier wäre was für die Jungs. Und für Jan. Jan würde es lieben. Der träumt schon lange von einem Segelurlaub auf einem richtigen Meer.»

«Hol ihn doch her.»

«Witzig.»

Leises Schnarchen von links. Kurz darauf fallen auch mir die Augen zu.

«Essen fertig, die Damen!»

Als Piet uns weckt, ist die Sonne schon fast weg. Ein paar Meter weiter hat er einen kleinen Steinkreis und darauf einen Rost gelegt. Über kräftiger Glut braten dicke Koteletts, in der Glut backen Folienkartoffeln. Es duftet nach Fleisch, nach Holzfeuer, nach Knoblauch und nach Meer.

«Der Mann ist jeden Cent wert», flüstere ich Juliane zu. Sie nickt und flüstert zurück: «Das Universum meint es eben gut mit uns.»

Spät am Abend liegen wir in unseren Kojen, die im spitzen Winkel zueinander in den Bug der Aurora gebaut sind. Wenn ich den Arm ausstrecken würde, könnte ich Juliane in die Nase kneifen. Das Meer plätschert, nur durch knapp einen Zentimeter Stahl von mir getrennt, an den Rumpf.

«Meinst du, für Hope hört es sich auch so an, wenn das Fruchtwasser plätschert?», fragt Juliane.

«Kann schon sein. Ich fühl mich jedenfalls gerade wie im Mutterleib.»

Sie dreht sich vom Rücken auf die Seite.

«Du? Was ist einfacher, ein Junge oder ein Mädchen?»

«Schwer zu sagen. Als Baby war Emma anstrengender als

die Jungs. Aber jetzt? Ich würde sagen, im Vorschulalter waren die Jungs schlimmer. Finn mehr als Ole. Hängt halt vom Kind ab. Was wünschst du dir denn?»

«Na ja, in Anbetracht der Tatsache, dass ich von Männern wenig Ahnung habe, eher ein Mädchen.»

«Wenn es danach ginge, hätte ich auch keine Jungs kriegen dürfen.»

Wir beide kichern leise, um Piet nicht zu wecken, der im Achterschiff schläft.

«Denkst du an ihn?»

«Ich denke an sie alle.»

«Ich hab nach Jan gefragt.»

«Jede Nacht.» Und ich habe Angst, dass es mein Leben lang so bleiben wird.

«Das mit euch wird wieder, Lisa.»

«Sagt dir dein Gefühl.»

«Genau. Gute Nacht, Lisa.»

«Gute Nacht, John-Boy.»

Am Spätnachmittag des nächsten Tages holt Piet kurz vor dem Hafen die Segel ein, und ich gehe unter Deck, um meinen Rucksack zu packen. Juliane hat ihren schon fertig und hilft Piet. Der ist echt ein Netter, der Piet. Heute hat er uns viel aus seinem langen Segelleben erzählt, während die Aurora ruhig durch die Wellen glitt. Was der schon alles von der Welt gesehen hat, Wahnsinn! Im Salon hängen Bilder von seinen Reisen an den Wänden. Enorm große Fische am Angelhaken, von Piet stolz in die Kamera gehalten, türkisfarbene Wasserlandschaften, Palmeninseln, ein Bild von der Aurora mit zerfetzten Segeln und gebrochenem Mast. Davon hat er erzählt, da ist er vor ein paar Jahren bei den Kapverdischen Inseln in einen Sturm geraten. Offensichtlich jüngeren Datums sind Fotos von ihm und einer Frau mit kurzen, schwarzen Haaren. Die Bilder sind nicht gerahmt und stecken lose hinter einer Leiste im Bücherregal. Das muss Diana sein. Wenn er von ihr spricht, bekommt er einen solchen Glanz in den Augen, dass man als Frau nur neidisch werden kann. Ganz zum Schluss fällt mir ein Gruppenbild auf. Braun gebrannte Nackte sitzen an einem Sandstrand. Moment mal, den Felsen da rechts im Bild, den kenn ich doch. Das ist doch unsere Walflosse von gestern. Ich nehme das Bild aus dem Regal und sehe genauer hin. Ja, stimmt. Links vom Felsen ist mit Muscheln eine große 55 gelegt worden. Aha, Geburtstag. Ich erkenne Piet, Diana und Armando. Und dann setzt mein Herzschlag einen Moment aus. Neben Diana sitzt ein Mann im Sand. Er sieht aus wie eine Kreuzung aus Winnetou und Cameron Diaz. «Juliane!»

Natürlich kann sie mich nicht hören. Der Diesel ist zu laut, obwohl wir nur langsame Fahrt machen. Mit dem Bild in der Hand steige ich, so schnell ich kann, die kurze steile Treppe ins Cockpit hinauf. Juliane steht mit Piet am Bug. Zusammen stecken sie ein Segel in einen Sack. Beide sehen auf, als ich mich aus dem Cockpit lehne, noch mal brülle und den Bilderrahmen durch die Luft schwenke. Juliane lässt Piet allein und kommt zu mir.

«Was ist denn los?»

«Da!» Ich tippe mit dem Finger auf das Bild. «Das ist er jetzt aber wirklich, oder?»

Sie nimmt mir das Bild ab und schaut es sich an. Ihre Hand beginnt zu zittern, und weil ich genau vor ihr stehe, sehe ich, wie ihre Augen sich weiten und ihre Pupillen ganz groß werden.

«Ja», sagt sie mit belegter Stimme. «Das ist er wirklich.»

26

La Luna

Juliane

Ich wäre jetzt gern allein.

Diesen Mann tatsächlich wiederzusehen, und sei es nur auf einem Foto, ist ein Schock. Anders kann ich es nicht sagen. Das Bild zittert in meinen Händen. Nein, ich zittere. Mein Puls rast. Sehr unangenehm.

«Setz dich mal besser hin», höre ich Lisa sagen, «du bist ja ganz käsig im Gesicht.»

Ja, sitzen ist gut. Wenn nur Lisa verschwinden würde. Die Erinnerung an jene Nacht überschwemmt mich wie eine wilde Welle. Kann man mir das ansehen? Aber eher verschwindet das Wasser aus dem Meer als Lisa aus einer spannenden Situation. Und jetzt kommt auch noch Piet ins Cockpit.

«Ist was?» Er sieht das Bild in meinen Händen. Mir muss etwas einfallen. Und zwar jetzt. Bevor Lisa ihren Mund aufmacht und wer weiß was sagt. Sie holt schon Atem.

«Lisa dachte gerade, sie hätte auf dem Bild einen Bekannten entdeckt.»

«Scheint aber keine angenehme Bekanntschaft zu sein, so

wie ihr guckt. Du bist jedenfalls ganz blass. Zeig mal her.» Er greift nach dem Rahmen.

«Ja, nein, ich hab mir eben den Musikantenknochen gestoßen, das ist alles. Tut fies weh.» Ich reibe mir schnell den rechten Ellbogen.

«Das war mein Geburtstag letztes Jahr. Und wen von uns kennt ihr?»

«Nicht ich – Lisa.» Ich kann nur hoffen, dass sie schaltet.

Sie schaut auch wieder auf das Bild und zeigt mit dem Finger auf den Erzeuger. «Den da.»

«Matthijs? Das würde mich wundern. Der lebt erst seit ungefähr zehn Jahren hier, und du hast doch gesagt, du wärst seit fast zwanzig Jahren nicht auf der Insel gewesen.»

«Nee, ich kenn den nicht von hier, aus Deutschland. Er lebt hier, sagst du? Wo denn?»

«Im Osten, bei Alamo, da hat er ein Häuschen. Der ist aber Holländer, wie ich. Ziemlich verrückter Kerl.»

«Hast du nicht gesagt, deine alte Liebe hieß Klaus?», mische ich mich ein. Inzwischen habe ich mich beruhigt, selbst mein Herzschlag fühlt sich normal an. «Wenn er nicht seinen Namen geändert hat, kann er es ja wohl kaum sein.» Ich ernte von Lisa einen irritierten Blick und nicke ihr bedeutsam zu. Hoffe ich jedenfalls.

«Stimmt. Aber diese Ähnlichkeit ist wirklich verblüffend.» Lisa lächelt Piet an. «Dir sieht er ja auch ähnlich. Liegt wahrscheinlich nur an den Haaren. Dann bringe ich das Bild mal wieder zurück.»

Sie verschwindet nach unten. Piet löst ohne ein weiteres Wort die Selbststeueranlage, stellt sich ans Ruder, gibt etwas mehr Gas und steuert die Hafeneinfahrt an. Ich gehe zu Lisa. Sie steht im Salon und funkelt mir entgegen.

«Allmählich wird es echt albern, Juliane, was soll das Theater? Ich hätte noch viel mehr über diesen Matthijs rauskriegen können, wenn du mich gelassen hättest. Das ist es doch, was du wolltest: Wissen, wer er ist. Jetzt weißt du so gut wie gar nichts.»

«Fürs Erste weiß ich genug.»

Bevor sie noch etwas sagen kann, greife ich mir meinen Rucksack und gehe wieder hoch. Ich möchte im Moment keine weiteren Kommentare von ihr hören. Glücklicherweise wird Lisa noch ein Weilchen packen. Unglaublich, wie sie ihre Sachen in nur zwei Tagen in der gesamten Kabine und im kleinen Bad verteilt hat.

Ich stelle mich neben Piet ans Steuer. Schweigend tuckern wir auf den Hafen zu. Nach ein paar Minuten hole ich mein Portemonnaie aus der Tasche. «Hier ist dein Bonus.» Ich gebe ihm hundert Euro, die er mit einem Nicken in die Tasche seiner kurzen Jeans steckt.

«Sag mal, bleibst du noch ein paar Tage hier, oder willst du morgen wieder auslaufen?»

«Kommt drauf an, was das Wetter macht. Hab's nicht eilig.»

«Es könnte sein, dass ich noch eine Tour für dich habe.»

«Blut geleckt?»

Ich grinse. «Das bleibt aber unter uns, ja? Ist auch noch nicht sicher.»

«Aye, aye.» Er greift in die hintere Hosentasche. «Hier ist meine Visitenkarte. Wenn ich an Land bin, ist das Handy an.»

«Ich melde mich morgen, spätestens übermorgen. Wenn das für dich okay ist?»

Er nickt.

Kaum haben Lisa und ich Piet den Rücken gekehrt, schimpft sie weiter. «Noch zehn Minuten, und ich hätte alles gewusst. Seinen Nachnamen, seinen Beruf, alles. Ich versteh dich einfach nicht.»

«Das Zauberwort heißt ‹unauffällig›, Lisa. Ich will nicht, dass … dass dieser Matthijs weiß, dass jemand nach ihm fragt.» Der Name kommt mir schwer über die Lippen. Es ist so ungewohnt, dass der Erzeuger plötzlich einen hat. «Wenn du noch mehr gebohrt hättest, wäre Piet aufmerksam geworden, hätte womöglich Armando davon erzählt oder den Mann angerufen. Schließlich ist er mit ihm befreundet.»

«Als du Thomas ausgequetscht hast, war dir das aber ziemlich egal.»

«Da hatte ich nicht nachgedacht.»

«Kappes. Aber wie du meinst. Und jetzt? Soll's das gewesen sein?»

«Ich weiß es nicht, Lisa. Kannst du mich bitte einfach in Ruhe lassen?»

Nach einem Stopp im Supermarkt legen wir den Weg ins Dorf schweigend zurück.

Vor Thomas' Laden steht wieder der Kleiderständer mit Taschen und Hüten. Das Geschäft ist geöffnet. Und, als wäre das nicht schon erstaunlich genug, hören wir Stimmen aus dem Laden. Thomas hat offenbar Kundschaft.

Lisa und ich gehen am Laden vorbei, wir wollen unsere Rucksäcke loswerden. Auf der Terrasse angekommen, ruft Lisa entzückt: «Guck mal!»

«Was denn?» Für mich sieht alles noch genauso aus wie vor zwei Tagen.

«Thomas hat sich um die Blumen gekümmert.»

Zumindest sind sie nicht eingegangen. Aber innerhalb so

kurzer Zeit hätte selbst Thomas sie kaum verdursten lassen können. Dennoch scheint Lisa recht zu haben. Nicht ein Blumenblättchen liegt auf dem Boden, alle Pflanzen wirken frisch. Lisa strahlt. Ein klarer Fall von Wunderheilung? Eher nicht. Neben der Liege steht eine halbleere Weinflasche neben einem schmuddeligen Glas. Irgendwie beruhigend, der Anblick.

Wir haben gerade unsere Sachen nach oben gebracht und überlegen auf der Terrasse, ob wir erst duschen oder erst essen wollen, als Thomas um die Ecke kommt. Augenblicklich habe ich wieder den Gedanken von der Wunderheilung im Kopf. So habe ich den Mann noch nie gesehen. Entspannt, lachend, fast schon leuchtend. Na, der muss ja einen tollen Umsatz gemacht haben. «Lisa, Juliane! Da seid ihr ja wieder. Na, kriegt Piet die Rolle?»

In Lisas Gesicht spiegelt sich mein eigenes Unverständnis. Normalerweise bin ich ziemlich schnell darin, zwei und zwei zusammenzuzählen. Aber heute komme ich erst auf vier, als einen Moment später auch Chris auf der Terrasse steht.

«Äh, nein, der hat kein Interesse am Film, der Piet. Was machst du denn hier, Chris? Hab ich einen Termin vergessen?» Das ist alles äußerst verwirrend.

Chris nimmt mich in die Arme. «Juliane! Segeln tut dir gut, du siehst aus wie der blühende Leben.»

«Danke. Wieso bist du hier?»

«Isch hatte was mit Thomas zu bespreschen. Und jetzt bin isch auch schon wieder weg. Adiós, ihr alle!»

Er winkt noch mal und ist tatsächlich im nächsten Augenblick verschwunden.

«Was hattet ihr denn zu besprechen?»

Thomas grinst mich an. Boshaft, wie ich finde.

«Entschuldige, Juliane, das ist was Privates.» Dann dreht er sich auf dem Absatz um und geht ins Haus. Blödmann. Hab ich ja immer schon gesagt.

«Hast du eine Ahnung, was hier läuft?»

Lisa scheint etwas sagen zu wollen, schüttelt dann aber den Kopf. Schließlich sagt sie: «Also, ich geh jetzt duschen.»

Einen Augenblick später kommt Thomas mit einer Jacke über dem Arm zurück und geht grußlos davon.

Der Wind hat aufgefrischt, bei gleichzeitig schwüler Luft. Mittlerweile ist es dunkel. In der Küche putze ich Tomaten und Zwiebeln, zupfe grünen Salat, schneide eine Hühnerbrust in Streifen. Meine Gedanken drehen sich um die Szene eben, dann um den Erzeuger. Dann um die Idee, die mir während der Segeltour gekommen ist. Und wieder um Chris. Wie ein Schwarm fliegender Fische, und ich kann keinen richtig greifen. Mit einem Rappeln springt die Kühlung von Thomas' altem Kühlschrank an. Plötzlich befällt mich eine heftige Sehnsucht nach meinem Zuhause. Nach meiner schwarz-weißen Ordnung. Nach dem vertrauten, beruhigenden Summen meines eigenen Kühlschranks. Nach meinem Sofa, auf dem ich in aller Ruhe vor mich hin grübeln kann. Wann war ich in letzter Zeit eigentlich mal allein? Nichts gegen Lisa, aber ich glaube, es wird Zeit, mal ein bisschen auf Abstand zu gehen.

Sie kommt in ein Handtuch gewickelt in die Küche und rubbelt mit einem anderen ihre Haare trocken. «Ich hab noch Lust aufs Buena Vista, was meinst du?»

«Heute nicht, ich bin total erledigt. Aber du kannst ja gehen.»

«Wirklich kein Problem?»

«Überhaupt nicht.»

Den Nachsatz «ganz im Gegenteil» kann ich gerade noch zurückhalten.

«Ach, und Lisa?»

«Ja?»

«Hättest du etwas dagegen, wenn ich morgen mal ohne dich was unternehme?»

«Quatsch. Mach doch. Ich bin ja schon groß.»

Eine Dreiviertelstunde später bin ich allein. Endlich. Zeit für einen Anruf in Köln und für eine Kanne Tee. Lisa hat an der Mauer neben der Dorftreppe einen Busch Zitronenverbene entdeckt, ein paar Zweige mitgenommen und die Blätter getrocknet. Die Lisa, die bald ziemlich große Augen machen wird, wenn mein Plan klappt. Ob ich das Richtige tue, wenn ich mich schon wieder in ihr Leben einmische? Wir werden sehen. Allein kommt sie ja offensichtlich keinen Schritt weiter.

Nach dem Telefonat bin ich vorsichtig optimistisch, strecke mich entspannt auf dem breiten Bett im Atelier aus und sehe in den Himmel. Immer wieder ziehen Wolken vor den vollen Mond, angeschoben von dem inzwischen noch stärkeren Wind. Vollmond, genauso wie damals in der Nacht, als Hope gezeugt wurde. Im Spanischen ist der Mond weiblich und heißt Luna. Das weiß ich von Chris. Vielleicht nenne ich Hope Luna. «Wirst du ein Mädchen, Baby?» In meinem Bauch flattert etwas. Es ist eine ganz leichte Berührung, so wie ein trockenes Blatt, das vom Baum weht und auf meine Haut fällt. Nur eben innen. Hope? Bestimmt bilde ich mir etwas ein, es ist noch zu früh. Wahrscheinlich eine Blähung. Oder mein Kind ist ein frühreifes Früchtchen. Mit einem Lächeln schlafe ich ein.

Und werde durch einen mächtigen Knall geweckt.

Vor den Fenstern zucken Blitze. Ich taste nach meinem Handy. Fünf Uhr früh. Der nächste Donnerschlag. Auf der Schlafcouch liegt Lisa in Fötusstellung und schläft tief und fest. Ich habe nicht mitbekommen, dass sie nach Hause gekommen ist. Der nächste Donner lässt die Fenster scheppern. Lisa rührt sich nicht. Sie hat mir mal gesagt, dass sie bei jedem Krach schlafen kann und trotzdem immer hört, wenn eines ihrer Kinder weint. Hellwach beobachte ich das Schauspiel am Himmel. An Schlaf ist nicht mehr zu denken.

Nach einer knappen Stunde hängt der helle Mond wieder ungetrübt am Himmel, als ob nichts gewesen wäre. Nur die Regenspuren auf den Scheiben künden noch vom Ende der Vorstellung. Und ich bin immer noch hellwach.

Warum habe ich Lisa nicht weiterfragen lassen? Ein Vorname allein nützt mir doch nichts. Was will ich eigentlich? Ihn wiedersehen? Ihn nicht wiedersehen? Ihm doch sagen, was passiert ist? Und dann? Was mache ich, wenn er seine Rechte als Vater geltend macht? Die hat er durchaus, das ist mir schon klar. Aber ich will nicht, dass ein fremder Mann sich in mein Leben einmischt. Lisa meint, ich dürfe es ihm auf keinen Fall verschweigen. Um Hopes willen. Das hat sie mir schon gesagt, als ich sie gebeten habe, ihn für mich auszuhorchen, falls wir ihn finden. «Jetzt stell dir doch mal vor, der ist steinreich! Dann wäre dein Kind sozusagen Paris Hilton oder einer von den Rothschilds und hätte eine tolle Zukunft. Das kannst du ihm doch nicht vorenthalten.» Sie guckt einfach zu viel Pilcher. Jedenfalls ist sie der Ansicht, Hope solle schon vor dem achtzehnten Geburtstag wissen, wer der Vater ist. «Und denk doch auch mal an den Unterhalt.»

Im Punkt reicher Papa muss sie sich wohl keine Gedanken

mehr machen. Ein reicher Mann würde wohl kaum zehn Jahre in einem Häuschen auf einer kleinen Insel leben. Es sei denn, er wäre verrückt. Hat Piet nicht genau das gesagt? Dass dieser Matthijs verrückt ist? Was er wohl damit gemeint hat? Das wüsstet du, Juliane Richter, wenn du dich nicht so dumm verhalten hättest. Und mach dir gefälligst nicht länger etwas vor: Natürlich willst du ihn sehen.

Als wären all diese Gedanken nicht genug, spuken auch noch Chris und Alex in meinem Kopf herum. Warum hatte Chris heute nicht mal fünf Minuten für mich Zeit? Was hat er plötzlich mit Thomas zu tun? Und Alex, was mag er von mir denken? Kurz flackert mein Ärger über Sebastians Getratsche wieder auf. Und nicht nur darüber. Was mich daran erinnert, dass es noch ganz andere Dinge in meinem Leben zu regeln gibt als nur das Kindsvater-Problem. Womit ich wieder beim Erzeuger angekommen bin. Ich sollte mein Hirn der Chaosforschung zur Verfügung stellen. Und meine Gefühle gleich dazu. Wie ich das hasse, wenn alles in mir ein einziges Durcheinander ist.

Also gut. Zeit für eine Liste. Hoffentlich wacht Lisa nicht auf, wenn ich die kleine Leselampe neben dem Bett anmache. Nein. Ganz entspannt liegt sie jetzt auf dem Rücken und gibt ab und an leise Schnarchlaute von sich.

Mangels Tisch in unserem Zimmer setze ich mich mit meinem Notizblock aufs Bett. Drei Spalten. *Erzeuger*, schreibe ich. Weil ich nicht weiß, wie sein Name geschrieben wird. Und weil es sich komisch anfühlt, ihn anders zu nennen als den Erzeuger. Viel zu persönlich. Dann *Chris* und *Alex*. Jetzt muss ich nur noch hinschreiben, was ich fühle, wenn ich an einen der drei denke. Zuerst der Erzeuger, das ist relativ einfach. *Neugier*, schreibe ich. Ist das schon alles, Juliane? Wenn du nicht ehrlich bist, bringt das hier gar nichts. Na los, du bist allein, niemand außer dir liest, was du schreibst. Nach einigem Zögern notiere ich: *erotische Erinnerung.* Ich versuche, in mich hineinzufühlen. Ist da noch mehr? Erwartung vielleicht? Erotische Erwartung? Falls ich ihm denn irgendwann tatsächlich gegenüberstehe? Ich schreibe die Worte in die Spalte und mache drei Fragezeichen dahinter. Ist da noch mehr? Träume ich womöglich von der Liebe auf den zweiten Blick? Unsinn, ich bin ja nicht Lisa. Aber ein Gefühl gehört auf jeden Fall noch auf die Liste: *Wut.* Ich habe das Aufwachen allein am Strand mitnichten vergessen.

Jetzt zu Chris. *Wärme, Entspannung, Freude, Lebendigkeit.* Das war leicht. Was noch? Wenn Chris da ist, fühle ich mich schön. Also: *Bestätigung.* Was ist mit Erotik? Hm. Eher nicht. Oder? Entspannung ist das Gegenteil von Spannung. Wie spannend fühlt es sich an, wenn ich mit Chris zusammen bin? Nicht sehr, wenn ich ehrlich bin. Da ist noch ein Gedanke, den ich aber nicht fassen kann. Irgendetwas in Bezug auf Chris stört mich. Aber ich kann den Finger nicht drauflegen. Also weiter zu Alex.

Alex hat auf meiner Liste eigentlich nichts zu suchen. Gefühle für ihn sind schließlich vergangene Gefühle. Ich betrachte ihn als eine Art Kontrollgruppe. Die braucht man bei jeder ernst zu nehmenden Studie. Also, was habe ich damals mit ihm gefühlt? *Erotik?* Klares Ja. *Entspannung, Freude, Lebendigkeit?* Schon. Spaß. *Viel Spaß. Sicherheit.* Jedenfalls bis kurz vor Schluss. *Liebe.* Ehe ich mich versehe, steht das Wort da, und mir tropft allen Ernstes eine Träne aufs Papier. Zu dumm.

«Juliane? Was machst du denn da, warum schläfst du nicht?»

«Nichts weiter, nur ein paar Notizen.»

«Wie spät ist es denn?»

«Zwanzig nach sechs.»

«Du spinnst echt. Ich muss aufs Klo.»

Während sie nach unten geht, reiße ich meine Liste aus dem Block und werfe sie in den Papierkorb. Bringt ja doch nichts. Aber ein paar Minuten später, als Lisa zurück ist und ich das Licht ausgemacht habe, geben die Gedankenfische in meinem Kopf Ruhe. Vielleicht war sie doch ganz nützlich, die Liste, denke ich beim Einschlafen. Und heute rede ich erst mit Piet, dann miete ich ein Auto und fahre nach Alamo.

27

Tag der Tat

Lisa

Kurz nach acht. Manchmal wäre ich gern ein anderer Mensch. Einer, der es schafft, auszuschlafen. Ganz besonders dann, wenn ich erst um zwei ins Bett gekommen bin. Aber es gibt eben Dinge, die mir nicht gegeben sind. Schlanke Oberschenkel gehören ebenfalls dazu. Julianes Bett ist leer und ordentlich gemacht.

Ich schleiche mich durch Thomas' Zimmer ins Bad und dann in die Küche. Keine Juliane. Auf der Spüle steht eine ausgespülte Kaffeetasse. Na, die ist ja schon früh unterwegs. Ich sollte mich auch bald auf den Weg machen. So gesehen ist es ganz gut, dass ich schon auf den Beinen bin.

Gestern war nämlich die Nacht der Entschlüsse. Und heute ist der Tag der Tat.

Dieser Affentanz von Juliane um den Erzeuger ist mir echt zu blöd. In all den Jahren, die ich sie kenne, habe ich sie nie so unentschlossen erlebt. Oder so unlogisch. Das muss ein Ende haben. Und zwar bald. Ein großes blondes Ende. Und wenn ich nicht eingreife, wird das nie was.

Deshalb bin ich nicht auf direktem Weg ins «Buena Vista» gegangen, sondern erst noch mal zum Hafen, zur Aurora.

Piet war ein bisschen überrascht, als ich ihn rausgeklopft und um die Adresse von diesem Matthijs gebeten habe. Gefragt hat er aber nichts weiter, nur breit gegrinst und gesagt: «Bist nicht die Erste, die die haben will.»

Und vor meinem geistigen Auge sind prompt ganze Heerscharen von Frauen mit schwangeren Bäuchen auf der Suche nach einem Kindsvater erschienen. Egal. Jedenfalls steckt in meinem Portemonnaie jetzt ein Zettel, auf dem steht:

Matthijs van Dijk. Casa Blanca, Alamo

Selbstredend hätte ich auch gern eine Telefonnummer gehabt, aber laut Piet hält Matthijs nichts von Telefonen.

«Weil er stumm ist?», habe ich gefragt. Wäre doch logisch.

«Was für ein Quatsch geht denn in deinem Kopf ab? Weil er nicht abgelenkt sein will.»

«Wovon?»

«Hör mal, ich bin nicht die Auskunft. Wenn du was von Matthijs wissen willst, musst du ihn schon selbst fragen.» Dann hat Piet mir beschrieben, wie man zu dem Haus in Alamo kommt. Scheint reichlich abgeschieden zu liegen, die Hütte. Hoffentlich habe ich mir alles richtig gemerkt. Es gibt Dinge, die deutlich ausgeprägter sind als mein Orientierungssinn. Um mal wieder von meinen Oberschenkeln zu reden.

Im «Buena Vista» habe ich dann wenig überraschend Thomas getroffen, ziemlich nüchtern übrigens. Ich darf mir heute sein Auto ausleihen. Um kurz nach neun greife ich nach dem Autoschlüssel. Um zehn ist der Wagen so weit sauber, dass meine Hände nicht mehr am Lenkrad kleben bleiben und ich endlich losfahren kann. Im Handschuhfach habe ich eine zerfledderte Karte gefunden. Den Osten der Insel kenne ich kaum. Ich kann mich dunkel erinnern, mal mit Norbi da gewesen zu sein. Warum, weiß ich nicht mehr. Damals hat es jedenfalls wie aus Eimern geschüttet, und ich fand die Gegend total düster und trostlos. Daran, dass ich gefroren habe, erinnere ich mich auch. Heute habe ich deshalb meine Jeans und ein Sweatshirt angezogen, auf dem Beifahrersitz liegt meine Windjacke. Im Osten herrscht oft Mistwetter, das liegt an einem Gebirgskamm. So was nennt man Wetterscheide. Und diesen Gebirgskamm muss ich laut Karte gleich überqueren. Falls Thomas' alte Kiste das noch schafft. Nach zwei Stunden bete ich, dass sie es schafft.

Auf dieser Straße sind außer mir anscheinend ausschließlich Ziegen unterwegs. Sollten sie Hirten haben, kann ich sie nicht entdecken. Der Motor röchelt zum Gotterbarmen. Ich quäle ihn im Schneckentempo die Serpentinen hoch. Wenn die Kiste jetzt liegenbleibt, habe ich ein Megaproblem. Kein Mensch, kein Handyempfang. Mir steht der Schweiß auf der Stirn. Kurz vor dem Bergrücken entdecke ich ein Hinweisschild mit einem Fernglas darauf. Ein Aussichtspunkt. Die Aussicht auf ein Glas eiskaltes Wasser und einen Kaffee ist damit vermutlich nicht gemeint, aber man darf ja hoffen. Fünf Minuten später rollt der Pick-up auf einen großen leeren Parkplatz. Kein Café. Aber jede Menge Sonne. Und eine Fernsicht – ich kann nur sagen: wow! Es ist ein bisschen, als würde ich aus einem Flugzeugfenster schauen. Unter mir sind lauter Wolken wie Wattebäusche und mittendrin, in der Ferne, ein Berggipfel. Ob das schon die nächste Insel ist? Die Luft ist klar und schmeckt irgendwie frischer als auf der anderen Seite der Insel.

Ich habe es geschafft! Ich bin heil oben angekommen.

Danke, Gott. Und sei bitte auch nachher auf dem Rückweg mit mir. Vor dem Rückweg graut mir nämlich jetzt schon. Während ich kurz Zwiesprache mit meinem Schöpfer halte, höre ich doch tatsächlich das Geräusch eines anderen Motors. Aber der Wagen fährt vorbei. Ohne zu röcheln. Als ich mich schnell umdrehe und zur Straße schaue, sehe ich gerade noch ein kleines silbergraues Autos bergabwärts fahren. Mein Zeichen zum Aufbruch. Weiter geht's.

Abwärts ist die Straße zwar immer noch kurvig, aber das Fahren strengt nicht mehr so an. Ich überlege, was ich Matthijs van Dijk sagen soll. Eine Freundin von mir sucht Sie? Dann wird er wissen wollen, warum. Sprechen kann er ja offenbar. Ist vielleicht besser, ich versuche erst einmal, ganz unverbindlich mit ihm ins Gespräch zu kommen. So in Richtung von: «Mögen Sie Kinder?» Ich muss kichern.

Meine Güte, das zieht sich ja ewig hin hier. Noch ungefähr zehn kurvige Kilometer liegen vor mir, ehe ich an die Küste und in flaches Gebiet komme. Allerdings muss ich zugeben, dass die Gegend doch nicht so trostlos ist, wie ich sie in Erinnerung habe. Eigentlich ganz schön, sehr grün. Zwischendurch kann ich immer mal wieder das Meer sehen. Trotzdem: Wie kann man freiwillig in einen so abgelegenen Landstrich ziehen? Und dann noch ohne Telefon leben? Vielleicht wäre das ein Gesprächseinstieg. Ich könnte doch behaupten, ich mache eine Umfrage über Leute, die sich bewusst aus der Zivilisation zurückziehen. Ach, ich weiß nicht. Irgendwas wird mir schon einfallen, wenn ich da bin.

Da, endlich, das Ortsschild von Alamo. Jetzt soll ich weiter der Straße durch den Ort folgen, bis kurz nach dem letzten Haus die Ruine einer alten Mühle kommt. Dann rechts in einen Feldweg. Piet hat doch rechts gesagt? Dann noch mal drei Kilometer geradeaus und an einem gespaltenen Felsbrocken links in eine Schotterpiste. Und schon bin ich da. Wäre ich da, wenn ich nicht erst einmal einen Kaffee bräuchte.

Im Dorfzentrum liegt links von der Straße ein kleiner Platz mit einem sprudelnden Brunnen in der Mitte, darum herum sind bunte Blumen gepflanzt. Hübsch. So wie der gesamte Platz mit seinen alten Platanen, die nicht nur den Brunnen, sondern auch die Stühle und Tische vor einem kleinen Café beschatten. Langsam fahre ich vorbei, registriere drei alte Männer, die auf Stühlen sitzen und Karten spielen. Neben dem Café verkündet ein Schild: Mini-Mercado. Kurz hinter dem Platz finde ich am Straßenrand einen Parkplatz für den Pick-up und laufe zurück.

Innen in dem kleinen Café gibt es auch ein paar Tische und einen langen Tresen mit lauter Kerben und Flecken im Holz. Die Frau, die dahinter gerade eine kleine Spülmaschine ausräumt, dürfte ungefähr fünfundneunzig sein, vielleicht auch älter. Ihr Gesicht ist zerfurcht, das Haar dünn und weiß. Aber die Augen, die mich unter den faltigen Schlupflidern mustern, sind hellwach. Ich bestelle einen Kaffee und dazu eine große Flasche stilles Wasser, «sin gas» heißt das hier, so viel habe ich inzwischen gelernt. Mit meiner Bestellung auf Spanisch ernte ich einen Wortschwall, von dem ich kein Wort verstehe. Dann nimmt die Alte einen Krug aus einem Regal und füllt ihn mit Leitungswasser. Von mir aus, Hauptsache, Wasser.

Warum ist es heute eigentlich nicht kühl und regnerisch? Mir ist verdammt heiß in meinem warmen Shirt. Vor den Toiletten gibt es ein Waschbecken mit einem leicht blinden Spiegel. Mit beiden Händen schöpfe ich mir kaltes Wasser ins Gesicht, trockne mich mit einem Papierhandtuch aus dem Spender neben dem Becken ab und frische mein Make-up auf.

Die Alte hat meine Getränke auf den Tresen gestellt. Ich zahle, klemme mir meine Handtasche unter den Arm und balanciere Wasserkrug, Glas und Kaffee nach draußen. Beinahe stolpere ich über die Türschwelle, weil ich den Blick fest auf meine vollen Hände richte.

«Lisa!»

Das ist der Moment, in dem der Krug und das Glas auf das Pflaster knallen und zerspringen.

28

Verrücktes Leben

Juliane

Aus dem Drehbuch «Mein verrücktes Leben»

Von Juliane Richter.

Wir sehen: einen Dorfplatz unter spanischer Sonne. Zwei Frauen Ende dreißig, die eine brünett, die andere blond. Sie starren sich an. Zu Füßen der Brünetten Scherben. Wasser versickert in den Ritzen des Pflasters. Die Frau hat eine Espresso-Tasse in der Hand und bewegt sich nicht. Drei alte Männer halten Karten in den Händen, beobachten aber interessiert das Geschehen.

Schnitt auf die Tür des kleinen Supermarktes gleich neben dem Café. Schöner blonder Mann mit Stirnband und Einkaufstüte tritt heraus, schaut zu den Frauen. Die Frauen nehmen ihn nicht sofort wahr, sondern fragen einander wie aus einem Mund: «Was machst du denn hier?»

Schöner blonder Mann tritt näher.

«Ist etwas passiert, kann ich helfen?» Deutsch mit holländischem Akzent. Die Stimme so angenehm wie das Kratzen von Fingernägeln auf einer Kreidetafel.

Beide Frauen drehen sich zu ihm um, starren ihn an. Weitaufgerissene blaue und braune Augen.

Der Langhaarige fixiert die blonde Frau.

«Wir kennen uns doch?»

Sie (stotternd): «Nein, nein, ich glaube nicht.»

Abblende.

Von wegen. Es gibt keine Abblende, ich bin in dieser irrwitzigen Situation gefangen. Und ich behaupte auch nicht, ihn nicht zu kennen. Ich sage gar nichts. Während wir drei uns da vor dem kleinen Café gegenüberstehen, kann ich erst einmal nichts anderes denken als: diese Stimme! Hätte er in jener Nacht gesprochen, wäre mein Uterus noch immer so unbelebt wie der Mond. Ich schwöre.

«Irgendwann im Herbst, oder? Als ich ein paar Tage bei Armando war. Klar, am Strand. Das war sehr speziell.»

«Deshalb warst du am Morgen auch weg.»

Der Satz ist raus, ehe ich ihn festhalten kann. Ich glaube, meine Stimme hat gerade auch nicht wesentlich angenehmer geklungen als seine.

«Hey, hey, hast du das persönlich genommen? Tut mir leid. War nicht so gemeint.»

«Ach nein? Willst du damit sagen, es war insgesamt keine persönliche Sache?»

«Ich hab's nur nicht so mit dem gemeinsamen Aufwachen.»

«Nach dem eher zufälligen Austausch von Körperflüssigkeiten.»

«Ein bisschen mehr war es schon, oder? Auf jeden Fall eine großartige Nacht.»

Habe ich je zuvor einen Menschen derart selbstgefällig grinsen sehen?

Lisa verfolgt unseren Wortwechsel, als säße sie in Wimbledon auf der Tribüne. Sie hat immer noch die Kaffeetasse in der Hand. Aus dem Café kommt eine uralte Frau mit Besen samt Kehrschaufel und fegt die Scherben auf.

«Wollen wir uns nicht erst einmal hinsetzen? Ich bin übrigens Lisa.»

«Matthijs. Und du bist?»

«Juliane», bringe ich tatsächlich heraus.

«Ist ja ein Ding, dass ich euch hier treffe. Hierher kommen selten Touristen.» Er steuert auf den Tisch neben den alten Männern zu, die ihr Kartenspiel wieder aufgenommen haben. Lisa folgt ihm. Widerwillig lasse auch ich mich auf einen Stuhl fallen. So habe ich mir diese Begegnung ganz bestimmt nicht vorgestellt. Die alte Frau kommt an den Tisch, Matthijs fragt, was wir trinken wollen, und gibt die Bestellung auf.

Kurz darauf sitzen wir in trauter Dreisamkeit vor unseren Tassen mit frischem Kaffee. Inzwischen kann ich wieder Kaffee trinken, ohne Widerwillen zu empfinden. Auch ein neuer Krug mit Wasser steht auf dem Tisch.

«Das ist ja auch ganz schön abgelegen hier, aber ein hübscher Ort», höre ich Lisa im besten Plauderton sagen und denke: Wird Piet ihm bei nächster Gelegenheit erzählen, dass ich gezielt nach ihm gefragt habe? Ich war heute Morgen bei Piet und hab den Segeltörn klargemacht. Als ich dann nach der Adresse gefragt habe, hat er sichtlich verwundert mit dem Kopf geschüttelt und was von seltsamen Frauen gemurmelt. Früher oder später sagt er bestimmt etwas. Das kann mir aber eigentlich egal sein. Im Moment jedenfalls hält Matthijs dieses Zusammentreffen für Zufall. Das ist mir sehr recht.

«Und du lebst hier? Ist dir das nicht zu einsam?»

Lisa bohrt. Das kann sie gut. Und genau darum habe ich

sie ursprünglich auch gebeten. Sie sollte die Fragen stellen, die ich habe, falls wir den Erzeuger finden. Ich wollte mich im Hintergrund halten. Und das tue ich nun.

«Einsamkeit stört mich nicht. Ich bin gern für mich. Jedenfalls meistens. Manchmal fahre ich aber auch über den großen Berg und suche menschlichen Kontakt.»

Er grinst mich an. Ganz schön frech. Übrigens sieht er nach wie vor umwerfend aus. Die Grübchen sehe ich zum ersten Mal. Aber Tatsache ist: Ein Mann mit Fistelstimme hat auf mich die erotische Wirkung eines Pflastersteins. Immer schon. Ich trinke meinen Milchkaffee und überlasse Lisa das Reden.

«Und womit verbringst du hier deine Zeit?»

«Ich bin Journalist und Schriftsteller.»

«Ach! Das ist ja interessant! So wie Mankell? Ist der nicht auch Holländer? Schreibst du auf Deutsch?»

«Nein.»

«Und ist was von dir ins Deutsche übersetzt?»

«Nein. Ich arbeite für holländische und britische Magazine und schreibe an meinem ersten Roman. Übrigens kein Krimi.»

«Und worum geht's dann?»

«Bist du immer so neugierig?»

«Wie ein Streifenhörnchen, sagt mein Mann. Ist das ein Geheimnis, worüber du schreibst?»

«Nein, eigentlich nicht.»

Er wendet sich mir zu.

«Es geht um einen taubstummen Schriftsteller.»

Ich verschlucke mich an meinem Kaffee.

Matthijs scheint das nicht zu bemerken, er redet weiter, und seine türkisblauen Augen fangen an zu leuchten wie die karibische See. Offensichtlich redet er sogar sehr gern über seinen Roman. Oder einfach nur über sich.

«Am Anfang der Geschichte ist Clees ein sehr einsamer Mensch. Sein einziges Fenster zur Welt ist das geschriebene Wort. Er hat nie sprechen gelernt, obwohl er es könnte. Also fühlt er sich total unsicher, wenn er unter hörenden Menschen ist.»

«Trauriges Thema», wirft Lisa ein.

«Nein, nicht traurig. Denn irgendwann wird Clees bewusst, dass er viel mehr fühlt als die meisten anderen Menschen. Dass sein Leben, seine Welt, nicht weniger wert ist, ganz im Gegenteil. Dass wahres Empfinden durch Worte zerstört wird. Er macht es zu seinem Lebensziel, die Hörenden in seine Welt zu holen, sie intensives Fühlen ohne Worte zu lehren. Er kommuniziert jetzt mit ihnen ausschließlich über Blicke, macht durch einen Finger auf den Lippen die Menschen um ihn herum zu Stummen, zu Fühlenden.»

Mir platzt der Kragen.

«Ich war also ein Übungsobjekt, sehe ich das richtig? Und als die Übung zu Ende war, hast du mich wie ein gebrauchtes Taschentuch am Strand liegen lassen!»

Erstaunen steht in seinem Blick.

«Wo ist dein Problem? Du hast doch wohl intensiv gefühlt, oder etwa nicht?»

«Oh ja, vor allem das Gefühl, benutzt worden zu sein, ist auch jetzt gerade ausgesprochen intensiv. Komm, Lisa, wir gehen.»

Ich stehe auf, hole ein paar Münzen aus der Tasche und werfe sie auf den Tisch. Ich warte nicht auf Lisa, gehe einfach los. Der Mann hat doch den Schuss nicht gehört! Und so jemand soll Kontakt zu meinem Kind kriegen? Womöglich Sorgerecht? Nie im Leben!

«Juliane, nun warte doch mal!»

Lisas Sandalen klappern über das Pflaster. Als ich bei meinem Leihwagen ankomme, den ich in einer Gasse um die Ecke geparkt habe, holt sie mich ein.

«Warum regst du dich denn so auf? Ein echter Schriftsteller, also das finde ich super! Und diese Geschichte, die er schreibt, die ist so was von einfühlsam.»

Bitte? Spontan fühle ich mich auch ein. Und zwar in alle Menschen, die schon mal das Bedürfnis hatten, ihre beste Freundin zu ohrfeigen. Aber da ich nun mal die bin, die ich bin, sehe ich Lisa nur fassungslos an.

«Ich kann ja jetzt so was von verstehen, dass du mit Matthijs am Strand gelandet bist. Mann, hat der ein Lächeln, so voller Versprechungen, voller Wärme. Der kann einen glatt umarmen mit diesem Lächeln. Von diesen unglaublichen Augen gar nicht zu reden. Ich hätt echt nie gedacht, dass ein Lächeln so erotisch sein kann.» Sie hält einen Moment inne mit ihrer Laudatio auf diesen durchgeknallten Typen. «Na ja, die Stimme ist nicht ganz so toll, aber der Rest …! Meinst du, er ist wegen seiner Stimme auf die Idee mit dem taubstummen Schriftsteller gekommen?»

«Das ist mir so was von egal.»

Die Autotür schlägt zu. Ich lasse Lisa einfach stehen.

Nach vielleicht zwei Kilometern trete ich auf die Bremse. Lisa. Es ist Lisa. Ich kann sie nicht hier lassen, in unmittelbarer Nähe zu Matthijs. Die bringt es fertig und trinkt noch weiter mit ihm Kaffee. Oder Wein. Und wer weiß, welch spannende Geschichte sie dann *ihm* erzählt. Ich muss zurück.

Richtig vermutet. Da sitzen sie alle beide wieder am Tisch. Als ich dazukomme, sagt Lisa gerade: «So aufbrausend ist

Juliane sonst gar nicht. Das machen die Schwangerschaftshormone.»

«Lisa!» Sie hat immerhin den Anstand, rot zu werden.

«Oh, da bist du ja wieder. Ich habe Matthijs gerade erklärt, dass du eigentlich eher ein rationaler Mensch bist.»

Ich atme sehr tief ein und langsam wieder aus.

«Ja, das habe ich gehört. Allerdings glaube ich kaum, dass ihn das etwas angeht.»

«Nicht?»

«Nicht.»

«Tja, ich muss dann auch mal los, sonst schmilzt die Butter in der Tüte», sagt der überaus sensible Schriftsteller. Entweder ist er zu dumm oder zu ignorant, um einen Zusammenhang zwischen sich und meinem Zustand herzustellen. Zum Glück.

«War schön, dich wiederzusehen, Juliane. Und nichts für ungut, ich bin davon ausgegangen, dass es dir genau wie mir um eine Momentaufnahme der Leidenschaft ging. Bisher gab es da nie Probleme.»

Ich mache kurz die Augen zu. Kann er jetzt bitte den Mund halten?

«Lisa, nett, dich kennenzulernen. Bleibt ihr eigentlich noch länger auf der Insel?»

«Noch ein paar Tage», sagt sie, ehe ich es verhindern kann.

«Vielleicht sieht man sich ja noch mal. Also, tschüs dann. Ach so, wo wohnt ihr denn?»

«Kennst du die Tienda fantastica?»

War ja klar, dass Lisa es ihm sagen würde.

29

Tollpatsch-Tag

Lisa

Das mit den Hormonen ist mir doch nur rausgerutscht, verdammt. Ich gehe doch nicht hin und erzähle Matthijs von seiner Vaterschaft. Wie kann Juliane nur so was denken? Ich wollte heute doch nur dafür sorgen, dass die beiden sich wirklich treffen, ehrlich. Wenn ich geahnt hätte, dass Juliane selbst nach Alamo fährt, hätte ich mir die Kurverei über die Berge geschenkt. Jetzt ist Juliane jedenfalls sauer. Kann ich sogar verstehen. Sie hat kein Wort mehr mit mir gesprochen, nachdem Matthijs weg war. Ach, die regt sich auch wieder ab. Ist doch gar nichts passiert. Offenbar hat er ja nicht geschaltet.

Während ich den Pick-up wieder über die Berge zwinge, denke ich über ihre Reaktion auf ihn nach. Wieso war sie bloß so biestig zu ihm? Was hat sie denn von einem One-Night-Stand erwartet? Eine Liebeserklärung? Matthijs konnte ja nicht ahnen, dass sie anders tickt als andere Frauen, die allein auf die Insel kommen. Als ich zum Beispiel. Damals, versteht sich. «Eine Momentaufnahme der Leidenschaft», ich finde, das hat er wunderschön formuliert. Klingt viel besser als One-Night-Stand. Hätte ich gestern übrigens auch haben können, so eine Momentaufnahme. Im «Buena Vista» war wieder dieser Schwarzgelockte, mit dem ich vor ein paar Tagen schon mal getanzt habe. Da wäre was gegangen. Was der mir dauernd ans Bein gedrückt hat, war keine Hasenpfote, das ist mal sicher. Aber irgendwie, ich weiß auch nicht, das war ja ganz schmeichelhaft, aber ... um ehrlich zu sein, musste ich an Jan denken. Und das war's dann.

Verdammt! Ich hab die Kurve zu schnell genommen. Der Wagen schleudert kurz, aber ich kriege ihn wieder in den Griff. Zum Glück ist die alte Kiste schwer. Meine Handtasche ist vom Beifahrersitz gerutscht. Offen, war ja klar. Der gesamte Inhalt ist im Fußraum verteilt. «Tollpatsch-Mama», sagt Emma in meinem Kopf. Tollpatsch ist eines ihrer Lieblingsworte, und es war bezeichnenderweise auch eines der ersten, die sie sagen konnte. Kann schon sein, dass ich heute mal wieder einen meiner Tollpatsch-Tage habe. Ganz sicher habe ich Sehnsucht nach meiner Familie.

Es ist später Nachmittag, als ich wieder bei Thomas ankomme. Keiner zu Hause. Komisch. Juliane müsste mit ihrem kleinen Auto doch schneller gewesen sein als ich mit dem Uralt-Pick-up. Und ich hab noch an einer Strandbar angehalten und ein Sandwich gegessen. Vielleicht isst sie auch noch irgendwo einen Happen. Außerdem muss sie ja noch den Mietwagen zurückgeben. Na, sie wird schon kommen. Ich will unbedingt noch mal in Ruhe über alles mit ihr reden.

Im Atelier ist es angenehm kühl, die Sonne steht schon tief. Ich lege mich einfach ein bisschen auf das Sofa und ruhe mich aus, bis Juliane kommt. War ein anstrengender Tag. Und anstrengend wird garantiert auch das Gespräch mit Juliane.

Als ich wieder aufwache, ist es dunkel. Wie spät mag es sein? Wo hab ich mein Handy? Ich taste nach meiner Tasche. Ach Mist, die liegt unten in der Küche. Die Leselampe steht an Julianes Bett. Fluchend tappe ich durch den Raum zum Lichtschalter neben der Tür und stoße mit dem Fuß irgendwas um. Tollpatsch-Tag eben. So, es werde Licht. Ich stelle den Papierkorb wieder auf. War nicht viel drin, nur ein paar Taschentücher und ein Zettel. Wieso bin ich eigentlich immer noch allein? Und habe ich gerade tatsächlich den Namen Alex gelesen? Nur so aus dem Augenwinkel. Sicher bin ich nicht. Ich hole den Zettel wieder aus dem Korb.

Ja, ja, das gehört sich nicht. Ist mir klar. Andererseits liegt der ja ganz offen im Müll rum, der Zettel. Das ist nicht wirklich privat. Eine Minute später schlage ich mir mit der Hand an die Stirn. Mein Gott, war ich blöd! Juliane ist ungefähr so sehr mit Alex durch wie Joseph Blatter mit der Fifa.

Weitere drei Minuten später bin ich in der Küche und habe mein Telefon am Ohr.

«Sebastian? Hi, Lisa hier, du, sag mal, kannst du mir die Nummer von Alex simsen? Wie, der sitzt dir gerade gegenüber? Wieso ist der nicht in Nürnberg? Was heißt, das kannst du mir jetzt nicht erklären? Nein, ich will jetzt nicht mit ihm sprechen, ich möchte nur seine Nummer. Ja, sag ihm einen schönen Gruß und dass ich ihn später anrufe. Danke. Tschüs.»

Ich bin vielleicht gelegentlich ein bisschen spontan. Aber nicht dumm. Ich erkenne Zeichen, wenn ich sie bekomme. Es soll nicht sein, dass ich jetzt sofort mit Alex rede. Möglicherweise soll es überhaupt nicht sein. Es ist, als spräche aus der Küchenecke Julianes Stimme zu mir: Misch dich nie wieder in mein Leben ein! Ich sinke auf einen Küchenstuhl. Besser, ich denke erst einmal nach. Meine Aktion heute war schon grenzwertig. Es ist ja nicht so, dass mir das nicht klar wäre. Aber wenn ich tatsächlich Alex von der Liste erzähle, dann ist die Grenze überschritten. Dann war ich wirklich die längste Zeit mit Juliane befreundet. Ach verdammt. Ich glaub, ich will nach Hause.

Pling. Die SMS mit Alex' Nummer. Nein, ich werde ihn nicht anrufen. Jetzt nicht und später auch nicht. Ab sofort kümmere ich mich nur noch um meinen eigenen Kram. Um meine Kinder, um meine Familie. Um mich. Ich klicke mich durch die Fotogalerie meines Telefons. Da ist Emma auf der Schaukel in unserem Garten. Finn verschwitzt in seinem Vereinstrikot nach einem Spiel. Sein großer Bruder hat den Arm um ihn gelegt und macht mit der anderen Hand das Victoryzeichen. Nächstes Bild. Jan hat Emma auf den Schultern. Er lächelt in die Kamera. Ich kann mich noch gut an den Tag erinnern, an dem das Foto entstanden ist. Das war nach einer Ranger-Tour mit den Kindern durch den Nationalpark Eifel. Muss ein knappes Jahr her sein, die Narzissen hatten schon geblüht.

Jan hat so ein süßes Lächeln. In dieses Lächeln habe ich mich damals zuerst verliebt. Ach, Jan. Es kann ihm nicht leichtfallen, allein mit den Kindern, den Viechern und dem großen Haus. Eigentlich ganz schön lieb von ihm, dass er sich darauf eingelassen hat.

Ich koche mir einen Kaffee. Lange sitze ich in Thomas' Küche und sehe das Bild von Jan und Emma an. Ich möchte es wieder in meinem Leben haben, dieses Lächeln. Der Kaffee ist längst kalt, als ich begreife: Wenn ich dafür zu Kreuze kriechen muss, dann ist es das wert. Jawohl. Am besten jetzt gleich.

Ich werde nicht Alex anrufen, sondern ihn, meinen Mann. Ehe ich es mir wieder anders überlegen kann. Ich werde ihm sagen, wie sehr ich ihn vermisse. Dass ich versuchen kann, mich zu ändern. Ich weiß zwar nicht so genau, in welchem Punkt, aber das kann er mir ja dann sagen. Das Telefon in meiner Hand klingelt.

«Mama? Kannst du nach Hause kommen? Das ist total kacke hier!»

«Aber warum denn, Finn, was ist denn los?»

«Die Ko-, Tante Katharina ist hier, und wir sollen vor dem Essen beten!»

«Das kann dir nicht schaden, mein Sohn. Aber wieso ist sie denn da? Und seit wann? Wo ist Papa?»

«Seit heute Mittag. Papa hat irgendwelchen Stress mit einem Kunststoff und ist deshalb zu irgendeiner Scheißfabrik in Fürth. Er hat gesagt, das kann ein paar Tage dauern.»

Sofort muss ich an das Märchen denken, das ich den Nachbarn aufgetischt habe. So was nennt man dann wohl eine sich selbst erfüllende Prophezeiung.

«Drück dich bitte ein bisschen gepflegter aus, mein Sohn. So schnell kann ich nicht nach Hause kommen. Da müsst ihr jetzt erst mal durch. Hol bitte mal Katharina an den Apparat.»

«Die ist noch mit Emma bei Simone.»

«Okay, sag ihr, ich rufe sie morgen an. Und sei ein bisschen nett zu deiner Tante, sie hat beste Verbindungen nach oben.»

«Du bist doof.»

«Vielen Dank auch, gib Emma und Ole einen Kuss von mir.»

Finn hat schon aufgelegt.

Im ersten Augenblick muss ich lachen. Doch dann werde ich sauer. Da hat mein Gatte ja lange durchgehalten. Ganze acht Tage. So viel zum Thema Jan in den Alltag einbinden. Zu schade, dass ich das nicht sofort Juliane erzählen kann. Da bekäme sie einen feinen Einblick in den Unterschied zwischen Theorie und Praxis. Wenn es drauf ankommt, ist der Job ja doch immer wichtiger als ich oder die Familie. Ich soll mich ändern? Ha! Wo steckt Juliane eigentlich?

30

Einer unter Millionen

Juliane

Dein Vater, mein Kind, war Schriftsteller. Leider ist er gestorben, ehe er berühmt wurde. Deine Mutter, mein Kind, hat mit einem hübschen Idioten geschlafen. Deine Mutter, mein Kind, ist ebenfalls eine Idiotin. Derart dummes Zeug geht mir durch den Kopf, als ich im Wagen sitze und durch die mit toten Fliegen gesprenkelte Windschutzscheibe starre. Lisa fährt in Thomas' Pick-up an der Gasse vorbei, in der ich stehe. Ich selbst brauche noch ein paar Minuten, ehe ich losfahren kann, aufgewühlt, wie ich bin. Mein Zorn auf den Erzeuger ebbt langsam ab. Übrig bleiben eine seltsame Enttäuschung und ein anderer Zorn. Der auf mich selbst. Wie konnte ich nur so unsouverän reagieren? Ich habe mich benommen wie eine hysterische Sechzehnjährige. Besser gesagt: wie eine enttäuschte hysterische Sechzehnjährige, die entdeckt, dass sie ihre Jungfräulichkeit dem Falschen geopfert hat.

Tief durchatmen, Juliane. Dieser Matthijs ist einfach nur ein Kerl, der mitgenommen hat, was sich ihm bot. Nämlich du. Wenn es ihm gefällt, sein Rumvögeln mit blödsinnigen Geschichten zu garnieren, soll er doch. Kein Grund, sich so aufzuregen. Für ihn war es bedeutungsloser Sex. Nicht mehr, nicht weniger. Und genau das wäre es für dich letztlich auch gewesen, wärst du nicht schwanger geworden. Dennoch habe ich dieses dumme Gefühl von Enttäuschung.

Hier sitze ich nun in einem nach kaltem Rauch riechenden Ford Fiesta, einen Nichtraucheraufkleber direkt vor Augen, und muss mir etwas eingestehen: Ganz tief in meinem Innern gab es eben doch so etwas wie die Idee einer Verbindung zu ihm. Als würde ein Band entstehen, nur weil man miteinander schläft. Als wäre man mit jemandem, mit dem man sich körperlich gut versteht, automatisch auch geistig auf einer Wellenlänge. Wie kindisch von mir.

Rechts und links säumen weiße Reihenhäuser mit schwarz vergitterten Fenstern die Gasse. In einem öffnet sich die Haustür. Eine junge Familie kommt auf den schmalen Gehweg. Der Vater schiebt einen Buggy mit einem etwa Zweijährigen, die Frau ist hochschwanger. Der Vater beugt sich zu dem Kleinen und steckt ihm einen Schnuller in den Mund. Es ist ja wohl eine Ironie des Schicksals, dass ausgerechnet mir in einem Dorf voller Greise eine junge Familie vor die Augen läuft. Oder soll das ein Hinweis sein? Danke, nicht nötig. Ich weiß schon selbst, dass es hier und heute nicht um mich und meine dumme Enttäuschung geht. Jedenfalls nicht nur. Die eigentliche Frage ist doch die: Darf ich meinem Kind seinen Vater vorenthalten, nur weil der nicht schön sprechen kann und absurde Dinge sagt? Nur weil er nicht in meine Vorstellungen passt?

Zwanzig Minuten später rumpelt der Fiesta zwischen hochaufragenden Zypressen über einen steil aufsteigenden steinigen Weg. Meine feuchten Hände kleben am Steuer. Endlich kommt zwischen Bananenstauden ein winziges kastenförmiges Haus mit einer verwitterten Natursteinfassade in Sicht. Um das kleine Gebäude zieht sich eine hölzerne Veranda. Tür- und Fensterrahmen sind dunkelrot gestrichen. Auf der Veranda steht neben einer ausladenden Topfpalme ein Schaukelstuhl. Ich parke neben einem staubigen Geländemotorrad. Niemand zu sehen. Noch kann ich umkehren und «Vater unbekannt» im Formular ankreuzen.

Zögernd steige ich schließlich aus dem Auto und bleibe an den Wagen gelehnt stehen. Wie wird Matthijs reagieren? Nach dem Eindruck, den ich von ihm habe, kaum begeistert. Formulierungen aus dem Internet wie «aufgezwungene Vaterschaft» kommen mir in den Sinn. Wenn er es so sieht, kann er sich eigentlich nur freuen, dass ich gar nicht viel von ihm will. Ich werde ihn ganz sachlich informieren, danach kann er mit seinem Leben weitermachen und ich mit meinem. Und in ein paar Jahren veranstalten wir mal ein gepflegtes Kennenlerntreffen mit Hope. Es ist einfach albern, vor dem kommenden Gespräch Angst zu haben. Lass es auf dich zukommen, Juliane. Nicht gerade meine stärkste Disziplin, ich weiß. Aber schließlich bin ich unter anderem auf dieser Insel, um mich zu ändern. Also los jetzt. Tu es für dein Kind. Einmal mehr streichle ich kurz die Hope-Wölbung und gehe endlich die drei breiten Holzstufen hinauf, die zur Veranda führen.

«Van Dijk» steht auf dem Briefkasten neben der Tür. Ich lausche, höre aber nichts als Vogelgezwitscher. Eine Klingel gibt es nicht. Soll ich klopfen? Während ich noch zögere, dringt ein leises Geräusch an mein Ohr. Es scheint von einem Ort hinter dem Haus zu kommen und klingt wie Türklappen.

«Matthijs?» Ich folge dem Geräusch, gehe an Stapeln von Feuerholz vorbei um das Häuschen herum und lande auf einem erstaunlich großen Balkon, der ein ganzes Stück über den Hang herausragt, in den das Haus gebaut ist. Die Aussicht auf das Meer und die nächste Insel mit einem hohen, kegelförmigen Berg ist spektakulär. Auf dem Balkon steht ein großer Tisch mit zwei einfachen Stühlen, unter dem vorstehenden Dach des Häuschens ist eine bunte gestreifte Hängematte angebracht. Gleich neben einer Tür, deren oberer Teil aus Glas besteht. Ich gehe darauf zu, sehe durch die Scheibe und habe unvermittelt freien Blick in eine Küche im Puppenstubenformat. Matthijs kniet vor einem Schränkchen und verstaut soeben seinen Einkauf. Ich klopfe an das Glas. Er erschrickt.

Hebt den Kopf. Sieht mich. Runzelt die Stirn. Steht auf. Kommt auf den Balkon.

Mir ist ein bisschen flau im Magen.

«Juliane? Was machst du hier? Woher weißt du, wo ich wohne?

Kurz zucke ich zusammen, ich kann nicht anders. Vielleicht könnte ihm ein guter Logopäde helfen.

«Von Piet. Ich muss mit dir reden. Und tut mir leid, wenn ich eben etwas heftig reagiert habe.»

«Dann war das kein Zufall heute?»

«Nein.»

Ein paar Sekunden vergehen, ohne dass einer von uns etwas sagt.

«Worüb...» Er bricht mitten im Wort ab. «Schwangerschaftshormone», sagt er mehr zu sich selbst als zu mir. Die schönen türkisblauen Augen werden für einen Moment ganz groß, dann verzieht sich der breite Mund zu einem Grinsen. Ich bin, gelinde gesagt, verblüfft. Mit einem Grinsen als Reaktion habe ich nicht gerechnet. Mit Wut schon eher.

«Also, wenn du da an mich gedacht hast, muss ich dich enttäuschen. Ich bin – wie heißt das auf Deutsch? – zeugungsunfähig.»

Netter Versuch. Im Kino hätte ich an dieser Stelle wahrscheinlich gelacht. Im Moment allerdings fehlt mir der Sinn für den Gag.

«Haha. Ich kann dir garantieren, dass du das nicht bist. Aber wenn du darauf bestehst, können wir nach der Geburt natürlich einen Vaterschaftstest machen.»

«Das ist nicht dein Ernst.»

«Nie ist mir etwas ernster gewesen. Du bist der einzige Mann, mit dem ich in der fraglichen Zeit zusammen war.»

«Du hast wirklich mit keinem anderen …?»

«Wirklich nicht. Aber wie gesagt: Ich habe nichts gegen einen Test.»

«Ich glaub das nicht. Das kann einfach nicht sein. Ich muss mich hinsetzen.» Kopfschüttelnd lässt sich Matthijs auf einen der Stühle fallen.

Dafür habe ich Verständnis. Ich war vor ein paar Wochen auch ziemlich froh, dass ich saß, als Frau Dr. Schmidt mich mit meiner Schwangerschaft überraschte. Ich selbst bleibe stehen. Weshalb Matthijs mir jetzt direkt auf die Leibesmitte schaut.

«Müsstest du nicht einen Bauch haben?»

«Noch nicht.» Nun setze ich mich auch. «Aber falls du an Abtreibung denkst: Ich habe mich für das Kind entschieden.»

«Mann, das ist jetzt ein ziemlicher Schock.»

Er ist tatsächlich blass um die Nase.

«Bin gleich wieder da.» Er springt auf, geht ins Haus und kommt mit einer Flasche Klarem zurück. Sieht hochprozentig aus.

«Auch einen? Ach nee, dumme Frage. Soll ich dir ein Wasser holen?»

Ich schüttele den Kopf, sehe zu, wie er die Flasche entkorkt, ansetzt und einen großen Schluck nimmt. Durch meinen Kopf marschiert eine Phalanx saufender Schriftsteller. Ein Vorurteil, ich weiß, aber sie marschieren trotzdem. Matthijs schüttelt sich und korkt die Flasche wieder zu.

«Ich versteh das einfach nicht.» Er lässt den Kopf sinken und starrt mindestens eine Minute lang die Holzdielen zu seinen Füßen an. Schließlich sieht er wieder auf. Seine Augen sind plötzlich feucht.

«Vor ein paar Jahren war ich mit einer Frau zusammen», sagt er leise, «Sanne. Sie wollte unbedingt Kinder.» Ein trockenes Lachen. «Da haben sie es festgestellt, OAT-Syndrom. Nichts zu machen, haben sie gesagt. Sanne ist noch ein paar Monate geblieben, dann war Schluss.»

«Das tut mir leid. War wohl eine Fehldiagnose.» Besser, ich denke jetzt nicht darüber nach, wie viele Kinder er noch in die Welt gesetzt hat, weil er sich für unfruchtbar hielt. Matthijs sieht schrecklich traurig aus, wie er da mit hängenden Schultern hockt und mit den Gedanken offenbar in der Vergangenheit ist. Dann geht ein Ruck durch seinen Körper, und er setzt sich gerade hin.

«Mein Gott, ich fass es einfach nicht. Wir kriegen ein Kind! Ich werde Vater!»

Zu meiner Beunruhigung breitet sich langsam ein beseeltes Lächeln auf seinem Gesicht aus. Womöglich sieht er sich schon im Kreißsaal stehen. Ich sollte in Neuseeland entbinden, so weit weg von Europa wie möglich. Das läuft hier gerade in eine ganz falsche Richtung.

«Wann kommt es denn?»

«Im August. Aber hör mal, Matthijs, du musst wirklich nicht, also, was ich sagen will: Vielleicht komme ich einfach in zwei, drei Jahren mal mit dem Kind vorbei.» Oder in zwanzig. Falls Hope das überhaupt will. «Und um das klarzustellen: Es gibt kein Wir. Ich werde Mutter, und du bist der Erzeuger. Gibt es übrigens in deiner Familie irgendwelche Erbkrankheiten, von denen ich wissen sollte?»

Er hört mir gar nicht zu.

«Ich verdiene nicht gerade viel, meistens gerade mal genug für mich selbst. So gut ich kann unterstütze ich dich natürlich.»

«Deshalb habe ich dich nicht gesucht. Ich möchte dem Kind nur sagen können, von wem es stammt, wenn es danach fragt. Alles andere kann ich allein.»

«Deine Freundin hat recht, oder?» Das Lächeln ist verschwunden, stattdessen erscheint eine kleine steile Falte über seiner breiten Nasenwurzel. Der abrupte Themenwechsel bringt mich aus dem Konzept.

«Lisa? Womit denn»?

«Du bist wohl wirklich der rationale Typ, was? Wir reden über etwas so Großartiges wie ein neues Leben, und du klingst, als würdest du mir einen Fünfjahresplan vorstellen.»

Stimmt das? Habe ich meinen Geschäftston angeschlagen? In Matthijs' Worten lag Vorwurf. Aber in seinen Augen lese ich keinen. Eher nachdenklich und fragend sieht er mich an, mit diesen türkisblauen Teichen. Ich wollte nicht gefühllos klingen, nur vernünftig. Der Lage entsprechend. Aber plötzlich sehe ich mich wieder im kalten Wind am Rhein stehen und über kalbende Eisberge nachdenken.

«Das tut mir leid. Es ist nur so, also ... Weißt du, dieses Gespräch fällt mir nicht leicht. Die ganze Situation ist nicht leicht für mich. Ich kenne dich doch überhaupt nicht.»

«Und das macht dir Angst.»

Was bildet der Mann sich ein, denke ich prompt, und in der nächsten Sekunde: Stimmt doch, was er sagt. Ich antworte nicht.

«Kann ich verstehen. Aber was, wenn ich nun mehr sein will als der Erzeuger? Wenn ich mein Kind aufwachsen sehen möchte?»

«Wie soll das gehen? Du wirst kaum nach Köln ziehen wollen.» So viel Sachlichkeit ist ja wohl erlaubt.

«Aber ich könnte euch besuchen. Deutschland ist schließlich nicht am anderen Ende der Welt.»

Es fällt mir nicht leicht, wirklich nicht. Aber ich sage, was ich sagen muss. «Ja. Sicher. Das ist dein gutes Recht.»

Er nickt. «Magst du vielleicht doch ein Glas Wasser oder einen Tee?»

«Wasser bitte.»

Ich stehe auf, als er ins Haus geht, trete ans Balkongeländer, sehe auf die glitzernde blaue Wasserfläche tief unter mir. Das kann auch nur mir passieren. Unter Millionen von Männern erwische ich ausgerechnet den einen, der sich über ein ungeplantes Kind von einer völlig Fremden freut.

«Sie wird bestimmt sehr hübsch.» Ich hab Matthijs gar nicht zurückkommen hören.

«Wie bitte?» Er reicht mir ein Glas.

«Unsere Tochter. So hübsch wie du.» Er grinst. «Und wie ich natürlich. Was machst du eigentlich beruflich? Kann ja nicht schaden, wenn wir uns ein bisschen besser kennenlernen, oder?»

Eineinhalb Stunden später mache ich mich auf den Rückweg. Matthijs ist anscheinend doch nicht ganz so verrückt, wie ich dachte. Wenn es nicht gerade um seinen Roman geht, redet er eigentlich ganz vernünftig. Er will sich sogar einen Telefonanschluss legen lassen, damit wir skypen können.

Vielleicht, denke ich während der langen Fahrt, vielleicht ist es gar nicht so verkehrt, wenn sich außer mir noch jemand um Hope sorgt. Falls Matthijs bei dem bleibt, was er heute gesagt hat. Mit jeder Kurve, die ich hinter mir lasse, fällt ein Stück Anspannung mehr von mir ab. Das letzte bisschen lasse ich mir am Strand wegtrommeln. Und als die Schmuckkästchen-Sterne am Himmel stehen, kann ich tatsächlich an etwas anderes denken als an mein Kind, mich und den Erzeuger. Morgen kommt Jan. So denn alles geklappt hat. Bei dem Gedanken an das Gesicht, das Lisa machen wird, muss ich jetzt schon grinsen.

31

Polynomdivision

Lisa

»Juliane, endlich! Meine Güte, ich hab dich schon mit dem Auto in irgendeiner Schlucht liegen sehen! Wo hast du denn gesteckt? Es ist fast elf! Warum gehst du nicht an dein Handy? Bist du immer noch sauer auf mich? Ich muss dir unbedingt was erzählen.»

«Hol mal Luft.»

Okay. Gut. Das war vielleicht ein bisschen viel auf einmal. Ich bin immer noch tierisch aufgeregt wegen Jan. Und weil ich eine Entscheidung gefällt habe. Nach stundenlangem Grübeln und viel zu viel Kaffee fühle ich mich, als hätte ich Ameisen in den Adern. Juliane sieht erschöpft aus. Aber nicht wütend. Das ist schon mal gut.

«Alles in Ordnung mit dir?»

«Ich weiß nicht.»

«Wie, du weißt nicht? Ist etwas passiert? Wo warst du denn nun so lange?»

«Ich bin zu Matthijs gefahren. Und hab mit ihm geredet.»

«Echt jetzt? Die ganze Zeit? Du hast es ihm gesagt?»

«Kannst du aufhören, drei Fragen auf einmal zu stellen? Ja, ich habe es ihm gesagt. Danach bin ich an den Strand zur Musik und hab dann noch am Meer gesessen. Und jetzt bin ich müde.»

Sie zieht sich ihr Shirt über den Kopf, lässt die Leinenhose fallen und sagt kein Wort mehr. Moment mal. So nicht.

«Wie hat er reagiert? Nun erzähl schon!»

In aller Ruhe schlägt Juliane ihr Bettzeug zurück, nimmt ihr Nachthemd und zieht es an. Das macht sie nur, um mich zu ärgern.

«Juliane!»

Sie seufzt, aber dann lächelt sie und setzt sich auf die Bettkante. Zehn Minuten später bin ich im Bilde. Wow. Was für eine verrückte Geschichte! «Hab ich doch gleich gesagt, dass er in Ordnung ist. Finde ich super, dass er zu dem Kind steht. Überleg mal, der Arme hat gedacht, er kann nie Vater werden, und jetzt ...»

«Jetzt habe ich einen merkwürdigen und ziemlich eingebildeten Kindsvater am Hals.»

«Das ist doch gut, oder?»

«Ja, ist es vermutlich. Und so schlimm, wie ich anfangs dachte, scheint er nicht zu sein. Wenn man länger mit ihm redet, hört sich sogar die Stimme ziemlich normal an.»

«Warum hast du es dir überhaupt anders überlegt?»

Sie zögert mit der Antwort, klopft ihr Kissen zurecht, nimmt die Haare mit der Hand zu einem Zopf zusammen.

«Weil es stimmt, was du die ganze Zeit gesagt hast. Hope hat ein Recht drauf. Zufrieden? Und jetzt möchte ich wirklich schlafen. Ich bin total erledigt. Wir reden morgen weiter, ja?»

Sie knipst die Nachttischlampe aus und dreht sich mit dem Gesicht zur Wand. Im Licht des abnehmenden Mondes kann ich unter der dünnen Bettdecke gerade noch die Silhouette ihres Rückens sehen. In der nächsten Minute scheint sie eingeschlafen zu sein, jedenfalls atmet sie tief und regelmäßig.

Und was ist mit mir? Nicht mal gefragt hat sie, was ich ihr erzählen will. Es dauert ewig, bis ich einschlafen kann.

Als ich aufwache, ist es tatsächlich kurz nach neun. Von der Terrasse weht der Duft frischen Kaffees hoch ins Atelier. «Lisa! Frühstück!» Juliane klingt gut gelaunt. Sie hat nur für zwei gedeckt.

«Schläft Thomas noch?»

«Der ist schon unterwegs.» Nach wie vor fröhlicher Ton. Deshalb warte ich bis nach dem ersten Brötchen, ehe ich meine kleine Bombe platzenlasse und ihr die Laune verderbe.

«Du, ich muss dir was sagen. Ich fliege nach Hause.»

«Gibst du mir bitte mal die Milch?»

«Hast du mir zugehört?»

«Sicher», sagt sie heiter. «Du willst zurück.»

Das ist alles? Das ist ihre ganze Reaktion?

«Willst du gar nicht wissen, warum?»

«Doch, doch, natürlich. Warum?»

«Weil es überhaupt nichts bringt, wenn ich noch hierbleibe. Indem ich hier in der Sonne herumliege, kann ich meine Ehe sowieso nicht retten.» Ich warte. Sie sagt nichts. «Und weil Jan die Kinder allein gelassen hat und nach Fürth gefahren ist. Irgendein Ärger in der Firma. Das wollte ich dir gestern schon erzählen. Erst war ich ganz schön sauer deswegen.»

«Und jetzt nicht mehr?»

Nun sieht sie doch erstaunt aus.

«Na ja, er hat sie ja nicht ganz allein gelassen. Katharina ist bei ihnen. Wahrscheinlich konnte er wirklich nicht anders.»

«Was für ungewohnt versöhnliche Töne aus deinem Mund.»

«Du hast doch selbst gesagt, dass Vorwürfe mich nicht weiterbringen. Na ja, da hab ich gestern noch mal drüber nachgedacht, als ich auf dich gewartet habe. Und mir vorgenommen, in Ruhe mit ihm zu reden, wenn er aus Fürth zurück ist. Ich … ich hab auch eine Liste gemacht.»

«Deshalb musst du doch nicht rot werden. Ich schreibe ständig Listen.»

«Ja, ich weiß.»

«Und was steht drauf, auf deiner Liste?»

«Ein paar Punkte halt, die wir ändern könnten, Jan und ich. Die Sachen, die du vorgeschlagen hast, und noch ein paar Dinge.» Ich muss ihr ja nicht auf die Nase binden, dass da was von schöner Unterwäsche und erotischer Literatur steht.

«Bist du ganz sicher, dass auch dein Name auf der Liste ist und nicht nur der von Jan?»

«Blöde Kuh.» Mitten in unser Lachen tönt ein leises Pling.

Mein Handy kann es nicht sein, das ist oben in meiner Tasche. Julianes liegt neben ihrer Kaffeetasse. Sie liest, lächelt und legt das Telefon wieder zur Seite.

«Gute Nachrichten?»

Sie zuckt mit den Achseln. «Nichts Wichtiges. Hast du dich schon um einen Rückflug gekümmert?»

«Noch nicht, ich will gleich zum Hafen.» Ein paar von den Kneipen dort haben Hotspots.

«Das passt gut.»

Sie lächelt schon wieder. Die reinste Sphinx.

«Wieso?»

«Da können wir zusammen gehen, ich hab auch noch etwas zu erledigen.»

«Von mir aus. Warum hast du heute eigentlich so gute Laune? Wegen Matthijs?»

«Vielleicht.»

Während wir den Tisch abräumen, summt sie vor sich hin. Ich kann mich nicht entsinnen, Juliane je summen gehört zu haben. Hier ist doch irgendwas faul. Wer weiß, wo sie gestern wirklich noch gewesen ist. Vielleicht hat sie doch noch mal mit Matthijs …? Eher unwahrscheinlich. Oder? Jedenfalls kann ich kaum fassen, dass sie so gelassen auf meine Rückflugpläne reagiert, anstatt sie mir ausreden zu wollen. Das passt überhaupt nicht zu ihr. Andererseits ist Juliane bekanntermaßen etwa so leicht zu verstehen wie eine von Oles Matheaufgaben zur Polynomdivision. «Ich geh nach oben und zieh mich um, okay?»

«Ja, mach, ich komm auch gleich.»

Gerade habe ich meine Jeans zugemacht und nach meinem dunkelroten Lieblingspulli gegriffen, als Juliane ins Atelier kommt.

«Willst du nicht das grüne Kleid anziehen? Das steht dir so gut, und das Wetter ist so schön.»

«Wieso um Himmels willen sollte ich jetzt das Kleid anziehen? Was ist denn nur heute mit dir los?» Sie selbst trägt eine meerblaue Viskosebluse über einer schwarzen Chino, also keineswegs ein Kleid.

«War nur so ein Gedanke.»

«Man könnte glauben, du hättest was geraucht.»

«Ich hab einfach nur gute Laune.»

Leise summend bringt sie ihr Bett in Ordnung. So langsam geht mir dieses Gesumme auf die Nerven.

«Können wir?»

«Ja, ich bin fertig, muss nur noch mal kurz ins Bad.»

Von wegen kurz. Was macht sie denn da drin? Geschminkt war sie doch schon. Nach zehn Minuten reicht es mir. Ich gehe ins Haus und will gerade an die Badezimmertür klopfen, als ich sie sagen höre: «Genau. El Puerto. Ja, ich auch. Bis dann.»

Soso. Heimliche Telefonate und Verabredungen. Nachtigall, ick hör dir trapsen. Ich mache, dass ich wieder auf die Terrasse komme.

«Verdauungsprobleme?», frage ich zwei Minuten später zuckersüß.

«Ja, äh, ein bisschen. Hab ich öfter, seit ich schwanger bin.»

«Ja, das kenn ich. Du Arme!» Na warte, meine Liebe, ich werde schon dahinterkommen, was hier läuft.

«Aquí hay wifi» verkündet ein schwarz-weißes Schild gleich in einem der ersten Cafés am Hafen.

«Okay», sage ich zu Juliane, «wollen wir uns in einer Stunde wieder hier treffen? Länger wird es kaum dauern.»

«Das ist das falsche.»

«Was?»

«Äh, die haben hier eine ganz schwache Verbindung.»

«Woher willst du das wissen?» Ich kann mich nicht erinnern, dass wir hier schon mal gewesen wären.

«Hat Piet neulich erzählt. Da drüben der Laden, siehst du den? Da soll das Netz superschnell sein.» Sie zeigt auf ein anderes Café, vielleicht hundert Meter weiter. Sieht ziemlich voll aus. Juliane geht nicht gern in volle Läden. Aber sie verhält sich heute derart merkwürdig, dass ich mir jede Diskussion schenke. Polynomdivision halt. «Wenn du meinst.»

Im Näherkommen kann ich den Namen lesen: «El Puerto». Soso. Grinsend schaue ich Juliane an, aber die blickt starr geradeaus. Sie wirkt plötzlich angespannt, vielleicht sogar ein bisschen nervös. Während wir auf das Café zugehen, rasen sekundenschnell Bilder durch mein Hirn. Matthijs und Juliane, verlegen händchenhaltend, Juliane, die mir verschämt und mit roten Wangen gesteht, dass sie doch ... Matthijs und Juliane in ein paar Monaten mit dem Kinderwagen unterwegs. An der Stelle ist das Bild etwas unklar – in Köln oder auf der Insel? Das wird ein ganz schön kompliziertes Familienleben. Und ich dachte, sie liebt immer noch Alex. Vertieft in meine Gedanken, merke ich gar nicht, dass wir beim «El Puerto» angekommen sind.

«Lisa?»

«Hm?» Ich schrecke auf. Es ist nicht Julianes Stimme, die ich höre. Sondern eine Männerstimme. Eine sehr vertraute. Die ich hier aber gar nicht hören kann. Das kommt davon, wenn man sich am helllichten Tag in Phantasien verliert.

Irritiert schaue ich mich um. Juliane ist nirgends zu sehen. Wie vom Erdboden verschluckt. Wo ist sie denn so schnell hin? Mein Blick sucht die vielen besetzten Tische ab und bleibt an einem Mann hängen, der fast exakt so aussieht wie meiner. Nur die Haare sind kürzer. Der Mann sagt: «Hallo, Lisa.» Und mein Herzschlag setzt für einen Moment aus.

32

Sperrfeuer

Juliane

Lisa bemerkt nicht, dass ich ein Stück hinter ihr zurückbleibe. Sobald ich Jan zwischen den Gästen des «El Puerto» entdecke, gehe ich zur Seite. Meine Anwesenheit kann jetzt nur stören. Zwischen dem Café und einem schmalen Apartmenthaus wächst eine der auf der Insel allgegenwärtigen Palmen, ein erfreulich dickstämmiges Exemplar. Ich stelle mich dahinter und versuche, nicht darüber nachzudenken, was ich hier eigentlich treibe. Wer Phantombilder mit Stirnbändern bemalt, darf sich auch hinter Palmen verstecken. Wenn ich den Kopf ein bisschen vorstrecke, habe ich zwischen Stamm und Hauswand freie Sicht auf die meisten Tische. Und auf Lisa. Die steht noch stocksteif vor dem Café und starrt Jan an, als wäre er ein dem Hafenbecken entstiegener Geist. Ah, jetzt bewegt sie sich. Mit der Geschwindigkeit einer Schildkröte geht sie auf Jan zu, wird aber auf den letzten Metern schneller. Sehr schnell. Sie hebt den rechten Arm. Entgeistert flüstere ich: «Nein, Lisa, tu das nicht!»

«Wie kannst du mich so verarschen?» Die Köpfe sämtlicher anderen Gäste fahren hoch. Und wir alle erleben mit, wie meine verrückte Freundin ihrem Mann eine kräftige Ohrfeige verpasst. Entsetzt schließe ich die Augen. Als ich sie wieder aufmache, liegt Lisa heulend in Jans Armen. Es stimmt schon, was sie gesagt hat: Von Beziehungen habe ich keine Ahnung.

Zeit für mich zu gehen. Noch einmal linse ich zu den beiden hinüber. Lisa klebt nach wie vor an Jans Brust, während der gerade mit der Hand ein Zeichen in Richtung Café-Tür gibt. Meint er den Kellner? Aber da ist kein Kellner. Nur ein anderer Mann an einem kleinen Tisch gleich neben der Tür. Ein Mann mit dunkelblondem Haar und Karamellaugen. Ein Mann, der in diesem Moment in einer Nürnberger Restaurantküche stehen müsste, anstatt hier, wenige Meter von mir entfernt, mit Daumen und Zeigefinger ein Okay zu signalisieren. Wenn diese Insel nicht wesentlich magischer ist, als selbst Nelly glauben kann, dann sitzt da Alex.

Meine Knie werden zu Gelee, ich muss mich mit dem Rücken an den Palmenstamm lehnen. Das hat den zusätzlichen Vorteil, dass ich jetzt nicht mehr Alex, Lisa und Jan im Blick habe, sondern den Hafen. In einiger Entfernung sehe ich Piet mit einem Segel hantieren. Ein schönes, beruhigendes Bild, eines, das in die Inselwirklichkeit passt. Ganz im Gegensatz zu Alex. Was um Himmels willen macht der hier? Lisa, denke ich. Das war Lisa. Unsinn. Die wusste ja nicht mal, dass Jan kommt. Also Jan. Auch Blödsinn. Der wird sich doch keinen Freund mitbringen, wenn er während eines Segeltörns seine Ehe retten will. Oder doch? Machen Männer so etwas? Zusammen angekommen sind sie ja offensichtlich. Aber das ergibt doch keinen Sinn. So wenig, wie es Sinn ergibt, dass ich mich mit weichen Knien an eine Palme presse, nur weil ich zum ersten Mal seit ungefähr einem Jahr meinen Ex sehe. Ob Alex meinetwegen hier ist? Ja, natürlich, Juliane. So wird es sein. Sicherlich verzehrt er sich danach, dich samt deinem Bankert in seine Arme zu schließen. Und wenn sie nicht gestorben sind, dann leben sie noch heute. Piet zieht ein Segel hoch. Es flattert locker im leichten Wind, ehe er es wieder herunterlässt. Und ich bin völlig aus dem Kurs.

In meiner Tasche plingt das Handy. «Kommst du?», schreibt Jan. Also doch Jan. Ich verstehe es einfach nicht.

Es gibt wohl nur einen Weg, herauszufinden, was hier vor sich geht. Der ist ungefähr acht Meter lang und führt über eine vollbesetzte Café-Terrasse. Ich atme tief durch, fahre mir mit den Händen kurz durch die Haare und widerstehe dem Reflex, den Handspiegel aus der Tasche zu holen. Es ist doch völlig egal, wie ich aussehe.

Inzwischen sitzt Lisa rechts neben Jan auf einem Stuhl, zu seiner Linken hat sich Alex eingefunden. Alle drei sehen mir entgegen. Ich komme mir vor wie auf dem Laufsteg. Wobei Lisa meinem Auftritt offensichtlich nicht viel abgewinnen kann. Man könnte glauben, ich hätte ihren Dackel vergiftet, so wie sie mich anblitzt. Die Männer gucken freundlich neutral. So wie ich. Hoffe ich.

«Hi, Jan, schön, dass alles geklappt hat. Tag, Alex.»

Zu Lisa sage ich nichts.

«Hallo, Juliane. Schön, dich zu sehen.»

So muss eine Männerstimme klingen! Reiß dich zusammen, Juliane.

«Dito. Ist ja schon eine Weile her.» Nüchtern und gelassen, das war gut. Lisa gibt ein kleines Schnauben von sich. Was hat sie denn bloß? Ehe ich Alex fragen kann, was ihn auf die

Insel treibt, grätscht Lisa dazwischen. «Ich muss mal zur Toilette, kommst du bitte mit?» Extrafreundlicher Ton, falsches Lächeln. Es ist vielleicht besser, ich gehe tatsächlich mit. Sonst macht sie womöglich gleich noch eine Szene.

Der Vorraum zur einzigen Toilette des Ladens ist so klein, dass sich fast unsere Nasen berühren.

Lisa giftet sofort los. «Hör mir mal gut zu, Juliane Richter! Wenn du glaubst, was managen zu müssen, dann manage gefälligst dein eigenes Leben. Ich kann meine Probleme allein lösen, nur damit du es weißt!»

«Ach?»

«Nix ach. Und noch eins: Du hast Alex schon genug verletzt. Dass du ihn jetzt hier antanzen lässt, während du wieder mit Matthijs rummachst, finde ich völlig daneben. Und ich habe gedacht, du liebst ihn!»

«Wen jetzt? Du bist ja ganz konfus.»

«Alex, ich hab's doch selbst gelesen.»

Das reicht. Ich werde ganz sicher nicht zwischen Handwaschbecken und Klotür mein nicht vorhandenes Liebesleben mir ihr diskutieren. Oder darüber nachdenken, wo sie was gelesen haben will.

«Jetzt hörst DU mir mal gut zu, meine Liebe. Ich habe erstens keine Ahnung, wie und warum Alex auf die Insel gekommen ist. Zweitens mache ich nicht mit Matthijs rum, und wenn, ginge es dich nichts an. Und drittens solltest du jetzt deinen Hintern hier rausbewegen. Da draußen sitzt nämlich dein Mann und will mit dir ins Reine kommen. Auch wenn ich mich allmählich frage, warum er dich nicht längst zum Teufel geschickt hat, so wie du dich benimmst!»

Lisa läuft puterrot an und schnappt nach Luft wie ein Fisch an Land. Zum zweiten Mal innerhalb von zwei Tagen lasse ich sie einfach stehen. Leider kommt sie wieder zu Atem, ehe ich außer Hörweite bin.

«Und dein Chris ist übrigens schwul!»

Ob dieses Café einen Hinterausgang hat? Halt. Ich bin im Begriff, mich auf das Kindergartenniveau zu begeben, auf dem Lisa gerade unterwegs ist. Das kommt gar nicht in Frage. Vor der ganz normalen Tür nach draußen sammle ich mich kurz, setze ein Lächeln auf und gehe zurück zu Jan und Alex.

«Lisa macht sich noch frisch. Also, Alex, was führt dich auf die Insel? Braucht Jan deine Unterstützung?»

Alex lacht. «Wohl kaum.» Beide Männer grinsen. Vielleicht sollte ich Jan warnen. Vor Lisa und ihrem derzeitigen Zustand. Wenn ich es nicht besser wüsste, würde ich glatt sie für die Schwangere von uns beiden halten. Aber bei ihr sind wohl andere Hormone durcheinander. Hoffentlich kann Jan die wieder in Balance bringen.

«Genau genommen bin ich deinetwegen hier.»

Beinahe hätte ich Alex' Antwort überhört.

«Meinetwegen?»

Wieder flackert diese dumme, realitätsferne kleine Hoffnung in mir auf. Er mag mich noch, trotz allem. Was sonst kann er meinen?

«Und wegen Sebastian.»

Diesen Moment meiner totalen Verwirrung wählt Lisa, um die Szene wieder zu betreten. Sie hat tatsächlich ihr Makeup aufgefrischt und sich sogar die Lippen geschminkt. Mich würdigt sie keines Blickes, aber immerhin hat sie ein Lächeln für Jan.

Sie setzt sich nicht, sondern bleibt Jan gegenüber am Tisch stehen. «Tut mir leid wegen eben. Und jetzt?», fragt sie ihn.

«Jetzt möchte ich mit dir segeln gehen.»

Ich sehe das kurze Aufleuchten in ihren Augen genau. Aber ich kenne sie. Um nichts in der Welt würde sie jetzt zugeben, dass sie sich freut. Oh nein. Nicht Lisa. Die liebe Lisa kostet den Moment aus, sagt keinen Ton. Jan streckt ihr die Hand entgegen. Ich halte die Luft an.

«Also gut.» Ganz die Königin, die gnädig eine Audienz gewährt. «Gehen wir segeln.» Und dann endlich nimmt sie seine Hand und zieht ihn vom Stuhl hoch. Erleichtert atme ich aus.

Jan zwinkert mir zu und sagt nur: «Wir sehen uns in drei Tagen.» Dann gehen die beiden in Richtung Aurora davon. Nein, nicht Hand in Hand. Eher mit einem Sicherheitsabstand.

Alex und ich sehen uns an und müssen beide lachen.

«Meinst du, die zwei schaffen das?»

«Wenn ich nicht an eine ernsthafte Chance glauben würde, hätte ich Jan nicht hergeholt. Lisa ist voller guter Vorsätze.» Ich grinse. «Nur mit der Umsetzung hat sie so ihre Schwierigkeiten. In ein paar Tagen wissen wir mehr.»

«Solch eine Cupido-Aktion hätte ich dir gar nicht zugetraut. Aber so wie es aussieht, hab ich dich in so manchem Punkt falsch eingeschätzt.»

Sein Blick huscht über meinen vollen Busen. Der Mann, der drei Jahre mit mir zusammen war, sieht die Veränderung natürlich. Ich fühle, wie mir die Hitze ins Gesicht steigt. Ich will etwas sagen, aber er schüttelt den Kopf und redet schon weiter.

«Du musst dich nicht rechtfertigen. Das ist ganz allein deine Sache. Möchtest du etwas trinken?»

«Einen Zitronentee.» Alex steht auf und geht ins Café.

Warum sollte ihn auch interessieren, wie ich zu dem Kind gekommen bin? Ein Teil von mir möchte es ihm erklären, als er mit meinem Tee und einem Bier für sich zurückkommt. Aber dann halte ich doch den Mund.

Schweigen breitet sich zwischen uns aus. Jeder von uns hängt eigenen Gedanken nach. Ich würde viel darum geben, die von Alex lesen zu können. Es ist so seltsam, wieder neben ihm zu sitzen. Seine Stimme zu hören. Den Duft seines Rasierwassers zu riechen. Trotz all der Zeit, die vergangen ist und in der ich mit aller Macht versucht habe, Alex aus meinem Kopf und meinem Herzen zu verdrängen, ist alles an ihm noch so vertraut.

Schließlich räuspert sich Alex. «Ja, also, ich soll dir Grüße von Sebastian ausrichten. Er hofft, dass es dir wieder besser geht.»

«So, tut er das.» Kaum fällt wieder dieser Name, werde ich wütend. «Hör mal, ich weiß nicht, was genau die alte Tratschtante dir erzählt hat, aber es ist mir gerade ziemlich gleichgültig, was Sebastian hofft oder nicht hofft.»

«Er hat gesagt, er hätte dich sehr verletzt.»

Dem ist nichts hinzuzufügen.

«Und er weiß, dass er zu weit gegangen ist. Das soll ich dir auch noch sagen.»

«Seit wann bist du Sebastians Bote?» Ich habe schärfer geklungen, als ich wollte. Unsinn rede ich auch. Daran ist nur diese Wut auf meinen Chef schuld. Ein klarer Fall von Übertragung. Alex hat doch eigentlich gar nichts mehr mit Sebastian zu tun. Er würde sich nie von ihm durch die Welt schicken lassen. Und ganz sicher würde Sebastian Alex nicht in ein Flugzeug setzen, um mir eine Entschuldigung zu überbringen. Komm wieder zu Verstand, Juliane.

Alex tut so, als hätte ich nichts gesagt. Er trinkt einen Schluck Bier und beobachtet die Leute, die die Hafenpromenade bevölkern. Dann wendet er sich mir zu und schaut mir direkt in die Augen.

«Wie geht es dir? Kommst du klar?» Da ist keine Häme in seinem Blick. Nur Interesse, vielleicht sogar Sorge. Mein Herz macht einen idiotischen kleinen Hüpfer.

«Ja, danke, uns geht es gut.» Ich streiche mir über den Bauch und lächle.

«Dann wirst du in Zukunft hier leben?»

Was? Wie kommt er denn darauf?

«Äh, nein.»

Ich überlege, wie viel Alex wissen kann. Was Sebastian weiß. Nicht viel. Aber er wird sich zusammengereimt haben, wo und wann ich schwanger geworden bin. Sebastian mag überspannt und egozentrisch sein, dumm ist er nicht. Wahrscheinlich ahnt er auch, warum ich wieder hier bin. Aber das alles erklärt nicht, warum Alex ebenfalls hier ist.

«Also kommst du zurück nach Köln?», fragt Alex.

Warum interessiert ihn das? Er selbst lebt ja schließlich in Nürnberg. Und schon bin ich wieder bei Sebastian, der garantiert der Urheber dieser Frage ist.

«Wieso willst du das wissen?»

«Weil ... also, gleich wirst du mich für verrückt halten.»

«Glaub mir, mich kann nach den vergangenen Monaten nichts mehr erschüttern.»

«Sebastian will Dream Team Events aufgeben.»

«Was?» So viel dazu, dass ich nicht mehr zu erschüttern bin. Ich bin mehr als das, ich bin bestürzt. Nein, entsetzt.

«Aber wieso, das kann er doch nicht machen!»

Ich kann nicht weitersprechen. Wie steigert man das Wort

Wut? Flammende Wut? Ja, das passt, es lodert nur so in mir. Ich habe die Firma mit aufgebaut, ich! Kaum Freizeit, kaum Urlaub, unbezahlte Überstunden ohne Ende. Jahrelang. Ohne mich wäre dieser kleine Dekorateur nie so weit gekommen. Der kann doch nicht einfach aufhören! Und was ist mit mir? Wie soll ich ihm einen Job vor die Füße werfen, den es gar nicht mehr gibt? Mal angenommen, dass ich das wollte. Mir fehlen die Worte.

«Ich hab auch gedacht, ich höre nicht richtig. Carsten und er gehen in die USA, um dort in Ruhe eine Leihmutter zu suchen. Da ist das erlaubt. Sie überlegen, ganz auszuwandern.»

«Wann?»

«Wann er mir das gesagt hat?»

«Wann er aufhören will.»

«Das hängt davon ab.»

«Alex!»

«Jetzt kommt der wirklich verrückte Teil.» Er nimmt noch einen großen Schluck von seinem Bier. Ich gäbe etwas drum, jetzt auch ein eiskaltes Helles auf das Feuer in meinem Inneren gießen zu dürfen. Lauwarmer Zitronentee hilft gar nicht.

«Er hat mir die Firma angeboten.»

Der Zitronentee sprüht über den Tisch, als ich mich verschlucke. Alex reicht mir eine Serviette.

«Geht's wieder?»

«Dir? Aber wie ...?»

«Erst einmal soll ich als Partner einsteigen. Und dann, nach und nach, das Ganze übernehmen. Zu sehr fairen Bedingungen, das muss ich schon sagen. Er meinte, das sei ihm lieber, als an einen Fremden zu verkaufen. Wobei ich persönlich denke, er kann sich sein Leben ohne die Agentur nicht so richtig vorstellen und will aus der Ferne weiter den Finger draufhaben.»

Ein Sperrfeuer von Gedanken schießt durch mein Hirn. Wieso fragt Sebastian nicht mich? Weil ich schwanger bin. Weil er weiß, dass ich kein Geld habe. Weil ich Risiken nicht leiden kann. Weil er ein Idiot ist. Aber Alex als Chef vom Dream Team? Er ist Koch, kein Manager. Na und? Sebastian ist Dekorateur. Aber er hat mich. Hatte mich. Alex hat das Geld auch nicht. Was ist überhaupt mit Nürnberg? Oh Gott, er wäre dann wieder in Köln! Wieder im selben Betrieb. Jeden Tag. So nah und doch so fern. Von wem stammt das? Egal. Das geht nicht. Das könnte ich nicht aushalten. Genauso gut kann ich mir eine chronische Bindehautentzündung wünschen. Ich werde arbeitslos. Eine alleinerziehende Arbeitslose. Das ist doch ein Witz, aber ein ziemlich schlechter.

«Juli? Du sagst ja gar nichts.»

Richtig. Ich starre Alex nur an, als hätte er sich gerade in eine exotische Pflanze verwandelt.

«Das ist ein Witz, oder?»

«Für Sebastian nicht. Und für mich, na ja, ich meine, ich weiß natürlich, dass ich so einen Laden nicht schmeißen kann. Jedenfalls nicht allein. Ich bin schließlich Koch. Aber ich hab darüber nachgedacht.»

«Ernsthaft nachgedacht?»

«Schon. Weißt du, Nürnberg ist eine wirklich schöne Stadt. Aber der Job ist Stress pur, und mir fehlt Köln. Es hat sich schon verlockend angehört. Aber dann hab ich mit Jan darüber geredet.» Seltsamerweise grinst Alex, als er das sagt. Und anstatt mich vernünftigerweise zu fragen, warum, erfreue ich mich spontan am Anblick seiner Grübchen. Meine Güte, ich bin gerade ganz schön durch den Wind. Räuspern hilft.

«Und, was hat Jan gesagt?»

«In der Kurzfassung: Dass Sebastians Größenwahn offensichtlich auf mich abgefärbt hat. Und dann hat er noch gemeint, die Einzige, die Dream Team Events übernehmen könnte, wärst ja wohl du. Jedenfalls wenn du nicht in deiner Situation wärst.»

Da haben wir sie wieder, meine schwierigen Umstände. Fast muss ich lachen. Stattdessen versuche ich, den einen oder anderen Gedanken zur Abwechslung mal klar und zu Ende zu denken.

«Fasse ich das jetzt richtig zusammen? Sebastian will aufhören und dich als Partner reinholen. Du kannst die Agentur aber nicht übernehmen. Ich auch nicht. Wobei er mich natürlich gar nicht erst gefragt hat. Also wird er sie wohl auf den Markt bringen. Und keiner weiß, was dann passiert.» Alex nickt.

«Und wieso bist du dann bitte hier? Sag jetzt ja nicht wegen der Sonne.»

Wieder dieses Grinsen. «Aber die scheint doch wirklich sehr schön.» Demonstrativ dreht er den Kopf gen Himmel.

«Alex!»

«Weil ich im Gegensatz zu Jan denke, dass du auch mit einem Kind die Einzige bist, die es machen kann. Und sollte.»

Dream Events. Ganz ohne Team. Soll heißen: ohne Sebastian. Mit mir. Als Chefin. Traum. Albtraum? Das vernünftige Denken will heute einfach nicht klappen.

«Und du bist eigens hergeflogen, um mir diesen zugegeben schmeichelhaften Blödsinn zu erzählen.»

«Und wegen der Sonne natürlich.»

Dieses Grinsen!

«Auch ein Koch braucht Urlaub. Wobei es nur für ein verlängertes Wochenende reicht. Leider, ich bin in einem sehr schönen Vier-Sterne-Hotel abgestiegen. Mit Pool und allem, was der erschöpfte Mensch begehrt. Nein, im Ernst, ich hab mich spontan Jan angeschlossen, als er mir von seinem Flug erzählt hat. Vielleicht war ich auch ein bisschen neugierig.» Er steht auf. «Ich hole mir noch Bier. Was möchtest du noch trinken?»

Ich schüttele den Kopf. Alex geht ins Café. Neugierig? Wahrscheinlich auf den Anblick seiner schwangeren Ex. Oder auf den Ort, an dem die verspannte Juliane die Kontrolle verloren hat. Wie auch immer. Wenn Alex mit seinem Bier kommt, werde ich mich verabschieden. Das ist mir gerade alles zu viel. Ich muss die Neuigkeiten verdauen und all die wirren Gedanken in meinem Kopf ordnen. Es scheint, als wäre das Drehbuch «Mein verrücktes Leben» noch nicht zu Ende.

33

Arsch auf Grundeis

Lisa

Was für ein eigenartiges Gefühl. Da gehe ich neben dem Mann her, mit dem ich seit sechzehn Jahren verheiratet bin, und bin so unsicher, als würde meine Entjungferung bevorstehen. Wobei jetzt wohl nicht der richtige Moment ist, um an jenen schrecklichen Nachmittag mit einem gewissen Clemens Cramer zurückzudenken. Jan läuft schweigend und mit einigem Abstand neben mir her, den Blick auf den Hafen gerichtet. So richtig kann ich immer noch nicht fassen, dass wir zusammen auf dem Weg zur Aurora sind. Irgendwie unwirklich. Ob Jan sich auch unsicher fühlt? Vielleicht sollte ich langsam mal was sagen.

«Ich hab ja gar keine Sachen dabei. Wir müssen erst hoch zu Thomas.»

«Müssen wir nicht, ich hab zu Hause was für dich eingepackt. Ist alles schon auf dem Boot.»

Das waren sie nun also, die ersten weltbewegenden Worte, die wir miteinander gewechselt haben, seit wir aus dem Café raus sind. Von hier bis zum alles klärenden Beziehungsgespräch kann es sich nur noch um einen winzigen Schritt handeln, haha. Ehrlich gesagt geht mir der Arsch ziemlich auf Grundeis. Ich hatte doch gar keine Chance, mir die richtigen Worte zurechtzulegen. Das wollte ich im Bus tun. Und auf der Fähre. Und im Flugzeug. Und zu Hause auf dem Sofa, während ich darauf gewartet hätte, dass Jan aus Fürth zurückkommt. Jetzt ist er auf einmal hier und mein Gehirn abgestürzt wie mein alter Laptop. Unfair ist das, jawohl.

«Holá, Lisa! Schön, dich wieder an Bord zu haben.» Piet reicht mir die Hand und hilft mir aufs Boot. Sein freundliches Gesicht löst pure Erleichterung in mir aus. Jan und ich sind ja gar nicht allein, jedenfalls noch nicht. Es gibt noch eine Gnadenfrist. Erst einmal müssen Leinen losgemacht, Segel hochgezogen werden und all das. Jan ist begeisterter Segler. Sein alter Freund Kai hat eine Jolle an der Rurtalsperre. Aber die Aurora ist natürlich eine ganz andere Liga. Man könnte übrigens glauben, Jan und Piet seien auch seit Jahren befreundet, so selbstverständlich, wie sie miteinander umgehen. Vielleicht gibt es eine Seelenverwandtschaft unter Seglern. Ich lasse die Männer machen, setze mich ins Cockpit und sehe zu. Wenig später steht mein segelseliger Mann am Ruder, strahlt über alle vier Backen und scheint um Jahre verjüngt.

Nach einer halben Stunde stellt Piet die Maschine aus. Es ist ein fast feierlicher Moment, als plötzlich Ruhe einkehrt und nur noch das Rauschen des Wassers an der Bordwand zu hören ist. Selbst Jans Hinterkopf scheint Glücksgefühle auszustrahlen. Piet ist nach unten gegangen, um Getränke zu holen. Und ich? Ich bin mit einem Mal von Leichtigkeit erfüllt, von einem Alles-wird-gut-Gefühl. Jan wäre doch nicht hier, wenn er nichts mehr für mich empfinden würde. Oder? Vielleicht muss ich ihm gar nicht mehr sagen, als dass ich ihn liebe und nichts dagegen machen kann. Immerhin hat er mir vorhin den Rücken gestreichelt, und das, nachdem … nein, an mein peinliches Verhalten denke ich jetzt nicht zurück.

Drei entspannende Segelstunden und ein paar Bier später bringt Piet uns an Land. Die Aurora ankert mit großem Abstand vor der Insel mit dem Walfischflossen-Felsen. Und da Miss Perfekt Juliane diesen Törn geplant hat, haben wir ein Zelt, Grillanzünder, zwei extradicke Isomatten, Wolldecken sowie eine gutgefüllte Kühlbox im Schlauchboot. Ich sehe quasi, wie Juliane die Liste schreibt.

Leider war mein Alles-wird-gut-Gefühl in dem Moment Geschichte, in dem ich den ersten Fuß ins Beiboot gesetzt habe. Inzwischen ist mir bedauerlicherweise wieder klar, dass ich mich nicht in einer Folge von «Nur die Liebe zählt» befinde. Schon schnürt mir die Angst vor der Aussprache mit Jan wieder die Kehle zu. Obwohl ich immerhin zwei Bier getrunken habe. Von wegen Alkohol macht locker. Vielleicht ist es auch die Angst vor mir selbst. Vor dem Teil in mir, der immer so unbeherrscht Sachen sagt und macht, die der andere Teil gar nicht sagen und machen will. Und dann – wollen wir das Wesentliche doch nicht vergessen – ist da noch die schlichte Angst vor dem endgültigen Aus. Jan hat während der vergangenen Stunden zwar immer mal wieder gelächelt, aber ich weiß einfach nicht, ob er auch meinetwegen lächelt. Vielleicht ist er ja erstens zum Segeln und zweitens zum finalen Rettungsschuss auf unsere Ehe angereist. Am besten überlass ich das Reden erst einmal ihm.

Als Piet zurück zur Aurora tuckert und die Silhouette von Mann und Boot immer kleiner wird, fühle ich mich im ersten Moment wie auf einer einsamen Insel ausgesetzt. Absoluter Blödsinn, schon klar. Der nächste Gedanke ist auch nicht besser: Hier können Jan und ich uns nach Herzenslust anbrüllen, ohne den Skipper zu stören. Dann lasse ich das nutzlose Denken erst einmal sein und schleppe mit Jan zusammen unsere Ausrüstung zum Felsen. Wir bauen das Zelt auf. Keine große Sache für ein eingespieltes Team. Bis auf «Gib mir mal den Hering» und Ähnliches fällt kein Wort. Ich werde wahnsinnig, wenn Jan nicht bald den Mund aufmacht.

Schließlich gibt es nichts mehr zu tun. Wir sitzen nebeneinander am Strand, ohne uns zu berühren. Flache Atlantikwellen umspielen unsere nackten Füße, und ich beginne gerade, mich etwas zu entspannen, da sagt Jan ohne jede Vorwarnung: «Anfangs habe ich gedacht, du bist an allem schuld.» Obwohl er leise gesprochen hat, ist es, als hätte er mich aus dem Hinterhalt beschossen. Ich ducke mich hinter die nächste Hecke, bildlich gesprochen. Warum denke ich heute eigentlich in so martialischen Begriffen?

«Wie gesagt, anfangs.»

Danke für die Wiederholung. Bei mir war nur «an allem schuld» angekommen. Vorsichtig hebe ich den Kopf ein Stück über die Hecke und richte den Blick auf Jan. Er schaut auf den Horizont, ich sehe seine Züge nur im Profil. Von dem entspannten Segler ist nichts übrig.

«Es war grässlich allein in der Wohnung von meinem Kollegen. Dabei hatte ich gedacht, einsamer als zu Hause mit dir könnte ich mich nicht fühlen.»

«Jan, ich –»

«Nein, bitte, lass mich ausreden. Ich habe mich dauernd gefragt, warum wir nicht mehr miteinander reden können. Was mit uns passiert ist. Und das Dumme war: Ich konnte keine Antwort finden. Nur Schuldzuweisungen. Alles in mir war wütend, verletzt.»

«Aber –»

«Als du dann im Römercafé mit dieser schrecklichen Mütze deine Überwachung gestartet hast, erschien mir das so symptomatisch für den Zustand unserer Ehe. Aktion statt Gespräch, mal wieder. Misstrauen statt Kommunikation. Würdelos. So wie unser Umgang miteinander.»

Sag nichts, Lisa, sag nichts. Halt ausnahmsweise deine große Klappe. Du wirst schon nicht an den Worten ersticken, die du runterschluckst. Lass ihn einfach reden. Konzentrier dich auf das Wort «anfangs» und warte, was noch kommt.

«Ich weiß nicht, wie es weitergegangen wäre, hätte mir Juliane nicht erzählt, dass du angefangen hast, tagsüber zu trinken. An ganz normalen Tagen.»

Was?! Ich werde die Frau erschlagen. Nein, in kleine Stücke werde ich sie hacken. Sobald wir zurück sind. Ich schwöre.

Mit geradezu übermenschlicher Anstrengung schaffe ich es, weiterhin zu schweigen. Wenn ich noch ein bisschen weiter durchhalte, qualifiziere ich mich wahrscheinlich für die Aufnahme in ein buddhistisches Kloster. Eines von denen, wo man auch gleich lernt, mit einem Samurai-Schwert umzugehen.

«Das war ein ziemlicher Schock. Ich war fast verrückt vor Sorge um Emma. Und so böse auf dich. Und dann kam Juliane auch noch mit der Idee, dich in den Urlaub zu schicken. Im ersten Moment kam mir das vor wie Hohn. Meine Frau trinkt, vernachlässigt womöglich die Kinder, gefährdet sie, und zur Belohnung geht's auf eine schöne Insel. Bis mir Juliane den Kopf gewaschen hat. Dass ich nicht der einzige Unglückliche in der Familie wäre, hat sie gesagt, und ich mal darüber nachdenken sollte, was ich so für Anteile an all dem habe. Anstatt meine Wunden zu lecken und mich zu verkriechen, sollte ich mal an dich denken.»

Eine Welle kommt höher an den Strand als die vorherigen und durchnässt Jans Hosenbeine bis zum Knie. Er scheint es gar nicht zu bemerken.

«Ich kann nicht behaupten, dass es mir leichtgefallen wäre. Weder die Entscheidung noch das Umdenken. Ich hab ziemlich oft mit Alex telefoniert in dieser Zeit. Na ja, und dann warst du weg und ich wieder zu Hause.» Jetzt dreht er mir das Gesicht zu und grinst schief.

«Nach ein paar Tagen allein mit den Kindern, den Tieren und dem Haushalt hatte ich in dem Punkt mit den eigenen Anteilen tatsächlich ein paar Einsichten.»

Vorsichtig schicke ich ein kleines Grinsen zurück und sage:

«Ich hatte inzwischen auch ein paar Einsichten, meine ich.»

Jan spricht weiter.

«Weißt du, unser Haus, also ich weiß gar nicht, wie ich das ausdrücken soll, aber wenn du nicht da bist, hat es irgendwie keine Seele. Es ist wie tot. Sogar die Kinder haben das gespürt.»

Hat er das wirklich gesagt? Mein Mann, der Ingenieur? Ich bin sprachlos. Nicht mal eine Silbe fällt mir ein. So ungefähr eine Minute lang.

«Ach, Jan.»

Und dann ist es, als ob wir beide jahrelang Korken in den Kehlen gehabt hätten, die von einer zur anderen Sekunde herausknallen. Die Worte fließen in Strömen. Wir reden und reden. Irgendwann, keine Ahnung, wie das passiert, finden sich unsere Hände im immer noch warmen Sand. Und wir reden weiter.

Bis mein Magen ein lautes Knurren von sich gibt. Nur

ungern lasse ich Jans Hand los und stehe mit inzwischen leicht steifen Gelenken und trockenem Hals auf.

«Los, Mann, mach, wozu du geboren bist – wir brauchen Feuer, bevor es ganz dunkel ist.»

«Ja, Frau.» Jan trommelt sich mit den Fäusten auf die eher schmale Brust, steht auch auf und verschwindet zum Holzsammeln.

Als ich die letzten Gedanken dieses bemerkenswerten Tages denke, ist die Glut nur noch ein kleines Häufchen. Mit Jans nackter Haut an meiner liege ich im Zelt und streiche im Geiste die erotische Literatur von meiner Liste. Brauchen wir nicht.

34

Nur keine Hemmungen

Juliane

Es ist zum Verrücktwerden: Sobald ich denke, ein Stück Klarheit in mein Leben gebracht zu haben, kommt neuer Nebel auf. Sehr dichter Nebel, da kann die Sonne in der klaren Atlantikluft noch so hell scheinen. Ein Ruf dringt durch die diffusen Schwaden in meinem Kopf: «Bananenkuchen!»

Ich hab nicht mal gemerkt, dass ich anstatt in Richtung Dorf zum Strand gelaufen bin und nun in Hose und Bluse inmitten der Nackedeis stehe.

Déjà-vu. Dort drüben habe ich vor gar nicht langer Zeit in meinem Bikini gelegen und einem schwarzhaarigen Adonis Kuchen abgekauft. Heute bietet ein mageres Mädchen den Kuchen an. Der Korb wirkt riesig und viel zu schwer für ihre schmalen Arme. Dort drüben habe ich an Alex gedacht, das weiß ich noch genau. So wie ich auch jetzt an ihn denke. An ihn, den ich allein im Café zurückgelassen habe. Schweiß läuft meinen Rücken entlang, und ich atme schwer. Als wäre ich gerannt. Vielleicht bin ich gerannt. Weggerannt. Wieder einmal. Alex hat alles andere als froh ausgesehen, als ich mich so plötzlich verabschiedet habe.

Ich ziehe die Schuhe aus und suche mir, den Blick fest auf meine bloßen Füße gerichtet, zwischen Badetüchern und Strandmatten einen Weg zum Wasser. Am Rand der Bucht, ein Stück abseits der anderen Urlauber, setze ich mich auf einen Felsen. Was soll ich bloß tun? Meine Gedanken fahren im Zickzack. Und weit und breit kein Christstern, mit dem ich reden könnte. Von Menschen ganz zu schweigen. Lisa segelt unerreichbar irgendwo da draußen über das Meer. Chris ist am anderen Ende der Insel. Ich bin allein mit meinen brennenden Fragen.

Was ist denn eigentlich so schlecht an einer Zukunft mit dem Boyfriend-Kissen? Zick. Oder an einem Job in einer anderen Agentur? Zack. Ach was, mit Kind nimmt mich eh niemand. Zick. Wie entliebt man sich? Zack. Will ich gar nicht. Zick. Warum kann ich nicht wie Nelly an magische Kräfte glauben, die mein Leben für mich aufräumen?

Was hat sie damals gesagt? Irgendwas mit Magie und Türen. Ja, genau, dass sich auf der Insel Türen öffnen würden, von denen man vorher gar nicht wusste, dass es sie gibt. Mein trockenes Lachen geht im Rauschen der Brandung unter. Dann doch lieber keine Magie. Noch mehr offene Türen brauche ich wirklich nicht. Wenn ich nicht bald mit einem vernünftigen Menschen rede, werde ich noch verrückt. Wo ist mein Handy?

«Hallo, Marlene. Hast du einen Moment für mich?»

«Julchen! Das wird aber auch Zeit, dass du dich mal wieder meldest. Ist alles in Ordnung mit dir und dem Baby?»

«Ja, alles gut. Sag mal, glaubst du an Magie?»

«Schwarze oder weiße?»

«Keine Ahnung. Magie eben.»

«Bist du wirklich okay?»

«Nun sag doch mal.»

«Du hast ihn also tatsächlich wiedergesehen?»

«Ja.»

«Und?»

«Ich bin total durcheinander.»

«Wie ist er denn so?»

«Wieso fragst du das? Du kennst ihn doch.»

«Jetzt mal ganz langsam, Kind. Von wem reden wir gerade?»

«Von Alex. Er ist hier.»

«Alex? Und was ist mit dem Kindsvater?»

«Der ist auch hier. Aber das ist gerade nicht so wichtig.»

«Aha. Kannst du bitte mal ein bisschen runterkommen und deiner armen alten Tante in Ruhe sagen, was da bei dir auf der Insel los ist? Sonst fange ich tatsächlich an zu glauben, dich hätte jemand verhext. Im Moment klingst du jedenfalls nicht wie die Juliane, die ich kenne.»

Ich atme tief durch.

«Entschuldige.»

Es dauert fast zehn Minuten, bis ich Marlene erzählt habe, was sich in den vergangenen zwei Tagen alles ereignet hat. Waren das wirklich nur zwei Tage? Nicht zu fassen. Wie es ihre Art ist, unterbricht Marlene mich nur, wenn ich mich verheddere. Dann herrscht erst einmal Schweigen in der Leitung, aber ich höre sie atmen. Klingt, als hätte sie wieder mit dem Rauchen angefangen.

«Falls ich das richtig verstanden habe, hast du vor allem zwei Probleme: Du willst Alex zurück, weißt aber nicht, ob er dich samt Kinderüberraschung auch will. Und du würdest verdammt gern die Firma von dem schwulen Idioten übernehmen, siehst aber nicht, wie du das hinkriegen sollst. Schon gar nicht als werdende Mutter. So weit richtig?»

«Ungefähr.»

«Und Alex hat sich auch für die Firma interessiert?»

«Das hat er gesagt.»

«Lass mich mal kurz nachdenken.»

Ich kratze Algen vom Felsen, bis ich ganz grüne Fingernägel habe.

«Weißt du, was dein Chef für den Laden haben will?»

«Alex hat nur von fairen Bedingungen gesprochen.»

«Okay. Frag ihn, was mit fair gemeint ist. Und wenn du wieder in Köln bist, sprichst du mit einem Unternehmensberater oder Wirtschaftsprüfer. Ich wüsste da sogar jemanden für dich.»

«Du?»

Marlene und ein Wirtschaftsfachmann. Karl Marx trifft Donald Trump. Na gut, das ist vielleicht etwas übertrieben.

«Sag es nicht weiter, ja? Aber der Mann ist so was von heiß! Leider in der falschen Partei, aber frau kann nicht alles haben.»

«Du hast was mit einem CDU-Mann?!»

«Nichts Offizielles natürlich. Jedenfalls kennt er sich mit so was garantiert aus.»

Ich muss mit Macht den Gedanken an Marlene im Bett mit dem Klassenfeind verdrängen, um mich auf das zu konzentrieren, was sie eigentlich gesagt hat. «Du meinst, der Gedanke ist nicht komplett verrückt?»

«Julchen, was ist schon komplett verrückt? Ich finde, Alex hat ganz recht: Du wärst genau die Richtige. Wenn du deinen

Verstand einsetzt und die Risiken begrenzen kannst. Und wenn du genug Zeit hast. Immerhin musst du ja erst einmal ein Kind kriegen. Auf jeden Fall solltest du dich damit sehr genau auseinandersetzen.»

«Du willst aber nicht auch noch behaupten, ich könnte Alex mit der Macht meines Verstandes becircen, oder?»

«Ich denke, das musst du gar nicht. Glaubst du im Ernst, er wäre gekommen, obwohl er längst von der Schwangerschaft weiß, wenn ihm nichts mehr an dir läge? Stell dich nicht dümmer, als du bist. Der wollte doch garantiert wissen, ob du jetzt mit dem Erzeuger zusammen bist. Freut mich übrigens, dass der so gut reagiert hat.»

«Ja.» Matthijs interessiert mich im Moment nicht mehr als das Grün unter meinen Fingernägeln. Mein einziges Interesse gilt Alex und dem, was Marlene eben gesagt hat.

«Aber …?»

«Was aber?»

«Aber die Kinderüberraschung. Welcher Mann will schon das Kind eines anderen aufziehen? Nein, du täuschst dich, Marlene.»

«Wo lebst du eigentlich, Julchen? Jedes zehnte Kind lebt inzwischen in einer Patchworkfamilie. Offensichtlich gibt es ziemliche viele Männer, die anderer Väter Kinder akzeptieren. Warum also nicht Alex? Du denkst viel zu pessimistisch. Nein, ich bin sicher: Der Mann will dich. Vielleicht sogar wegen des Kindes.»

«Was meinst du denn damit?»

«Denk doch mal nach. Du bist nicht mehr die Frau, die ihn aus lauter Bindungsangst in die süddeutsche Wüste geschickt hat. Du hast dich gebunden. An dein Kind. Du hast deine Prioritäten geändert, wahrscheinlich mehr, als er sich hat vorstellen können. Und als dir anscheinend selbst bewusst ist. Es würde mich nicht wundern, wenn er genau deshalb gekommen wäre. Ich sehe nur einen Weg herauszufinden, ob ich recht habe. Frag ihn. Und sag ihm, was du fühlst. Nur keine Hemmungen, sag es ihm einfach.»

«Das kann ich nicht!»

«Sicher kannst du das.» Ich höre im Hintergrund einen Klingelton. Klingt wie ein Wecker. «Julchen, entschuldige, ich muss Schluss machen, Vorstandssitzung. Aber wir telefonieren wieder, ja? Lass dir durch den Kopf gehen, was ich gesagt hab. Aber nicht zu lange. Du kannst das! Du hast ja auch mal geglaubt, du könntest nicht Mutter werden, wenn ich dich daran erinnern darf. Du musst dich nur trauen. Ich erwarte Bericht. Tschö!»

Und schon ist sie weg.

Marlene hat leicht reden, denke ich, als ich langsam über den Strand zurückgehe. Die weiß doch gar nicht, was Hemmungen sind. Marlene würde ja auch niemals komplett angezogen an einem Nacktbadestrand herumlaufen. Bei diesem Gedanken bleibe ich stehen. So plötzlich, als hätte mich eine Kraftlinie gebremst. Einen Augenblick lang stehe ich einfach nur da, ganz ruhig. Dann drehe ich mich wie in Zeitlupe um die eigene Achse. Sehe mir die Menschen an, zwischen denen ich stehe. Sehe flache und dicke Bäuche, noch weiß oder schon gebräunt, haarlose Bikinizonen und solche mit natürlichem Wildwuchs, Penisse von klein bis groß, Hängebrüste und pralle junge Busen, alte und junge Haut. Ich höre Leute lachen, miteinander reden. Betrachte eine Weile den sich rötenden Hintern eines Mannes, der in sein Buch vertieft nicht merkt, wie er allmählich verbrennt. Ich sehe vollkommen entspannte Menschen. Und mich selbst. Es ist ein ganz klares Bild, als könnte ich durch eine Kamera eine Totale vom Strand sehen. Da steht eine sehr verkrampfte Frau in blauer Bluse und schwarzer Hose.

Trau dich. Du kannst das.

Ich schließe die Augen und hole tief Luft. Lasse erst die Schuhe fallen, die ich in der Hand halte, dann die Handtasche. Greife mit beiden Händen den Saum meiner Bluse und ziehe sie mir über den Kopf. Als Nächstes fällt die Hose, dann der BH und schließlich der Slip. Leichter Wind streichelt meine nackte Haut. Ich öffne die Augen. Gucke, ob jemand guckt. Natürlich guckt keiner. Erst als ich laut loslache, drehen sich mir ein paar Gesichter zu. Und lachen mit.

Ich laufe los, zurück zum Wasser. Zunächst mit vorsichtigen Schritten, dann mutiger. Es fühlt sich gut an. Sehr gut. Auch noch, als mich die erste eiskalte Welle erwischt

35

Kleinigkeiten

Lisa

«Wieso hast du eigentlich Alex mit auf die Insel gebracht?» Piet hat uns früh abgeholt, und jetzt segeln wir in Richtung Küste. Die Selbststeuerung ist eingeschaltet, unser Skipper sitzt lesend auf dem Vorschiff und hält zwischendurch Ausschau nach anderen Schiffen. Jan und ich haben das Cockpit für uns. Piet hat vorhin einen kleinen Tisch ausgeklappt und Kaffee serviert. Die Kaffeebecher stehen auf einer Gummimatte, damit sie nicht rutschen.

«Er ist einfach mitgekommen. Ich hab ihm erzählt, wann ich fliege, und in der nächsten Minute hatte er schon einen Flug für sich gebucht.»

«Wegen Juliane?»

«Natürlich wegen Juliane. Was denkst denn du? Gesagt hat er zwar was anderes, aber ganz blöd bin ich ja nicht.»

«Und was hat er gesagt?»

«Offiziell geht es um Sebastian. Erschrick jetzt bitte nicht. Sebastian will die Firma aufgeben. Das wollte ich dir ohnehin noch sagen.»

«Was? Das kann er doch nicht machen!»

«Bevor du hochgehst, hör mir erst mal zu.»

Ein paar Minuten später bin ich ganz zappelig vor Aufregung.

«Aber das ist ja großartig! Alex kommt zurück, Juliane übernimmt die Leitung, wir suchen uns einen anderen Dekorateur, und Dream Team Events startet neu durch. Von mir aus kann Sebastian in den USA zehn Kinder ausbrüten lassen. Nie wieder Großbuchstaben!»

Jan lacht. «Hast du nicht was vergessen, meine kleine Träumerin?»

«Was denn?»

«Nur ein paar Kleinigkeiten. Die Finanzierung zum Beispiel. Und die nicht ganz unbedeutende Tatsache, dass Juliane schwanger ist. Das ist wohl kaum der richtige Moment für sie, um Risiken einzugehen.»

«Was für Risiken? Und nenn mich nicht Träumerin. Ich kenne die Bilanzen der Agentur, die steht top da. Und – bei allem Respekt für Sebastians Arbeit – der geschäftliche Erfolg geht in erster Linie auf Julianes Konto. Sie ist der Kopf der Firma. Und so ein Kopf kann nach den ersten Wochen weiterarbeiten, auch mit Säugling. Für die Veranstaltungen müssten wir halt jemanden einstellen, zumindest anfangs. Und was die Finanzierung angeht … Juliane will ihre Wohnung verkaufen, die ist echt viel wert. Wenn Alex dann finanziell auch noch mit in die Firma einsteigt und die beiden zusammenziehen …»

«Stopp!»

«Was ist denn?»

«Mal abgesehen davon, dass die Firma ganz sicher mehr wert ist als Julianes Wohnung, vergisst du nicht noch eine

Kleinigkeit? Juliane ist nicht mit Alex zusammen. Und das Kind ist nicht von ihm.»

«Genau: Kleinigkeiten. Außerdem hast du doch eben selbst gesagt, in Wirklichkeit sei er wegen Juliane hier.»

Er zuckt mit den Achseln. «Ich kann mich auch täuschen.»

«Das glaub ich nicht. Ist ja auch egal. Lass mich mal machen. Und grins nicht so.»

«Also doch unverbesserlich?»

Was? Oh. Da war ja was. Ich will mich ändern. Erst vor ein paar Stunden hab ich Jan versprochen, mich mehr um unser Leben zu kümmern als um das von anderen. Mir selbst ja sowieso. Mist aber auch. Meine ganze schöne Energie verpufft, und ich sacke auf dem Polster zusammen.

Jan grinst immer noch.

«Sei nicht traurig, Lisa. Glaub mir: Alex und Juliane kommen auch ohne deine Hilfe zusammen, wenn sie das wirklich wollen. Und wenn das passiert, findet sich vielleicht auch alles andere.»

Du kennst Juliane nicht, will ich sagen, nicht so gut wie ich. Die ist viel zu stur. Wenn ich sie nicht anschubse, bewegt sie sich keinen Millimeter auf Alex zu. Wetten?

Aber ich halte den Mund.

Mir wird schon etwas einfallen. Das bin ich Juliane einfach schuldig. Ohne sie wäre ich jetzt nicht hier. Und Jan schon gar nicht. Er muss es ja nicht mitkriegen. Was er nicht weiß, macht ihn nicht unglücklich. Ich schenke Jan mein schönstes Lächeln und drücke ihm einen Kuss auf den Mund. «Bestimmt hast du recht.» In seinen Arm gekuschelt, lege ich den Kopf in den Nacken und schaue in den Himmel. Wie könnte der Schubs aussehen? Oder soll ich Alex einen Tipp geben? Ich habe immer noch Julianes Liste. Wenn ich den Teil mit Alex herausschneide ... und dann? Weiter komme ich nicht mit meinen Gedanken. Piet klettert zu uns ins Cockpit und sieht auch nach oben. Jan folgt seinem Blick. Weiße Wolkenbänder sind aufgezogen, zwischen denen blauer Himmel durchscheint. Sieht schön aus, ein bisschen wie die gestreifte Haut von Makrelen.

«Altokumuli», sagt Jan.

«Könnte Regen geben», sagt Piet.

«Och nö!», sage ich.

36

Geständnisse im weichen Licht

Juliane

Sehr gut, Juliane Richter. Du kannst an einem vollen Badestrand alle Hüllen fallenlassen, ohne vor Scham tot umzufallen. Wunderbar. Das hilft dir enorm weiter. Jedenfalls dann, wenn du eine innige Verbindung zu einem Nudisten eingehen willst.

Die Euphorie, die ich gestern am Strand empfunden habe, ist soeben einer Erkenntnis gewichen: Meine neu erworbene Fähigkeit nützt mir rein gar nichts. Nicht jetzt jedenfalls. Jetzt stehe ich in Unterwäsche vor meinem Bett, auf dem ich mein bisschen Urlaubskleidung ausgebreitet habe. In der vergangenen Nacht erschien mir mein Plan noch so gut. Mich hübsch machen, zum Hotel gehen und Alex mit der frohen Botschaft überraschen, dass ich die Frau seines Lebens bin. Für die neue Juliane Richter gar kein Problem. Aber nun weiß ich nicht einmal, was ich anziehen, geschweige denn, was ich ihm sagen soll.

Nützen würde mir jetzt eine Frauenzeitschrift, die sich dem wichtigen Thema «Liebeserklärung für Anfängerinnen» widmet. Gern samt Modetipp für Fremdgeschwängerte mit Eisbergimage und begrenzter Garderobe. Die beiden Kleider, die ich mitgebracht habe, kommen nicht in Frage. Draußen schüttet es wie aus Eimern, und die Temperatur ist deutlich gefallen. Im Atelier läuft ein elektrischer Heizlüfter. Also keines meiner Sommerfähnchen und keine hochhackigen Riemchensandalen. Jeans, Leinen oder Chinos? Dazu ein Fleecepulli und die flotten Sportschuhe. Großartig. Nein, so geht das nicht. Zwar sind angeblich die inneren Werte entscheidend, aber ich werde nun einmal unsicher, wenn ich mich falsch angezogen fühle. Und, machen wir uns nichts vor, in meinem speziellen Fall könnte ein innerer Wert schließlich das größte Problem sein. Merde. ICH KANN DAS NICHT!

Pling. Marlene hat eine SMS geschickt.

«Wo bleibt dein Bericht? Nicht kneifen, Julchen! Was kann dir schon passieren? Kuss Marlene.»

Tja, was kann mir schon passieren?

Ausgerechnet jetzt kommt mir ein Songtext von Ulla Meinecke in den Kopf. Könnte am Regen liegen. Unter anderem. Das Lied hat Marlene vor Jahren dauernd im Auto gehört. Ich muss damals Anfang zwanzig gewesen sein.

Geständnisse im weichen Licht
Und du sagst leise: «Ich dich nicht.»
Verliebt, verlor'n, verbrannt
Gelacht, geweint und weggerannt
Und dann im Regen steh'n
Das Herz in der Hand.

Pling. «Nun geh schon!» Das ist ja schon fast unheimlich. Als könnte Marlene mich sehen. Aber dann wüsste sie auch um mein Problem. Dräng mich nicht, Marlene. Ich brauche noch ein bisschen Zeit. Und etwas Passendes zum Anziehen. Auf ein paar Stunden mehr wird es ja wohl nicht ankommen.

Am späten Nachmittag bin ich aus der Stadt zurück. Und habe nichts gekauft. Verrückt. Wieder stehe ich seufzend vor meinem Bett mit der ausgebreiteten Garderobe. Also gut. Die graue Leinenhose, die weiße Bluse und der Kurzmantel. Ballerinas. Ich werde mich erkälten. Na und. Leichtes Make-up. Perlenohrringe. Es muss einfach reichen. Vielleicht sollte ich noch eine Plastiktüte mitnehmen für mein Herz.

Einhundertzweiundsiebzig Stufen nach unten. Keine Ahnung, wie viele Schritte bis zum Hotel. Dann stehe ich davor. Mein Herz befindet sich noch am vorgesehenen Ort und klopft wie verrückt. Halbe Sätze füllen meinen Kopf: Alex, was ich dir sagen will ... Alex, es ist so ... Alex, ich habe immer ... Alex, ich habe nie ...

Noch mehr Schritte, sehr kleine jetzt. Fast als hätte ich gebundene Füße. Sie führen mich dennoch zur Rezeption. Ich straffe die Schultern. Du kannst das. Die dunkelhaarige Schöne mit dem strengen Knoten hat Dienst.

«Señor Simon? Ich glaube, Señor Simon hat ausgecheckt. Aber lassen Sie mich nachschauen.»

Ausgecheckt? Unmöglich. Er ist doch gestern erst angekommen. Die Schöne schaut von ihrem Bildschirm auf.

«Ja, stimmt, vor etwa einer Stunde.»

«Da muss eine Verwechslung vorliegen. Ich meine Alexander Simon.»

«Ja, genau», sagt sie und lächelt mich entschuldigend an. Oder ist das ein mitleidiges Lächeln?

«Ja, äh, dann, äh, danke.» Völlig verdattert sinke ich auf eine der cremefarbenen Sitzgelegenheiten. Das ist doch nicht möglich. Jetzt habe ich es bis hierher geschafft und sitze da wie bestellt und nicht abgeholt. Ich begreife es nicht. Alex wird doch seinen Kurzurlaub nicht abbrechen, nur weil ich gestern Vormittag ein bisschen plötzlich gegangen bin. So traurig hat er nun auch wieder nicht ausgesehen. Oder doch? Habe ich etwas Falsches gesagt? Ich kann mich nicht erinnern. Er hätte sich doch denken können, dass ich hierherkomme. Früher oder später. Hätte er?

Noch einmal gehe ich zur Rezeption. «Hat Herr Simon vielleicht eine Nachricht für mich hinterlassen?»

«Nein, tut mir leid, keine Nachrichten.»

Ich muss wohl ziemlich verzweifelt wirken. Sie schaut sich kurz um, als ob sie sich vergewissern wollte, dass uns niemand beobachtet. Aber im Augenblick sind wir allein in der Lobby. Dann beugt sie sich vor und flüstert mir zu: «Ich habe für Señor Simon einen Platz auf der Abendfähre gebucht. Vielleicht hilft Ihnen das weiter.»

Eine schmale Digitalanzeige an der Wand hinter der Rezeption verkündet in grünen Ziffern Temperatur und Uhrzeit. 18 Grad, 17 Uhr. Der letzte Bus zum Fährhafen fährt in dreißig Minuten. Und nimmt den Mann mit, den ich liebe.

Ich bedanke mich und drehe mich von der Rezeption weg, weil mir die Tränen kommen. Das war's. Der Traum ist ausgeträumt. Kaum dass ich mir eingestanden habe, ihn überhaupt zu träumen. Eines weiß ich genau: Den Mut, den ich gebraucht habe, um hierherzukommen, werde ich nie wieder aufbringen. Alex wird nach Nürnberg verschwinden, ich werde mein Leben in Köln regeln. Ohne ihn. Weil ich meine Chance verpasst habe. Weil ich mich erst neu einkleiden wollte. Weil ich zu lange gezögert habe. Weil ich hier herumstehe. Noch ein Blick auf die Uhr. Achtundzwanzig Minuten.

«Viel Glück!», ruft mir die Schöne vom Empfang nach, als ich aus dem Hotel renne.

«Können Sie nicht schneller fahren?»

Der Taxifahrer lächelt mich im Rückspiegel breit an, behält aber sein mäßiges Tempo bei. Idiot. Das macht der doch mit Absicht. Jetzt steigt er auch noch auf die Bremse und fängt gleichzeitig an zu hupen. Ohne jeden Grund. Jedenfalls kann ich von meinem Platz im Fond des Wagens aus kein Hindernis entdecken. Erst jetzt registriere ich, dass es aufgehört hat zu regnen. Das Taxi fährt wieder an. Gemächlich trottet ein großer schwarz-weißer Hund am Straßenrand entlang und sinkt ein paar Meter weiter auf dem Bürgersteig nieder. Wenn ich nicht so nervös wäre, würde ich lachen.

Endlich. Die Bushaltestelle. Und der Bus. Der bereits volle Bus. Ein paar Leute verstauen noch Gepäck im Laderaum. Alex gehört nicht dazu. «Sechzehn fünfzig», sagt der Idiot. Ich drücke ihm einen Zwanzigeuroschein in die Hand, steige aus, laufe auf den Bus zu, suche mit den Augen die Fenster ab. Sehe hochgereckte Arme, die Taschen auf Ablagen stemmen, Gedränge. Und keinen Alex. Ich muss da rein. Vor dem Bus steht der spanische Fahrer.

«Billete?»

«Nein, ich will nur schnell mit jemandem ...»

«Billete!»

Also gut, dann kaufe ich eben eine Fahrkarte. Ich hole mein Portemonnaie wieder aus der Tasche, halte dem Mann einen Schein hin.

Er schüttelt den Kopf. «Reservado completo.»

Ausgebucht. So viel Spanisch verstehe sogar ich.

«Hören Sie ...» Er schaut über meine Schulter zu zwei Nachzüglern, die eben ihre Rucksäcke und Mountainbikes in den Laderaum wuchten, und tippt demonstrativ auf seine Uhr. «Dos minutos!» Mit einem Zischlaut schließen sich die Klappen des Laderaums. Der Fahrer steigt ein und startet den Motor.

«Hast du die Tickets?», fragt der eine Nachzügler den anderen. «Jo.» Sie erklimmen an mir vorbei die Stufen in den Bus.

Merde. Mir bleibt nur noch eins. Jetzt bloß nicht nachdenken. Beherzt greife ich mit beiden Händen nach der strammen Wade vor meinen Augen. Der Besitzer der Wade dreht sich zu mir um. Graue Augen, blonder Wuschelkopf, irritierter Gesichtsausdruck im sehr jungen Gesicht.

«Hey, was soll denn das?»

«Bitte, Sie müssen mir helfen. Da drin ist ein Mann, den ich dringend sprechen muss. Er heißt Alex. Bitte!»

«Und wieso?»

«Also, das geht Sie nun wirklich –» Der Jüngling macht Anstalten, sich wieder umzudrehen. Oh nein!

«Ja, also, es ist so.» Ein spanischer Wortschwall prasselt auf uns ein, der Fahrer lässt den Motor aufheulen. Ich schließe kurz die Augen. Nacktbaden ist gar nichts gegen das, was ich hier gerade tue. Am liebsten würde ich vor Scham im Boden versinken.

«Sie müssen ihm bitte sagen, dass ich ihn liebe. Und dass das mit dem anderen nur eine Nacht war und nichts bedeutet hat. Bitte.»

«Scharf», sagt das Milchgesicht und grinst. «Geht klar. Aber dann solltest du jetzt besser mein Bein loslassen.»

«Ja, natürlich. Entschuldigung.»

Im nächsten Moment steht er neben dem genervten Fahrer, formt mit den Händen einen Trichter vor dem Mund und brüllt in den Bus.

«Ist hier ein Alex? Der soll rauskommen, da steht `ne hübsche Lady und sagt, sie liebt ihn.» Er nimmt die Hände herunter, dreht sich zu mir. «Und was war das noch? Ach, ich weiß schon.» Die Hände bilden wieder den Trichter. «Und der andere Kerl war Scheiße!»

Der Junge verschwindet im Bus. Durch die noch immer offene Tür dringt Gemurmel. Und dann – nichts. Der Fahrer schließt die Tür und fährt an. Fremde Gesichter an den Fenstern mustern mich neugierig. Ich trete ein paar Schritte zurück. Fühle mich wie betäubt. Alles umsonst.

Im Schritttempo rollt der Bus an mir vorbei. Undeutlich nehme ich eine Bewegung über den Köpfen an den Fenstern wahr. Da geht jemand durch den Gang.

Der Bus hält. Mit einem saugenden Geräusch öffnet sich die Tür. Und dann steht er vor mir. Mein Alex. Mit seiner Reisetasche und einem fragenden Gesicht. Nicht mal einen Meter weit von mir weg. Der Bus fährt wieder an. Bevor sich die Tür schließt, glaube ich, Applaus und Toi-toi-toi-Rufe zu hören. Aber vielleicht bilde ich mir das auch nur ein.

«Du möchtest mir etwas sagen?»

Mein Mund ist trockener als der Sandkuchen meiner verstorbenen Oma.

«Äh ...»

«Ja? Ich höre.»

Aber ich kann doch nicht ... also nicht hier, mitten auf einem staubigen Parkplatz.

«Du hast es doch schon gehört», sage ich stattdessen.

«Nicht aus deinem Mund.»

«Wollen wir nicht erst einmal woanders hingehen?»

«Warum? Ist doch nett hier. Also?»

Die Temperaturanzeige im Hotel muss kaputt gewesen sein. Hier draußen auf dem Parkplatz schwitze ich wie in den Tropen. Vor lauter Verlegenheit kann ich ihn nicht ansehen.

«Ich ... ich ... ich glaube, ich liebe dich.»

«Glaubst du.»

Oh bitte. Das muss doch jetzt wohl reichen. Alex macht einen Schritt nach vorn, legt mir einen Finger unter das Kinn und dreht meinen Kopf, bis ich direkt in seine lachenden Karamellaugen schaue.

«Versuch's noch mal.»

«Ich liebe dich», flüstere ich.

Im nächsten Augenblick spüre ich seine Lippen auf meinen. So weich, so warm, so vertraut. Und so aufregend. Alles in mir reagiert, und ich bin geneigt, noch sehr lange knutschend auf einem staubigen Parkplatz zu stehen. Oder noch ganz andere Dinge zu tun.

Pling. Nein, Marlene, jetzt nicht. Ich ignoriere den Nachrichtenton. Doch der Zauber des Augenblicks ist verflogen. Ich löse mich von Alex. Er grient. In einer Weise, die ich sehr genau kenne.

«Ich hoffe, in deiner Unterkunft ist Männerbesuch erlaubt?»

Als wir im Atelier angekommen sind, checke ich mein Telefon. Keine SMS von Marlene. Alex schaut auf seins, liest und lacht, ehe er mir das Handy in die Hand drückt. «Jetzt habe ich es sogar schriftlich.»

Eine Nachricht von Lisa. Ohne Text, aber mit Foto. Das Bild zeigt einen ausgerissenen Zettel. Alex, lese ich in meiner eigenen Schrift. Der Name dick unterstrichen. Darunter die Worte: toller Sex, Lebendigkeit, Spaß, Sicherheit, Liebe. Das letzte Wort leicht verwischt. Die Frau ist einfach unmöglich, denke ich mit rotem Kopf. Alex macht sich an meiner Bluse zu schaffen. Ich bekomme Gänsehaut und lege das Telefon zur Seite. Alex öffnet meinen BH.

«Wow!»

In seinen Augen lese ich ehrfürchtiges Staunen.

«Du solltest öfter schwanger sein. Aber das kriegen wir hin.»

«Alex, wir müssen darüber reden.»

«Später, Juli, später. Reden ist jetzt ganz schlecht.» Wie die Katze das Sahneschälchen fixiert er meinen Busen und zieht in einer einzigen fließenden Bewegung sein T-Shirt über den Kopf. «Jetzt ist Zeit für Punkt eins von deiner Liste. Gott, ich hab dich so vermisst.»

Nur am Rande bekomme ich mit, dass wieder dicke Regentropfen an die Fenster des Ateliers trommeln. Dann höre ich nur noch das Blut in meinen Adern und unser lautes Atmen.

Die nächsten Worte im Raum sind: «Ich habe Hunger.» Alex hat danach immer Hunger.

«Kann sein, dass wir essen gehen müssen. Ich glaube, der Kühlschrank gibt nicht viel her. Warte mal kurz.» Ich streife ein Schlafshirt über und mache die Tür auf. Eine Windböe reißt sie mir aus der Hand. Auf halber Strecke zur Terrasse erwischt mich der nächste Schauer. Erst in diesem Moment denke ich zum ersten Mal an Jan, Lisa und Piet dadraußen auf dem Meer. Hoffentlich ist mit ihnen alles in Ordnung.

In Thomas' Zimmer brennt Licht. Ärgerlich. Ich ziehe mein regenfeuchtes Shirt so tief es geht über meinen Po und hoffe, ohne einen seiner blöden Kommentare bis zur Küche zu kommen. Die Augen fest auf die Küchentür gerichtet, husche ich durch das Zimmer.

«Mach dich doch endlich mal locker, wir gucken dir schon nichts weg.»

War ja klar. Wir?

«Lass Juliane in Ruhe, du kleiner Rüpel», sagt eine zweite Stimme mit zärtlichem Unterton. Verblüfft drehe ich mich um. Chris und Thomas liegen mit nackten Oberkörpern unter einer Bettdecke mit dem riesigen Schriftzug «VIP Lounge» und feixen wie zwei Breitmaulfrösche.

Ich schnappe nach Luft. Nur ganz kurz. Dann grinse ich zurück und sage: «Ich arbeite daran, Thomas.»

In der Küche muss ich kichern. Und ich dachte, Lisa macht nur einen dummen Spruch. Dass ich das nicht selbst gemerkt habe! Jetzt weiß ich wenigstens, was mich an Chris irritiert hat. Thomas und Chris. Schon verrückt. Na, hoffentlich werden sie glücklich. Dann vergeht mir das Kichern. Hoffentlich werde ICH glücklich. Alex und ich haben noch immer nicht geredet. Im Kühlschrank finden sich ein Kanten Käse, ein schon welker Salatkopf, zwei Eier und etwas Aufschnitt. Also Restaurant. Die beiden Herren liegen in unveränderter Position und grinsen nach wie vor.

«Schönen Abend noch.»

«Dir auch», kommt es wie aus einem Munde zurück.

«Alex, wir müssen essen gehen, aber das Wetter ist scheußlich. Ich mache mir Sorgen um unsere Segler.»

«Das musst du nicht, die sind längst im Hotel.»

«Was? Wie das?»

«Sie haben heute Mittag angerufen, als das Wetter kippte

und sie zurückkommen wollten. Und da im Hotel nichts frei war, hab ich ihnen mein Zimmer angeboten.»

«Deshalb wolltest du weg?»

«Sagen wir, das war der letzte Anstoß. Können wir jetzt los?»

Alex hat sich schon angezogen. Ich würde eigentlich gern noch duschen, aber es geht auch ohne. Ich mag unseren Geruch. Zehn Minuten später kämpfen wir uns mit dem Schirm bis zum erstbesten Restaurant durch. Eigentlich ist es mehr eine Bar. Der Vorteil: Wir sind fast allein. Der Nachteil: Es gibt nur warme und kalte Tapas, die in einer Auslage präsentiert werden und alles andere als appetitlich aussehen. Aber mein Koch nimmt es gelassen. Ich werde ohnehin kaum etwas herunterbekommen, anscheinend stecken die Worte, die gesagt werden müssen, in meiner Speiseröhre.

Wir setzen uns so weit wie möglich weg von dem unvermeidlichen plärrenden Fernsehgerät. Nachdem der Wirt uns die Teller mit den fettigen Tapas hingestellt und die Getränke gebracht hat, sieht Alex mich aufmerksam an. Dann erzähl mal, sagt sein Blick.

Wo soll ich bloß anfangen? Ich kann ihm ja schlecht von der Magie der Nacht erzählen, in der Hope gezeugt wurde.

«Also, als ich im Herbst hier auf der Insel war, da –», ich will schon sagen: habe ich einen Mann kennengelernt, aber das ist entschieden übertrieben, «da habe ich eine Nacht mit einem Mann verbracht.»

«Juliane», unterbricht mich Alex, «So genau will ich es gar nicht wissen. Ich habe nicht erwartet, dass du nach unserer Trennung ins Kloster gehst. Für mich ist nur wichtig, wie du heute zu diesem Mann stehst. Und wie er zu dir und dem Kind. So richtig kann ich immer noch nicht glauben, dass du ein Baby bekommst. Um ehrlich zu sein, hätte ich das nie für möglich gehalten.»

Ich erzähle ihm von dem ersten Schock, als ich erfuhr, dass ich schwanger bin. Von meiner Angst wegen der Krankheit meiner Mutter. Von meiner Kindheit. (Er kannte bislang nur die Eckdaten: Mutter tot, Vater weg.) Von der Entscheidung für Hope. Warum ich Matthijs von dem Kind erzählt habe. Von dessen Reaktion. Einfach alles. Mehr als alles. «Ich möchte meinen Vater suchen», höre ich mich plötzlich sagen und habe nasse Augen.

«Arme Juli.» Alex nimmt meine Hand. «Warum hast du nie von all dem gesprochen? Hast du mir denn gar nicht vertraut?»

«Ach Alex, ich hab doch mir selbst nicht vertraut. Ich wollte nicht mehr an meine Mutter, an meine Kindheit und all das denken. Oder darüber reden. Nur manchmal, wenn etwas in mir hochkam, mit Marlene.»

Ich trinke einen Schluck Wasser. Alex schweigt und wartet.

«Ich glaube, ich habe gedacht, jemand wie ich kann nicht richtig lieben. Vielleicht hatte ich auch zu große Angst. Liebe heißt doch auch Verantwortung für den anderen. Das hab ich mir nicht zugetraut. Aber dann war da dieses kleine Herz in meinem Bauch, anfangs nur so ein puckerndes kleines Ding, weißt du? Ich kann nicht beschreiben, was da in mir vorgegangen ist. Aber irgendwann hab ich gedacht, ich kann das vielleicht doch, das mit dem Lieben. Jedenfalls dieses Kind.»

«Natürlich kannst du das.» Er macht einen langen Arm, streichelt mir über die Wange und sieht mich sehr zärtlich an.

«Und du?»

«Ob ich ein Kind lieben kann, das nicht von mir ist? Das ist es doch, was du wissen willst.»

Ich nicke. Hoffentlich sehe ich nicht so ängstlich aus, wie ich mich fühle.

«Warum sollte ich das nicht können? Für mich ist es zuallererst dein Kind. Ein Teil von dir.» Er dreht am Stiel seines Rotweinglases und schmunzelt. «Ich wollte doch immer nur mehr von dir. Und so wie es aussieht, bekomme ich jetzt eine ganze Menge mehr. Nein, im Ernst. Als Sebastian mir erzählt hat, du wärst schwanger, war ich erst mal geschockt. Oder sauer? Enttäuscht? Eifersüchtig? Kann ich gar nicht so genau sagen. Wahrscheinlich alles zusammen. Hat sich angefühlt wie ein tiefer Messerstich. Ich konnte nur noch denken: Ein anderer hat's geschafft. Sie kann einen anderen lieben, nur mich nicht. Bis sich Sebastian darüber empört hat, dass du dein Kind allein erziehen wirst. Da war ich plötzlich total erleichtert. Verrückt, oder?»

Ich finde es eher schön, sage aber nichts, lächle ihn nur an. Alex trinkt einen Schluck Wein.

«Seit ich aus Köln weggezogen bin, hab ich eigentlich nur gearbeitet und versucht, dich aus meinem Kopf zu kriegen. Tja, dann rief Sebastian an, ich bin nach Köln gefahren, und er hat mit seinen Neuigkeiten nur so um sich geworfen. Seitdem war es, als würde in jeder einzelnen Hirnzelle dein Name leuchten. Ich musste dich einfach sehen.»

«Aber dann verstehe ich nicht, warum du so schnell wieder wegwolltest.»

«Könnte es daran gelegen haben, dass eine bestimmte Dame sich kein bisschen über mein Auftauchen zu freuen schien? Um mich dann von einem Moment zum anderen allein in diesem Café sitzenzulassen und sich nicht mehr zu melden? Ein bisschen Stolz habe ich schließlich auch.»

«Entschuldige», sage ich leise und mag ihm gar nicht in die schönen braunen Augen gucken. Ich immer mit meiner verfluchten Selbstbeherrschung.

«Schon vergessen.»

Meine Gedanken wandern zurück zu Hope.

«Du hast nie was von Kindern gesagt.»

«Juli, wie sollte ich mit dir über Familienplanung reden, wenn dir schon Zusammenziehen zu viel Nähe war?»

«Und was ist mit Matthijs?»

«Was soll mit ihm sein? Du hast doch gesagt, da ist sonst nichts zwischen euch.»

«Hast du denn kein Problem mit seiner Existenz? Als leiblicher Vater, meine ich.»

«Sagen wir mal so: Der Gedanke ist durchaus gewöhnungsbedürftig.» Er setzt ein schiefes Grinsen auf. «Zumal ich ihn wohl irgendwann werde kennenlernen müssen. Andererseits gäbe es ohne diesen Matthijs gar keine Familie und auch kein neues Du und Ich. Oder sehe ich das falsch?»

Ohne Matthijs, denke ich, und ohne Lisa.

37

In Köln, Thürmchenswall Nr. 6, vierzehn Monate später

Gut gemacht

Lisa

Ohrenbetäubendes Babygebrüll dringt durch die Tür von Julianes Wohnung, als ich aus dem Fahrstuhl steige. Mara ist heute gut bei Stimme. Sie ist jetzt acht Monate alt und wickelt alle um ihre winzigen Finger. Mara heißt übrigens «Ozean». Auf Gälisch. Im Finnischen bedeutet der Name «kleine aufgehende Sonne» und im Arabischen «Fröhlichkeit und Freude». Hübsch, nicht? Juliane hat die verschiedenen Bedeutungen des Namens von einer Kalligrafin schreiben lassen und in einem Bilderrahmen über der Wickelkommode aufgehängt. Alle, bis auf eine. Im Althochdeutschen steht Mara für «Pferd».

Ich klingele zum dritten Mal, und das Brüllen wird lauter. Eine verschwitzte Juliane öffnet die Tür, die hochrote Heulboje auf dem Arm.

«Gott sei Dank bist du da, kannst du sie mal nehmen? Ich muss mich noch mal umziehen.» Ein großer Fleck Kinderkotze ziert ihre Seidenbluse. Ich nehme ihr Mara ab. Die hört freundlicherweise auf zu schreien und schaut mich mit ihren riesigen türkisblauen Augen an, in denen noch Tränchen glänzen. Dann greift sie entschlossen nach meiner Halskette. Vorsichtig bahne ich mir mit dem Kind den Weg durch die kleine Wohnung. Überall sind Spielsachen verstreut, an einer Wand stehen offene Kartons. Auf dem Sofa liegen Maras bunte Schmusedecke und ein Stapel Wäsche, davor stehen ein paar Schlappen von Alex. In einem Teller auf dem Couchtisch trocknet ein Rest Karottenbrei vor sich hin. Juliane geht zum Kleiderschrank und tritt auf ein Gummihuhn. Es quiekt. Mara wimmert. Juliane verschwindet im Bad.

«Wann genau habt ihr den Termin?», rufe ich durch die offene Badezimmertür.

«In knapp zwei Stunden. Falls unser Businessangel pünktlich gelandet ist. Das ist wieder typisch Sebastian. Hätte er nicht einen früheren Flieger nehmen können?»

Heute werden Juliane und Alex offizielle Partner von Dream Team Events. Sebastian bleibt als stiller Teilhaber beteiligt. Soweit man bei Sebastian von still sprechen kann. Ich hab immer das Gefühl, auch dann noch seine Großbuchstaben zu hören, wenn er am Venice Beach der Leihmutter den Bauch eincremt. Er selbst sieht sich übrigens lieber als den Businessangel der Firma. Ein Engel, der von weitem wacht. Und zum Glück ziemlich viel Geld im Laden lässt.

«Wo steckt denn Alex?»

«Der ist noch mal kurz rausgefahren zur Messe. Er müsste gleich wiederkommen.»

«Und?», frage ich meine Freundin, die jetzt wieder aussieht wie eine Geschäftsfrau aus dem Bilderbuch. «Hast du ein gutes Gefühl?»

«Ich weiß nicht. Irgendwie ist das schlimmer als heiraten. Ich bin ziemlich aufgeregt.»

«Als ob du das beurteilen könntest.»

Zu meinem Kummer richten wir immer nur anderer Leute Hochzeiten aus. Alex und Juliane haben einfach keine Zeit für ihre eigene. Aber ich gebe die Hoffnung nicht auf. Bei mir zu Hause liegt ein ganzer Stapel mit Zeitschriften über Brautmode. Da ist ein Kleid dabei, also da wird mir ganz anders. So ein bisschen im Stil von Kate. Ich muss wahrscheinlich nicht eigens erwähnen, dass Juliane schon wieder gertenschlank ist? Also, dieses Kleid, das würde ihr so was von stehen! Ob ich es probeweise bestelle? Das kann man nämlich. Vielleicht wird sie dann ...?

Immerhin ziehen sie übermorgen endlich in die neue Wohnung in Nippes. Und ab nächste Woche kommt regelmäßig eine Kinderfrau. So eine hätte ich auch gut brauchen können, als Emma noch klein war. Aber besser spät als nie. Wir haben seit geraumer Zeit ein Au-pair-Mädchen und eine Putzfrau. Manchmal finde ich unser Haus schon fast ungemütlich vor lauter Ordnung und verstreue heimlich ein paar Sachen in den Räumen. So etwas meint unsere Paartherapeutin bestimmt nicht, wenn sie von Offenheit in der Beziehung redet.

Aus Julianes Küche tönt das typische Skype-Gedudel. Dort steht ihr Laptop. Im Moment ist die Küche auch ihr Heimarbeitsplatz. Mara reißt die Augen weit auf, lächelt und kräht: «Ma-is!»

Wenn es nach Matthijs gegangen wäre, hätte Juliane ihren Laptop mit in den Kreißsaal genommen. Aber dann wäre vermutlich selbst dem toleranten Alex der Kragen geplatzt. Ich denke, Alex war sehr glücklich, als Mara vorige Woche auf seinem Arm das erste «Papa» von sich gegeben hat. Juliane hat mich gleich angerufen.

Wir gehen in die kleine Küche. Juliane nimmt das Kind auf

den Schoß und klickt auf Video-Gespräch. Ist schon niedlich, wie Matthijs auf seiner Terrasse sitzt und Faxen macht. Ich winke ihm kurz zu und ziehe mich auf die andere Seite des Tisches zurück. Mara starrt mit ihren großen Augen auf den Bildschirm und brabbelt.

«Bin wieder da!», tönt es von nebenan. Ich höre, wie Alex die Wohnungstür schließt. Einen Moment später kommt er in die Küche. Er geht zu Juliane, küsst sie auf den Scheitel und streicht Mara über den Kopf. «Hey, Matthijs, was geht?»

Drei Monate nach der Geburt sind Alex und Juliane mit Mara auf die Insel geflogen und haben ihn besucht. Zu Julianes großer Erleichterung gab es keine Testosteron-Katastrophe. Alex und Matthijs kommen miteinander klar. Und mit der Situation. Gerade reden sie darüber, wann Matthijs nach Köln kommt.

Ich lehne mich zurück und schaue sie genau an, diese kleine Familie, zu der irgendwie auch der Laptop mit Matthijs gehört. Juliane sieht um die Augen herum ein bisschen müde aus, ganz wie es sich gehört. Aber auch unheimlich glücklich. Alex' Hand liegt auf ihrer Schulter. Matthijs' Stimme klingt durch den Lautsprecher besonders hoch. «Tschüs, meine Kleine, bis bald.»

Juliane winkt mit Maras kleiner Hand und fährt den Rechner herunter. Die Kleine zieht ein Quengelgesicht, aber Alex nimmt sie schnell auf den Arm und knuddelt sie durch. Ihr helles Babylachen hallt durch den Raum. Juliane lacht mit. Und ich? Ich sitze ganz ruhig dabei und denke: Gut gemacht, Lisa. Da kann Jan sagen, was er will.

Zum Schluss

Es ist ein kleines Wunder: Nach mehr als einem Jahr der emotionalen Achterbahnfahrten (nein, schwanger war ich nicht!) liegt tatsächlich ein fertiger Roman vor mir, noch dazu ein heiterer. Zumindest hoffe ich, dass nicht nur ich, sondern auch Sie, liebe Leserinnen und Leser, das Buch mit einem Lächeln aus der Hand gelegt haben. Vielen Dank, dass Sie es gekauft oder geliehen haben und es nun wärmstens weiterempfehlen …

An der Entstehung des Wunders waren viele Köpfe und Herzen beteiligt.

Joachim Jessen von der Agentur Schlück: Sie fahren mit mir Achterbahn, wann immer es nötig ist, und bewahren im Gegensatz zu mir die Ruhe. Nicht nur das bedeutet mir viel. Danke für alles.

Grusche Juncker vom Rowohlt-Verlag: Danke für Ihr Vertrauen und Verständnis, für Ihre Geduld und Begeisterung. Was für eine großartige Erfahrung.

Lieber Detlef: Danke, dass du auch dieses Buch mit mir durchgestanden, Haus, Garten, Tiere versorgt, mich bekocht und dir die Geschichte angehört hast. Irgendwann wirst du schon über den taubstummen Liebhaber hinwegkommen …

Gunda Rachut: Vor allem für deinen großen Mut, mir offen zu sagen, wenn ich gerade Müll produziere (du hast mich diesmal wirklich gerettet), natürlich auch für immer wieder gern genommene Lobhudeleien und dein Mitdenken, selbst im größten Stress.

Ute Mertens: Für eine tolle Woche in Köln. Eine bessere Stadtführerin und Gastgeberin kann man sich nicht wünschen. Danke auch für deine Offenheit. Dass du meine Geschichten so magst, hilft natürlich ebenfalls sehr. Grüß bitte Agnes vom Haar-Studio in Worringen.

Jasmin Schwiers: Für einen wunderbaren Abend des kreativen Austauschs. Ohne dich hätte Alex nicht im Bus gesessen …

Conny Boden, Sylvia Fröhlich, Verena von Hoyningen-Huene, Uwe und und Eva Keil: Ihr habt euch unglaublich viel Zeit genommen, um jede Menge Fehler zu eliminieren, sodass ich mit einem fast satzfertigen Manuskript glänzen konnte. Ihr seid phantastisch. Meine Lektorin Katharina Rottenbacher hat aus dem «fast» ein «ganz» gemacht. Danke dafür.

Barbara Rothscheroth, Christiane Adrigam, Meike Janzen, Ulrike Gussmann und Andrea Gneist: Ihr habt mich immer wieder vom Gegenteil überzeugt, wenn ich mal wieder glaubte, gar nicht schreiben zu können. Ich habe ganz schön viel Glück mit all meinen Freundinnen.

Barbara, du bist das große Wunder.

Denk an unsere Verabredung zum Siebzigsten!

Jo Platt
Herz über Kopf

Ihren Freitagabend möchte Ros eigentlich nur in der Gesellschaft einer Flasche Sekt vor dem Fernseher verbringen. Doch dann klingelt es an der Tür. Der merkwürdige bärtige Mann mit dem Blumenstrauß entpuppt sich als ihr Nachbar Daniel, und er bringt schlechte Nachrichten: Er hat Mr. Edward, das Meerschweinchen, überfahren. Mit dem Rasenmäher. Der Verlust des Nagers stürzt Ros in eine emotionale Krise. 18 Monate ist es her, dass ihr Verlobter – von Ros nur liebevoll die Ratte genannt – aus der Kirche floh, am Tag ihrer Hochzeit, durch das Fenster der Sakristei. Und es ist nicht übertrieben zu behaupten, dass das vorzeitige Ableben von Mr. Edward einen noch größeren Einfluss auf Ros' Leben hat als die Flucht der Ratte …
Seit Helen Fielding und Marian Keyes wurde nicht mehr so pointiert über die komplizierte Beziehung zwischen Männern und Frauen geschrieben.

368 Seiten

«Wer mal wieder richtig Lust hat auf britische Fabulierkunst, der wird mit diesem Roman richtig Spaß haben.»

Love Letter

Ro 325/1

MIX
Papier aus verantwortungsvollen Quellen
FSC® C083411

Das für dieses Buch verwendete Papier ist FSC®-zertifiziert.